불량청춘
목록

불량청춘목록

박상률 장편소설

|주|자음과모음

혼자여서 외롭고 불량한 게 아니라
혼자가 아니라서 외롭고 불량한 청춘들에게!

차례

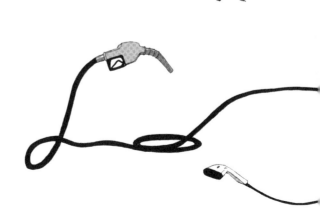

바람이 불면 물결이 치고
물결이 치면 바다가 흔들린다

점심 급식이 끝났다. 허겁지겁 밥을 먹어치운 아이들이 왁자지껄하게 떠들어댔다. 그 가운데 몇 아이는 복도에서 서성이며 입맛을 다셨다.

"한 대 꼬시르고 들어가야지?"

"어디 가서 꼬시르는데?"

"다 가는 데가 있지."

"너나 가서 꼬시르든 말든 해. 나는 이참에 끊을란다."

"왜 이러셔? 끊을 게 따로 있지, 이 좋은 걸 왜 끊어?"

"꼰대들이 감시하는 것도 지겨운데, 이젠 카메라 감시까지 받아야잖아. 학교 안에 카메라 없는 데가 어디 있기나 해? 내가 말이지, 정말 치사해서 끊는다."

"치사하긴? 그래서 더 꿀맛인데! 식후 불연초는 즉시 소화불량이라. 이 나이에 소화불량에 걸리면 만수무강과 불로장생에 지장이 생겨. 그래서 나는 치사해도 못 끊어! 밥만 먹고 담배 안 먹으면 진짜 식충이가 된대! 이 형님이 봐둔 곳이 있으니까 맘에 없는 소리 그만 하고 따라오기나 해."

"그래? 그럼 내가 그동안의 의리를 생각해서 금연 기념으로 딱 한 대만 더 피워주지. 가자!"

기다렸다는 듯이 아이들 몇이 우르르 따라나섰다. 학교를 오로지 점심으로 나오는 급식 먹는 재미로 다니는 녀석들이다. 그 까닭에 자칭 타칭 식충이들이다. 그래서 식충이를 면하려 담배를 피우러 가는지도 모른다.

나머지 아이들은 다음 수업 시간 준비를 하며 책상 앞에 앉아 있긴 하지만 저마다 머릿속은 복잡했다. 학교 끝나면 주유소로 달려가 기름 총을 쏘아야 하는 아이도 있고, 피자집이나 통닭집으로 달려가 배달 오토바이를 타야 하는 아이도 있다. 지금 몸만 학교에 묶여 있을 뿐 마음은 온통 저녁 일터에 가 있다.

막상 수업이 시작되면 사실 대부분의 아이들은 엎드려 잠을 잔다. 밤늦게까지 일을 하므로 늘 잠이 부족한 것이다. 잠을 자지 않는 녀석들도 휴대전화로 게임을 하거나 귀에 이어폰을 꽂고 딴 세상 놀음을 하고 있다. 실제로 모범생이거나, 아니면 모범생인 척하는 몇 아이들만 겨우 선생님과 눈을 맞추며 공부하는 티를 낸다.

교실은 낮에도 불을 켜야 할 정도로 어두침침하다. 형광등 불빛이 만들어내는 교실의 분위기는 전혀 밝지 않다. 마치 안개가 어슴푸레하게 깔린 것 같다. 그 안개 속에서 아이들은 저마다 자신의 세계에 빠져 있다.

현우는 가방에서 교과서를 꺼냈다가 다시 넣고, 공책을 꺼냈다가 다시 넣고, 결국은 연습장을 꺼내놓았다. 무엇을 꺼내보아도 공부할 마음은 일지 않는다. 자신의 마음처럼 형광등 불빛이 가물거린다. 현우는 지금 교실에 있어도 교실이 낯설다. 이런 현우를 교실도 낯설어 할 것이다. 교실엔 공부하는 학생이 있어야 하는데 현우는 공부하는 학생이 아니다. 그렇다면 교실이 현우를 거부해야 옳다. 물론 다른 아이들도 대부분 공부하는 학생이 아니다. 교실이 살아 있는 존재라면 그들도 역시 거부해야 마땅하리라. 그러나 교실은 현우든 다른 아이들이든 거부하지 않는다. 거기서 아이들의 비극은 탄생한다. 공부하지 않는 아이들이 그냥 교실에 앉아 있어도 교실이 그런 아이들을 거부하지 않는 상황이라니.

"현우 너, 왜 멍때리고 있냐?"

"내가 언제?"

"나한테 뭐 숨기는 거 있지?"

"니 알다시피 내가 숨길 게 뭐 있기나 하냐."

"아냐. 너 분명히 숨기는 거 있어. 다른 사람은 다 속일 수 있을지 몰라도 이 형님은 못 속이지."

짝인 진식이가 요새 늘 멍하니 있는 현우를 보고 다그치는 것이었다. 진식이는 학교 전체로 보아도 완전한 모범생이다. 전자과에선 공부도 가장 잘하고, 친구들과도 원만히 지내며 선생님들과도 잘 지낸다. 집안 형편이야 보잘것없다. 아버지가 광남 군청 앞 버스 정류장 앞에서 구두 닦는 일을 한다. 그러나 진식이는 그런 집안 사정에는 아랑곳없이 학교생활을 기죽지 않고 아주 잘하는 편이다. 그런 진식이에 비해 현우는 늘 기가 죽어 있다.

현우 아버지는 원래 서울에서 영업용 택시 운전을 했는데 교통사고가 크게 난 뒤 그만두었다. 그런 다음 대리 기사로 뛰었으나 그것도 여의치 않았다. 그래서 막힌 하수도 뚫는 설비업체의 잡역부로 따라다니기도 하였으나 그것 역시 신통치 않았다. 끝내 서울에서 뿌리를 내리지 못하고 밀려난 현우 가족은 차로 두 시간 거리인 광남 읍까지 흘러들어왔다. 아버지는 '가든'이라고 하는 큰 음식점의 주차 관리인으로 취직했으나 수입이 그리 넉넉지 않다. 어머니까지 그 '가든'에 나가 벌이를 해야 겨우 먹고 살 수 있는 처지이다.

집안의 경제 사정이야 서로 엇비슷하지만 현우와 진식이의 성격이나 학교생활 태도는 하늘과 땅만큼이나 차이가 났다. 비록 읍 지역 종합고등학교 학생일망정 진식이는 공부에 제법 흥미를 가지고 있지만 현우는 공부에 그다지 흥미가 없다. 또 친구들과의 관계도 원만하지 못하고, 선생님들과도 잘 지내지 못한다. 현우는 조용한

아이이기는 하나 공부를 잘하거나 아니면 인간관계가 좋은 모범생
은 아닌 것이다.

현우가 시큰둥해하자 진식이가 더 이상 따지지 않고 책에 머리
를 박았다. 금세 공부 자세로 전환한 것이다.

현우는 생각해보았다. 진식이 말처럼 자신이 늘 '멍때리고' 있
는 건 맞는 것 같은데, 그렇다고 무얼 숨길 게 있기나 하나?

숨기고 말고 할 것도 없는 일상이다. 아침이면 가방 들고 학교
에 오고, 알아듣든 못 알아듣든 수업을 듣고, 수업이 끝나면 곧바
로 주유소에 가서 기름 총을 쏜다. 그러다 자정쯤 되면 주유소 숙
소에서 쓰러져 자고, 아침이면 주유소에서 운영하는 간이 편의점
에서 유통기한 지난 삼각 김밥이나 샌드위치로 아침 식사를 때운
다. 그런 다음엔 주유소 제복을 교복으로 갈아입고 또 학교에 온
다. 거의 다람쥐가 쳇바퀴 안에서 빙빙 도는 것과 다를 바가 없는,
그 이상도 이하도 아닌 일상이다.

주유소 일이 힘들어도 그나마 견딜 수 있는 건 한 학년 아래 여
학생인 은빈이가 같은 주유소에서 아르바이트를 하고 있는 까닭
이었다. 은빈이는 주유를 하는 일보다는 주유소 편의점 계산원 일
을 주로 한다. 은빈이는 전자과가 아니라 보통과이다. 고등학교에
진학할 땐 대학 진학을 꿈꾸었기 때문에 보통과로 진학한 것이다.
현우가 은빈이 생각을 하느라 정신이 나가 있는 게 진식이에겐
'멍때리고' 있는 것처럼 여겨진 듯싶다. 진식이 말대로 뭔가 숨기

는 게 있다면 요새 학교에서도 늘 은빈이 생각을 한다는 것이다. 그건 드러내놓고 하기가 좀 그렇지 않나.

담배를 피우러 간 아이들이 돌아왔다. 그 가운데 한 녀석이 현우 어깨에 손을 대고 문질렀다. 손을 뻗어 털어내려 하자 손바닥에 끈적끈적한 것이 묻어났다.

"더러워 죽겠네. 왜 남의 옷에 콧물을 문지르는 거야!"

현우가 신경질적으로 소리쳤다.

"으하하, 이게 콧물이래!"

한 녀석이 과장되게 허리까지 뒤로 젖히며 놀라는 척을 했다.

"야 인마, 너는 콧물하고 버섯즙도 구분 못하냐?"

현우는 손에 묻은 끈적끈적한 것의 정체를 알 수 없어 냄새를 맡아 보았다. 밤꽃 냄새가 났다. 현우는 손을 털며 동시에 반사적으로 소리를 질렀다.

"이 자식들이!"

현우가 연습장을 둘둘 말아 쥐며 자리에서 벌떡 일어나 노려보자, 녀석은 더 재미있어하며 놀려댔다.

"왜? 날 치려고? 치고 싶으면 쳐봐! 장현우 니네 집 돈 많아? 그럼 쳐봐!"

그 순간 교실 문이 드르륵 열리며 담임이 들어왔다. 다음 시간이 하필 담임 시간이었던 것이다.

"어허, 요것들 또 지랄하는 것 봐라! 점심 잘 처먹었으면 조용히 자리에 앉아 수업 준비하고 있어야지, 웬 지랄들이야!"

담임 입에서 한번 터진 지랄탄은 한 시간 내내 지치지도 않고 계속 터졌다. 하라는 공부는 안 하고 지랄한다고 엄청나게 지랄지랄했다. 말투로만 보면 담임도 이른바 불량학생과 거의 막상막하이다.

아이들이 현우를 째려보았다. 현우가 가만히 있었으면 조용히 음악이나 들으면서 식곤증의 나른함을 달래면 되는 일이었는데, 현우 때문에 그만 귀중한 시간을 다 망치고 말았다는 눈치였다.

현우는 화장지로 밤꽃 냄새 나는 오물을 어깨에서 닦아낸 뒤 연습장을 덮어 책상 서랍 속에 쑤셔 넣었다. 더 이상 수업 자세를 취하고 있을 이유가 없었다. 지랄탄 담임이 일장 훈시를 길게 한 뒤 수업을 하는 둥 마는 둥 하고 나가자 현우도 자리에서 일어났다. 진식이가 걱정스레 쳐다보았다.

"왜?"

"수업 그만 받고 그냥 갈란다……."

"지랄탄이 알면 또 지랄지랄할 텐데?"

"지랄 떨고 싶음 또 지랄 떨라지!"

현우에게 시비를 걸었던 녀석은 언제 그랬냐는 듯이 엎드려 자고 있었다. 현우는 기분 같아선 책상에 대고 있는 녀석의 머리통을 발로 콱 밟아버리고 싶었지만 뒤통수를 한번 노려만 보고 교실을 나오고 말았다. 녀석의 뒤꼭지에서 중학교 때에 자신을 괴롭히던 녀석의 흔적이 묻어 있는 것처럼 느껴졌기 때문이다.

　중3 시절 5월, 봄볕이 따스하게 창가에 내리쬐던 오후였다. 다음 시간이 체육 시간이라 쉬는 시간이나마 졸음을 즐길 여유도 없이 바로 체육복으로 갈아입은 뒤 교실을 나섰다. 운동장으로 가기 전에 소변을 보고 가려고 화장실에 들렀다. 문을 밀치고 화장실로 들어가자 아이들 네댓 명이 담배 연기를 급히 내뿜고 있었다. 현우는 아랑곳없이 소변기로 가서 바지춤을 깐 뒤 일을 보았다. 시원스레 오줌을 갈기고 있는 바로 그때였다. 대변실에서 한동이라는 아이가 한 손을 움켜쥔 채 뛰쳐나왔다.

　"뭐야?"

　현우는 화장실 문을 나서며 무심히 물었다.

　"히히, 두고 봐. 재밌는 일이 생길 거야!"

　한동이가 희희낙락하며 앞장서자, 피우고 있던 담배꽁초를 양변기에 내던진 아이들이 일제히 한동이 뒤를 따랐다.

　잠시 후 운동장으로 내려가는 계단 위의 여학생들이 비명을 질렀다. 한동이가 손에 쥐고 있던 것을 여학생들 얼굴에 뿌린 것이다. 여학생들은 처음엔 장난이 심한 한동이가 물을 튕기는 줄 알았다. 여학생 하나가 한동이를 나무랐다.

　"한동이 너 가만 안 둬!"

　그러자 한동이를 따라가던 아이 가운데 하나가 외쳤다.

"가만 안 두면 어쩔 건데? 한동이 고추물로 뭐 할 건데?"

"뭐라구? 고추물이라구?"

여학생은 어이가 없어 발을 동동 구르며 분해했다.

한동이는 계속 다른 여학생들을 쫓아가 그 손으로 얼굴을 문질렀다. 여자애들이 기겁을 하며 비명을 질렀다. 여자애들 비명 소리 사이에 현우의 목소리가 같이 묻어들었다.

"야! 그만해!"

현우 자신도 어디서 그런 용기가 났는지 모른다. 한동이가 멈칫했다.

"무슨 소리야? 여자애들 좀 놀려먹는데……. 너 지금 누구 편이야?"

어이없는 일이었다. 그러나 현우는 여기서 아무 말도 안 하면 안 될 것 같아 쐐기를 박듯 한마디 했다.

"그런 장난질로 남을 괴롭히면 못쓰는 거야!"

한동이가 도리어 현우를 한심하다는 듯이 바라보았다.

"못쓰고 말고가 어디 있냐? 그냥 재미있자고 하는 일인데. 꼰대 같은 소리 그만해!"

"그럼 너는 재미만 있으면 살인도 하겠네!"

"장현우! 너 나를 뭘로 보고 그런 말을 하는 거야?"

"뭘로 보긴. 아직 딱지도 덜 떨어진 애로 본다, 왜?"

"너 말 다 했어? 내가 딱지도 안 떨어졌다고?"

그러면서 한동이는 바지춤을 내려 깠다. 여자애들이 비명을 지르고, 한동이 쪽에 서 있던 남자애들은 손뼉을 치며 재미있어했다. 한동이가 팬티만 걸친 자세로 아랫도리를 현우에게 내밀며 소리쳤다.

"봐, 봐, 봐! 내 딱지가 떨어졌는지 안 떨어졌는지. 빨리 보라고!"

바로 그때, 체육 선생이 농구공을 양손에 하나씩 들고 다가왔다.

"무슨 일이야?"

체육 선생은 한동이가 바지를 급히 추스르자 못 본 척하며 공을 발 아래에 떨어뜨렸다. 이어 발을 공 위에 얹어 공이 굴러가지 않게 한 뒤 호루라기를 불었다.

"자, 빨리 모여봐!"

여자아이들은 입을 씰룩거리면서 모여들고, 남자아이들은 일부러 몸을 건들거리며 모여들었다. 체육 선생이 공을 여학생 줄 남학생 줄에 하나씩 주며 슛 연습을 하라고 했다. 아이들이 운동장 한쪽에 있는 농구대로 하나둘씩 몰려갔다. 그사이 체육 선생은 빠른 걸음으로 교무실로 다시 들어갔다.

다음 날 현우는 상담 선생에게 상담 신청을 했다. 어제 있었던 일이 너무나 충격적이었기 때문이었다.

"음, 현우, 무슨 고민 있어?"

상담 선생이 부드럽게 물었다.

"아이들 때문에요."

"아이들이 괴롭히니?"

"괴롭혀서라기보다는 참을 수가 없어서요."

"뭘?"

현우는 이 대목에서 말을 할까 말까 망설였다. 상담 신청을 할 때는 있는 대로 다 까발리고 싶었는데, 막상 상담 선생과 마주하자 주저하게 된 것이다.

"그냥, 나중에 말씀드릴게요."

"지금 말하기 곤란하면 나중에 언제라도 다시 오렴."

현우는 상담실 문을 닫고 나와 다시 교실로 갔다. 아이들은 그새 현우가 어디를 다녀온지 다 알고 있었다.

별명이 촉새인 아이 하나가 나섰다.

"장현우! 너 상담실에 왜 간 거야?"

"그냥."

"인마, 거길 그냥 가는 사람이 어딨어?"

현우는 짜증이 났다.

"내가 뭣 때문에 가든 니가 알 거 없잖아."

그러자 한동이가 톡 나섰다.

"촉새는 알 거 없어도 나는 알고 싶은데!"

"너도 알 거 없어."

"음마, 이 자식 많이 컸네! 어제도 웃기더라."

"뭘 웃겨, 인마. 내가 개그맨이냐, 웃기게?"

"어라, 터진 아구통이라고 막 나오네."

"야, 그만해. 나 너랑 말하고 싶지 않아."

현우는 한동이와 촉새가 쏘아보는 눈길을 따갑게 느끼며 자기 자리에 가서 앉았다.

그런데 일이 묘하게 꼬였다. 이른바 '화장실 사건'이라 이름 붙여진 어제 한동이의 고추물 사건이 터진 것이다.

교감 선생은 지나가던 길에 우연히 화장실에서 연기가 나는 걸 보았다. 그래서 부랴부랴 화장실로 갔으나 아이들은 이미 나가고 없고 변기통에 담배꽁초가 둥둥 떠 있었다. 교감 선생은 조금 전에 화장실에서 나온 아이들이 체육복을 입고 있던 것을 떠올리고 바로 조사에 들어갔다. 그런데 충격적인 것은, 한동이라는 아이가 화장실에서 고추를 가지고 손장난질을 쳐 뽑은 배설물을 쥐고 나가 여학생들에게 뿌렸다는 것이다.

현우가 상담실에 가서 아무런 말도 안 하고 왔는데도 교감 선생은 다 파악하고 있었다. 전에 한동이가 그런 짓을 하다가 한 번 들켜 주의를 주었는데도 또 그랬다는 것이다. 그래서 체육 선생과 함께 아이들의 동태를 이미 다 살피었다.

그러나 그뿐이었다. 학교 측에서는 진상을 다 알고 있으면서도 쉬쉬했다. 보고를 받은 교장 선생도 이러고 말 뿐이었다.

"아이들이 크면서 그럴 수도 있지 뭐……. 예전에는 더한 녀석도 있었는데요, 뭘. 아무튼 덮어둡시다. 자꾸 문제 삼으면 복잡한 일만 더 생길 테니……."

　교장 선생은 사건이 더 커지는 걸 원치 않았다. 더구나 한동이 아버지가 학부모 회장을 맡고 있는 까닭에 한동이를 계속 다그칠 수도 없어 곤란하기 짝이 없는 일이었다. 그런데 더욱 이해할 수 없는 건 여학생들 부모들의 태도였다.

　"입에 올리기도 더럽다. 똥이 무서워서 피한다냐? 더러워서 피하제. 그런 녀석과는 말도 섞지 말고 몸만 조심해라."

　몸조심을 어떻게 해야 하는지는 모를 일이었으나, 여학생들 부모는 한결같이 그런 의견이었다. 졸지에 상담실에 다녀온 현우만 이상한 놈이 되고 말았다. 상담 선생에게 아무 말도 하지 않았는데도, 장난질을 심하게 치는 아이들을 현장에서 바로 나무랐다는 그것만으로도 충분히 아이들의 따돌림감이 되고 만 것이다.

　그런 일이 있고 나서부터 중학교 시절은 내내 우울했다. 어느 날 인터넷 오늘의 운세에 들어갔더니, 바람이 불면 물결이 치고 물결이 치면 바다가 흔들린다, 라는 괘가 떴다. 중학교 졸업 때까지 현우는 그 괘를 읊조리며 자신의 바다에 바람이 불지 않기만을 바라고 또 바랐다.

희극으로 반복되는 것이
원래의 비극보다 훨씬 더 끔찍하다

현우는 서울에서 중학교에 다닐 때 이미 경험한 바가 있어 될수 있으면 남의 일에 끼어들지 않는다. 더구나 학교에서 일어난일은 조사하는 척하다가 종국엔 흐지부지해버리는 것도 경험하였다. 그런데 중학교 때와 똑같은 일이 고등학교에서 또 일어나다니! 역시 역사는 두 번씩 반복되나 보다.

촛불 집회가 한창 열기를 더해가던 중3 때의 사회 시간이 떠오른다. 군사정권 시절 교원 노조 활동을 했다고 학교에서 쫓겨났다가 시대가 바뀌어 다시 학교로 돌아온 사회 선생이 촛불 집회의열기를 보고 아이들에게 한숨을 쉬며 말했다.

"이천 년대가 되면 다시는 거리에 사람이 나올 일이 없을 줄 알았는데, 사람들이 거리로 또 쏟아져 나오다니! 다시 팔십 년대로 돌아간 것 같구나. 이래서 역사는 반드시 두 번씩 되풀이한다고 했나 봐."

사회 선생은, 역사는 한 번은 비극으로, 그다음은 소극 내지는 희극으로 반복된다고 했다. 하지만 현우가 보기엔 두 번 다 비극이다. 사회 선생은 희극으로 반복되는 것이 원래의 비극보다 훨씬 더 끔찍하다고도 했다. 그런 것 같기는 하다. 그래서 웃고 있어도 눈물이 난다, 라는 노래도 있을 것이다. 아무튼 그런 거야 어찌 되었든, 사회 선생은 인생사든 세상사든 느끼는 자에겐 비극이고 생각하는 자에겐 희극이라는 말도 했다. 길지 않은 생을 살았지만, 겪어보니 그것만은 틀림없는 일인 것 같았다. 되풀이된 일을 보고 있자니 슬퍼서 눈물이 나기보다는 어이없는 쓴웃음이 나는 걸 보니, 현우 자신은 지금 단순히 느끼기만 하는 게 아니라 생각을 하고 있는 게 틀림없었다.

아이들의 짓거리는 똑같다. 다만 중학교 때의 고추물이 고등학교 때엔 버섯즙이 되었을 뿐이다. 고추가 버섯이 되었다는 건 단순한 환골탈태 정도가 아니다. 거의 천지개벽과 맞먹는 변화이다. 그건, 굼벵이가 매미가 되고 애벌레가 나비가 되고 올챙이가 개구리가 되는 것보다 훨씬 어려운 일이다. 그러나 모습을 바꾸고 이름이 바뀌었다고 본래 지닌 본질까지 바뀌는 것은 아니듯, 고추물이든 버섯즙이든 사실은 같은 것이었다. 중학교 때의 악몽이 다시 재현되었다. 우습고, 우스운 것도 모자라 아주 웃기는 일이다. 희극으로 반복되면 원래의 비극보다 더 끔찍하다더니, 과연 그 짝이었다.

담배 피우러 가서 버섯즙까지 짜가지고 온 아이들은 아주 조숙한 티를 내며 자신들은 세상 저편의 다른 사람인 양 굴었다. 다른 아이들을 깔보며 이 핑계 저 핑계를 대며 괴롭히는 건 아주 예사로운 일이었고, 선생님들한테까지 눈알 부라리며 대들기 일쑤였다. 아이들은 될 수 있으면 일명 버섯즙 패거리라고 불리게 된 녀석들과는 말을 안 섞고 눈도 마주치지 않으려 했지만 그게 쉬운 일은 아니었다. 그들은 누가 유행하는 새 신발을 신고 오면 어떡하든 윽박질러서 그 신발을 빼앗아 신고, 유명 상표가 붙은 값비싼 점퍼라도 입고 오면 며칠씩 빼앗아 입었다. 그러다 담배 불티에 구멍이나 나야 돌려주는 것이었다. 그래도 아이들은 아무 말을 못했다.

현우는 이른바 버섯즙 패거리들이 몹시 마땅치 않았지만 조용히 살고 싶어 가능하면 녀석들을 이리저리 피했다. 그러나 그들이 쳐놓은 그물을 아주 피할 수는 없었다.

진식이는 그 애들이 어떻게 굴든 자기 할 일만 하며 학교생활을 했다. 버섯즙 패거리들도 진식이한테는 함부로 굴지 못했다. 진식이는 광남 종합고등학교 전자과의 1등인 데다 덩치도 좋고, 전자과 2학년 반장까지 맡고 있다. 어느 모로 보나 모범생인 데다 힘까지 갖추고 있다. 그러니 아무도 진식이를 함부로 대할 수 없다. 게다가 진식이 아버지가 군청 앞 버스 정류소에서 구두닦이 집을 하는데, 그런 자리의 그런 일은 터줏대감 '어깨'들이나 하는 일로 알려져 아무도 진식이를 건들지 못한다. 하지만 현우는 서울에서 밀려 내려온, 별 볼일 없는 집안 아이라는 것이 다 알려져 누구든 만만하게 여겼다. 다행히 진식이와 현우가 친해 아이들이 대놓고 따돌리지 않을 뿐이었다.

대놓고 괴롭히지 않는다고 사건에 말려들지 않는다는 보장은 없었다. 아이들이 계속 사건을 만들어 다른 아이들까지 휩쓸리게 해버리기 때문이다. 그러나 이번에 일어난 소화기 사건에는 아무도 엮여들지 않았다.

하루라도 사건이 일어나지 않고 지나가면 되레 불안한 2학년 전자과에서 어느 날 일이 터졌다. 교실 뒤 사물함 아래쪽 구석에 언제나 말없이 놓여 있던 소형 소화기가 없어진 것이다. 지랄탄 담임은 자기 수업 시간은 물론 종례 시간에도 소화기를 누가 훔쳐 갔느냐고 지랄지랄해댔다. 그러나 누구 하나 자기 소행이라고 나서는 이가 없었다.

"지랄, 아무도 소화기 행방을 모른단 말이지? 그럼 할 수 없다. 나도 치사해서 이런 방법까진 안 쓰려고 했는데, 반 전체가 다 오리발이니까 지랄 같아도 할 수 없다. 내일 아침 조회 시간까지 소화기가 제자리에 있지 않으면 내 시간에 운동장에 나가 단체로 오리걸음이야!"

말 그대로 지랄 같은 말이었다. 아이들은 모두 떨떠름한 표정을 지었다. 소화기는 도대체 없어질 물건이 아니었다. 참으로 귀신이 곡할 노릇이었다. 아이들은 소화기 문제를 어찌해야 할지를 몰라 찝찝한 마음이었다. 지랄탄 담임한테 다음 날 아침에 또 닦달을 당할 일을 생각하면 지금부터 머리가 아팠다. 그런데 버섯즙 패거리들은 아주 태연자약했다. 보아하니 자기네들끼리 아주 의미심장한 미소까지 주고받는 듯했다. 그걸 놓치지 않은 진식이가 버섯즙 패거리들을 매섭게 쏘아보았다. 아이들 가운데 하나가 찔끔하는 것 같았다. 그 까닭에 다들 소화기 사건엔 더 말려들지 않고 그 정도에서 사건이 마무리되었다. 다행이라면 다행이었다.

다음 날 아침, 소화기가 제자리에 놓여 있었다. 표면이 여기저기 긁힌 걸로 보아 원래 것보다 더 오래된 것 같기는 했지만 소화기는 소화기였다. 지랄탄 담임이 소화기가 제자리에 있는 걸 보고 턱으로 소화기를 가리키며 말했다.

"저거 누가 갖다 놓았냐?"

버섯즙 패거리들이 서로 불량하게 바라보며 씩 웃었다. 다른 아이들은 영문을 몰라 아무 말도 하지 않았다. 그러나 점심시간도 못 되어 옆 반 소화기가 없어졌다는 '뉴스'가 떴다. 하지만 모두들 모른 척했다.

점심시간에 다시 담배를 피우러 갔다 온 버섯즙 패거리들은 일부러 아이들 들으라고 큰 소리로 무용담을 늘어놓았다.

"하마터면 불날 뻔했는데 소화기 때문에 살았어!"

"그래, 내가 누구냐. 미리미리 알아서 소화기 갖다 놓길 잘했잖아."

"거기가 짱박혀 담배 꼬스르기는 좋은데, 불나기 쉬운 것들은 왜 그렇게 많은지."

"그러니까 담배꽁초 함부로 버리면 안 돼. 아름다운 사람은 머문 자리도 아름답습니다, 이런 말 몰라?"

"캬! 화장실 변기 앞에 붙은 말을 잘도 갖다 써먹네. 그건 거시기 조준을 잘해서 바닥에다 오줌물 질질 흘리지 말고 제자리에다 잘 갈기라는 얘기잖아?"

"담배꽁초도 마찬가지야. 흔적을 남기지 않아야지!"

"그렇지, 완전 범죄는 흔적을 안 남기는 법!"

"에이 씨, 담배 좀 피우는 게 범죄씩이나!"

버섯즙 패거리들은 감시 카메라를 피해 학교 교실 증축 공사를 하느라 공사 자재를 쌓아놓은 창고에 가서 담배를 피웠다. 그런데 함부로 던진 담배꽁초가 자재 포장지에 떨어져 금세 불이 붙고 말았다. 당황한 아이들은 앞뒤 잴 것 없이 바로 윗옷을 벗어 불이 번지지 않게 덮었다. 그런 뒤 교실의 소화기를 가져다가 뿌렸다. 이른바 꺼진 불도 다시 보자는 정신이 발동해서 그런 것이다. 그렇지만 지랄탄 담임이 소화기 없어진 걸 금세 알아차릴 줄은 몰랐다. 그래서 얼른 다른 반에서 훔쳐다 놓은 것이다.

중학교 때의 담배 아이들은 담배꽁초를 변기통에 던져 담뱃불을 껐다. 그런데 고등학교의 담배 아이들은 아예 소화기를 갖다 놓고서 담배를 피우는 모양이었다. 현우는 쓴웃음이 나왔다. 역사는 절묘하게 되풀이되고 있었고, 필요는 역시 발명의 어머니였다. 중학교는 화장실에도 감시 카메라가 없지만, 고등학교는 화장실은 물론 교정 요소요소에 감시 카메라가 설치되어 있어 숨을 데가 없다. 그러니 화장실에서고 어디서고 식후에 연초 태우는 일을 쉽게 해결할 수가 없다. 그러기에 담배 아이들은 그깟 한 대 '꼬스르기' 위해 학교 구석구석을 다 뒤져야 하는 것이다.

현우도 한때 담배를 피워볼까 생각했다. 하지만 담배 한 대 피우기 위해 여기저기 숨어 다녀야 한다는 게 마땅치 않았다. 어쩌면 그보다도 담뱃값이 부담스러웠는지도 모른다. 아버지의 수입에다 어머니의 수입을 합쳐도 현우가 담배까지 피울 정도의 여유를 부릴 수는 없다. 담뱃값 몇천 원이 부담되어 아버지도 담배를 끊은 판에 자신이 새삼 새로 시작할 명분이 없는 것이었다. 게다가 어머니는 허구한 날 생활비에 쪼들리다 못해 몇 푼이라도 벌겠다고 식당에 나가 궂은일을 하지 않는가.

현우라고 다른 아이들처럼 유명 상표의 신발이나 점퍼를 입고 싶지 않겠는가. 그러나 현우에게는 휴대전화조차도 사치다. 아이들은 최신형 휴대전화로 게임도 하고 음악도 듣지만, 현우는 아버지가 쓰던 낡은 전화기를 물려받아 쓴다. 그나마 아버지가 장기 가입 고객이라 아버지한테 공짜 전화기가 새로 생긴 덕분이다.

현우 아버지가 몰락한 집안 식구를 이끌고 광남 읍으로 이사할
수 있었던 건 순전히 진식이 아버지 덕이다. 현우 아버지와 진식
이 아버지는 군대 동기였단다. 인연이 되려고 그랬는지 두 사람은
훈련소에서부터 같은 내무반에 속했는데, 자대 배치도 같은 곳으
로 받고 같은 소대로 배치되었다. 그렇게 훈련소에서 시작하여 춥
고 배고픈 졸병 시절을 지나 제대할 때까지 같은 내무반, 같은 훈
련장에서 고스란히 3년을 함께 지내고 보니 두 사람은 어느덧 친
형제 이상의 깊은 정이 생겼다.

원래 광남 읍이 고향인 진식이 아버지는 현우 아버지가 교통사
고를 내고 살림이 어렵게 되자 옛 전우를 무작정 서울에서 끌어냈
다. 그리고 자신이 잘 아는 '가든'의 주차 관리인으로 취직까지 시켰
다. 다 그런 연유가 있어 현우와 진식이가 친하게 지내는 것이다. 아
이들은 이런 사정까지는 모르고 현우가 진식이 똘마니 노릇을 하는
줄만 안다. 그들은 진식이를 해보지 못해 틈날 때마다 현우를 대신
건드렸다.

진식이가 나름대로 공부를 하는 이유는, 절대로 아버지의 대를
이어 구두 수선을 겸하는 버스 정류장 구두닦이 가게를 하지 않기
위해서다. 진식이는 어려서 아버지에게 점심을 가져다 줄 때마다
아버지 구두닦이 가게 건너편의 화려한 '전자 센터'가 부러웠다.
대낮에도 밝은 불빛 아래 온갖 전자기구가 맵시를 뽐내고 있었다.
자신은 커서 초라한 구두닦이 가게가 아니라 저런 '전자 센터'에

서 일을 하고 싶었다. 그래서 중학교 때 제법 공부를 하는 축에 속해, 중3 담임 선생님이 종합고등학교를 가더라도 인문계 과정인 '보통과'로 진학하여 나중에 대학까지 다니라고 권했지만 굳이 마다하고 '전자과'로 진학한 것이다.

진식이 아버지도 아들이 하는 일에 대해선 이러쿵저러쿵 일절 간섭을 하지 않는다. 아들 진식이가 뜻밖에도 공부를 잘해 선생들의 귀염을 받고 자신을 닮아 덩치도 좋은 게 흐뭇할 뿐이었다. 그저 자신보다만 잘살면 그만이라고 생각했다. 더구나 군대 친구인 현우 아버지가 광남 읍에 와서 같이 살게 된 것이 자신으로선 매우 좋은 일처럼 느껴졌다.

군대 시절 덩치가 좋은 자신이 아무래도 고참들 매를 많이 견뎌야 했는데, 그때마다 현우 아버지가 어디서 구했는지 뚜껑에 버드나무가 그려진 안티푸라민을 가져다가 매 맞은 자리에 발라주고 신신파스까지 붙여주곤 했다. 그때는 이게 바로 전우애라는 것이구나, 하고 느꼈다. 그런데 마침 현우가 진식이랑 같은 학교 같은 과를 다니게 되었다. 아무래도 아이들이 텃세를 부릴 것 같아 진식이에게 현우를 잘 보살펴주라는 얘기를 했다. 자식이지만 자신과는 너무나 다른 진식이었다. 일절 잔소리 하나 할 것 없이 모든 걸 알아서 척척 했다. 기껏 옛 전우 아들을 부탁한 것이 고등학생이 된 아들에게 한 유일한 말이었다.

현우는 학교가 끝나자마자 주유소로 달려갔다. 은빈이는 아직

오지 않았다. 한 학년 아래인데도 은빈이 과가 '보통과'라 늦는 것이다. '보통과'는 인문계 과목을 배우는 과라 겉으로라도 대입 준비를 한다. 그래서 은빈이는 방과 후 보충수업을 받아야 하교할 수 있다.

 은빈이는 요즘 혼란스럽다. 중학교 때 서울 이모 집에 놀러 갔다가 대학에 다니는 이종사촌 언니를 본 뒤로 자신도 대학을 가야겠다고 생각했다. 언니가 대학 생활에 대해 침을 튀겨가며 자랑을 해댄 것이다. 사실 그 전에는 광남 읍에 있는 '전자 센터'의 수리 기사가 되는 게 꿈이었다. 전자 회사의 제복을 입고서 남자들과 똑같이 컴퓨터며 휴대전화를 척척 고치고 있는 여자 기사를 보고 반했었다. 그래서 프로 여기사가 탄생했다는 바둑계의 뉴스를 들었을 때도 전자 제품 고치는 여자 기사도 프로가 있는 줄 알 정도였다. 그런데 이모 집 갔다 온 이후론 어떻게든 대학을 가야겠다고 마음먹었다. 그래서 읍내에 유일한 고등학교인 광남 종합고등학교에 진학할 때도 인문계 반인 '보통과'를 택한 것이다. 이모 집에 다녀오지 않았다면 틀림없이 '전자과'를 택했을 것이다.

 막상 보통과를 택하고 보니 무엇보다도 배우는 과목부터 재미가 없었다. 국어, 영어, 수학, 사회 등 죄다 중학교 때 배운 것의 연장이었다. 물론 그 과목들 공부를 잘하는 건 아니다. 하지만 너무나 익숙해서 애초에 흥미가 일지 않았다. 그런데 전자과 과목을 보니 '정보통신', '컴퓨터 구조', '프로그래밍', '전자회로', '게임의 원리' 등이었다. 어느 과목이든 지금 당장 바로 써먹을 수 있는 과목들이지 않은가! 게다가 읍 바닥의 자기 또래 여학생이라면 누구나 한 번쯤 좋아했을 모범생 진식이 오빠가 전자과를 다니고 있었다. 그뿐만 아니라 같은 주유소에서 아르바이트를 함께 하는 현우 오빠도 전자과였다. 그러고 보니 괜찮은 오빠들은 모두 전자과를 다니는 거였다.

'2학년 올라갈 때 나도 전자과로 과를 옮겨봐……?'

은빈이는 아무래도 과를 옮겨야겠다고 생각했다. 사실 말이지, 읍 지역 종합고등학교의 보통과를 다녀서 어떻게 대학을 가겠는가? 언감생심이었다. 서울 아이들은 좋은 학교에 고액 학원에 쪽집게 과외를 받고도 대학을 가느니 마느니 하는데, 시골 종합고등학교 인문계 반 다닌다고 대학에서 오라고 하겠는가. 괜히 이종사촌 언니를 보고 허파에 바람이 든 자신이 한심했다. 송충이는 솔잎을 먹고, 오르지 못할 나무는 애초에 쳐다보지도 말 일이었다. 대학을 가려면 우선 이런 아르바이트도 하면 안 된다. 오로지 공부에만 미쳐야 하는 것이다. 집안 사정이 공부만 하고 있을 형편이 아니긴 하지만, 어쩌면 아르바이트를 하는 것 자체가 무의식 속에선 대학을 지워버린 것인지도 모른다. 어쨌든 이미 저지른 일, 2학년 올라갈 때는 다시 생각해볼 일이었다.

현우는 교복을 주유소 제복으로 갈아입었다. 은빈이가 언제 오려나 궁금했다. 보통반이니까 방과 후 보충수업까지 하고 오려면 아직 멀었다. 그런데도 현우는 주유소에 오면 은빈이를 기다리는 버릇이 생겼다. 시급으로 보수가 계산되기 때문에 늦게 오면 그만큼 보수도 적다. 그러니 머릿속으론 딴생각을 하더라도 한 시간이라도 빨리 와서 주유소에서 해야 한다. 그게 이익이다.

퇴근 시간이라 그런지 주유하고자 하는 차들이 쉴 새 없이 들어왔다. 군대 가기 위해 휴학하고 입대를 기다리는 동안 주유소 아르바이트를 하는 형 하나랑 이리 뛰고 저리 뛰며 주유를 했다. 기왕이면 5만 원어치라든가 6만 원어치라든가 이렇게 금액을 정해 기름을 넣어달라는 손님이면 좋겠다. 그러면 주유계량기에 금액을 미리 찍어놓고 기름 총을 주유구에 꽂은 뒤 바로 계산을 하면 된다. 그런데 '들어가는 대로 넣어라!', '가득 넣어봐!' 이런 손님은 왕짜증이다. 무턱대고 반말하는 것은 아직 나이가 어리니까 그렇다 치더라도, 계산하는 데 시간이 훨씬 더 걸린다. 기름이 다 들어가고 나야 금액이 나오기 때문이다. 당연히 시간이 훨씬 더 걸리는 것이다.

한참 바쁘게 정신없이 기름 총을 쏘고 났더니 주유 고객이 좀 뜸해졌다. 초저녁이 지난 것이다. 언제 왔는지 은빈이가 다가왔다. 이미 주유소 제복으로 갈아입고 있었다. 주유소에서 은빈이는 언제나 웃는 낯이다. 현우가 알기론 은빈이네 집안 사정도 썩 좋은 건 아니었다. 그럼에도 은빈이에게선 생활에 찌든 궁기가 흐르지 않는다. 늘 웃고 다녀서 그런 것 같다.

"어? 은빈이 너 언제 왔어? 오늘은 보충수업 안 하고 왔어?"

"응. 그거 해봐야 뭐해."

"뭐하긴? 열심히 해서 대학 가야지."

"피이, 꼭 우리 아빠같이 말한다. 나, 대학 안 가!"

"뭐라구? 대학 가려고 보통과 간 거 아냐?"

"입학할 땐 갈 생각이었지만, 지금은 안 가고 싶어."

"그럼 못써. 사람이 초지일관해야지."

"내 초지일관은 사실 전자 센터 여기사가 되는 거야!"

"꿈은 크게 갖는 거야. 겨우 전자 센터 기사가 뭐냐?"

"그럼 오빠 꿈은 뭔데?"

"내 꿈? 천기누설이라 말하기가 좀 그러네……."

"피이, 혹시 기름 총 쏘는 걸로 초지일관하는 거 아냐?"

"오늘은 비록 기름 총을 쏘지만 내일은 다르겠지."

"나도 그래. 오늘은 여기서 일하지만 내일은 다를 거야."

"나 따라 하지 마."

"오빠 따라 하는 것 아냐."

은빈이는 오른쪽 눈을 한 번 찡긋한 뒤 편의점으로 들어갔다. 은빈이가 가서 계산대를 맡아야 주유소 소장 사모님이 집에 들어갈 수 있다. 은빈이가 밤 열한 시까지 보면 그 뒤로는 주유소에서 자는 현우와 대학생 형이 편의점도 같이 지킨다. 그때쯤이면 편의점 손님은 없다. 어쩌다 담배를 찾는 운전자만 있을 뿐이다. 그래서 편의

점에 불만 켜놓고 출입문은 잠근 채 손님이 들면 그때만 잠깐 열어
주면 된다.

대학이 뭔지. 사실 종합고등학교에서도 보통과가 아닌 비진학
반, 즉 취업반은 개털이다. 그렇다고 진학반인 보통과 아이들이
다 대학을 가는 것도 아니다. 잘해야 한 학년 서른 명 가운데 서너
명 정도만 대학 진학을 한다. 그런데도 학교의 모든 편의는 보통
과 위주로 짜여 있다. 어쩌면 취업반 아이들이 진학반 아이들보다
다루기가 더 힘들어서 그러는지도 모른다. 취업반 아이들이 더 거
칠고 제멋대로인 건 맞다. 하지만 차별할 일은 아니다. 현우는 학
교 측으로부터 자신들이 부당한 대우를 받는다는 걸 알지만 꾹 참
는다. 학교에 대드는 건 무모한 일이라는 걸 중학교 때 이미 뼈저
리게 느꼈기 때문이다. 학교에서 무슨 일이 일어나면 굿이나 보고
떡이나 얻어먹으면 그만이다. 떡까지 못 얻어먹어도 괜찮다. 그저
굿만 구경해야 된다. 절대로 나서면 안 된다.

씨도둑은 못하는 법이다

아침부터 교실이 소란하다. 다른 날도 조용한 적은 없었지만 오늘 아침은 유난히 시끄럽다. 현우는 부족한 잠을 보충하기 위해 책상에 엎드린 채 애써 아이들 떠드는 소리를 듣지 않으려 했다. 하지만 오늘은 쉽지 않다.

"윤석이 그 자식 되게 운 없다!"

"그러게 말이야. 왜 하필 해골바가지를 다치냐."

"그거야 헬멧을 안 써서 그렇지만, 오토바이 뒤에 타고 간 놈이 몬 놈보다 더 다치는 법이 어디 있냐?"

"지들이 과속으로 굽은 길 돌다 전봇대에 박아서 치료비 받을 데도 없다며?"

"그럴 땐 얼른 뒤에 오는 차랑 부딪쳐서 덤터기를 씌워야지."

"그것도 다 요령이 있어야지 아무나 되냐."

윤석이가 오토바이 교통사고를 낸 모양이었다. 현우는 윤석이 자리 쪽을 바라보았다. 윤석이 자리가 아직 비어 있다. 윤석이는 피자집에서 30분 '배달의 기수'로 이름을 날리는 녀석이다. '배달의 기수'는 옛 우리나라를 일컫던 '배달'이 아니다. 지금 어른들이 어렸을 때 텔레비전의 프로그램 이름이었던 '배달의 기수'와 발음이 같아 그냥 배달의 기수라고 한다. 배달의 달인이라고나 할까. 그런데 그런 애가 왜 스스로 오토바이를 몰지 않고 남이 모는 오토바이 뒤에 탔다가 사고를 당했는지 모르겠다.

현우는 쉬지 않고 발을 건들거리며 이빨 사이로 침을 내뱉던 윤석이를 떠올렸다. 배달원이 시도 때도 없이 침을 내뱉는 줄 알면 누구든 그 집 피자는 시켜 먹지 않을 것이다. 찜찜해서 피자가 입에 들어가겠는가. 그러나 다행히 고객들은 그런 사실을 모른다. 되레 주문하자마자 30분이 채 안 되어 바로 배달되어온 따끈따끈한 피자를 보고 감탄할 뿐이었다. 윤석이가 침을 뱉는 습관이 있든 없든 그런 것과 상관없이, 피자집 사장 입장에서 보면 윤석이는 30분 배달제를 가장 잘 지켜주는 배달의 기수였다. 피자 가게끼리 경쟁이 붙어, 주문하고 30분 안에 피자 배달을 못하면 피자 값을 깎아주거나 받지 않는 관행을 만든 터라 경쟁에서 뒤지지 않으려면 어떻게든 30분 안에 배달을 해야 한다.

그런데 그렇게 오토바이를 잘 모는 애가 왜 오토바이 운전을 직접 하지 않았을까? 잠자는 것을 포기한 현우는 아이들 입에서 그 이유가 나오기를 기다렸다. 그러나 윤석이가 왜 남이 모는 오토바이를 탔는가 하는 이유는 아무도 들먹이지조차 않았다. 그저 윤석이가 사고나서 학교에 안 와도 되고 병원에 드러누워 나긋나긋한 간호사 누나들의 간호를 받는다는 사실을 더 부러워했다.

예상했던 대로 지랄탄 담임은 아침 조회 시간에 들어오자마자 얼굴을 찌푸릴 대로 찌푸리고선 윤석이 얘기부터 했다.

"에이 씨, 불량한 녀석들 같으니라고! 지랄 같은 사고 좀 치지 마라! 내가 지랄 육갑 떠는 불량한 놈들 때문에 뚜껑이 다 열리려고 한다. 허구한 날 불량한 놈들 사고 소식에 퇴근해서도 불안해서 편히 잠도 잘 수가 없단 말이야. 그때마다 머리에서 김이 나는 것 알기나 해? 말이 나왔으니 말이지, 니들 때문에 선생질도 지랄 같아서 못해먹겠다! 윤석이는 일 끝났으면 바로 집에 갈 일이지, 뭔 지랄한다고 다른 녀석이 모는 오토바이를 타고 가다 그 지랄을 맞았다냐? 몬 놈은 멀쩡한데, 타고 간 놈은 대갈통 다 바스러지고!"

역시 지랄탄 담임이었다. 지랄 같아서 선생 노릇도 못하겠단다! 지랄탄 담임이 무슨 지랄을 떨든 말든 아이들은 관심이 없었다. 혼자 저러다 말겠지 싶어서 그런 것이다. 1학년 때부터 아이들이 지켜본 바에 따르면, 지랄탄 담임의 뚜껑이 실제로 열리는 일은 일어나지 않았다. 퇴근한 뒤 머리에서 김이 났는지 그건 아이들로서는 알 수 없다.

"아무튼 이따 점심시간에 윤석이 놈 병문안 가기로 했으니까, 병문안 갈 사람들 반장이 정해봐! 에이 씨, 담임이 별걸 다 해야 해, 지랄!"

아침 조회는 윤석이 건 얘기만 하고 끝났다.

아이들은 점심시간에 병문안을 가면 오후 수업은 저절로 빼먹을 수 있을 것 같아 서로 문안을 가고 싶어 했다. 그러나 아무나 다 갈 수는 없는 일이었다. 반장인 진식이가 병문안 팀을 지목했다. 진식이는 병문안 팀으로 반장인 자신하고, 평소에 윤석이랑 함께 피자집과 통닭집 배달원 노릇을 하던 성구, 그리고 윤석이 짝인 승규를 뽑았다. 이에 한 명도 뽑히지 못한 버섯즙 패거리들이 투덜거렸다.

"에이, 수업 좀 빼먹으려 했는데, 글렀구만!"

점심시간이 되자 병문안 팀이 출발했다. 지랄탄 담임 차로 가기로 했는데 성구하고 승규가 학교 앞 골목에 주차해두었던 오토바이를 몰고 나타났다. 성구와 승규는 지랄탄 담임 차 앞에 오토바이를 세웠다. 성구가 운전석으로 다가왔다. 지랄탄 담임이 양미간을 잔뜩 찌푸린 채 창문을 내리며 소리치듯 말했다.

"웬 오토바이야?"

"선생님, 저하고 승규가 컨보이할 테니까 우리 뒤만 조심히 따라오세요!"

성구가 헬멧을 손에 들고 허리를 굽혀 말했다.

"지랄! 오토바이 사고 난 놈 문안 가는데 또 오토바이 몰고 가는 거야? 군대도 안 간 것들이 어디서 컨보이라는 말은 들어가지고……."

지랄탄 담임이 잔뜩 골난 목소리로 짖었다.

"그래도 모처럼 담임선생님과 반장이 함께 뜨는데, 우리 전자과 체면이 있지 어찌 그냥 갑니까! 우리가 앞장서서 길을 터야지요."

성구가 능치며 넉살을 부리자 지랄탄 담임도 어쩔 수 없었다.

"지랄이네. 체면 세우려면 처음부터 이런 일로 병문안 갈 일이 없었어야지!"

결국 지랄탄 담임 차는 진식이만 타고 갔다. 우스운 꼴이었다. 진식이가 생각해보아도 우스웠다. 오토바이 사고 나서 병문안 가는데 오토바이의 호위를 받고 가다니. 지랄탄 담임은 병문안 가는 내내 지랄지랄해댔지만 진식이는 입을 다물고 가만히 있었다. 양쪽으로 오토바이를 앞세우고 승용차 타고 가는 기분이 그리 나쁘지만은 않아서였다.

학교에 남은 아이들은 지랄탄 담임이 학교에 없다는 것만으로도 묘한 해방감을 맛보았다. 언제고 불쑥불쑥 문을 열고 교실을 감시하는 사람이 없다 생각하니 아이들로서는 그럴 만했다. 문제는 버섯줄 패거리들이 제 세상을 만난 것처럼 군다는 것이었다. 지랄탄 담임도 없지, 덩치 큰 반장도 없지, 그야말로 호랑이 없는 숲에 여우가 왕 노릇 하는 격이었다. 이 녀석들은 진식이가 없자 기다렸다는 듯이 현우에게 시비를 걸었다. 버섯즙 패거리 가운데 왕초 노릇을 하는 형근이가 나섰다.

"장현우! 너 주유소에서 기름 총 쏜다며?"

현우가 아주 귀찮은 표정으로 쏘아붙였다.

"그런다. 왜?"

"어쭈! 대답 한번 아주 까칠한데?"

"내가 기름 총을 쏘든 말든 니가 무슨 상관이야?"

"그래, 니가 기름 총만 쏘면 상관없지. 근데 니가 물총도 쏠지 모르니까 그러지."

"웃기는 소리 하고 자빠졌네."

"그 주유소에 1학년 계집애 하나 있지?"

"있든 말든."

"너, 계속 이렇게 까칠하게 나올 거야?"

"내가 뭘 어쨌다고?"

"너 그 계집애한테 물총 쏘면 안 돼, 인마. 걔는 내가 찍었거든!"

현우는 속이 부글부글 끓었다. 물총이니 어쩌니 하는 말도 기가 막혔지만 찍었느니 어쩌느니 하는 말도 거슬렸다. 현우는 더 말해 봐야 입만 아플 것 같아 애써 등을 돌렸다. 그러자 형근이가 따라와 등에 손을 올린 뒤 어깨를 잡아당겼다.

"현우 너 이 새끼, 진식이 믿고 아주 세게 나오는데, 니 해골에서 육

수 나오게 한번 박아버리려고 우리들이 벼르고 있는 줄 알기나 해?"

현우는 자신의 어깨에 걸쳐 있는 녀석의 손을 내팽개쳤다. 그러자 버섯즙 패거리가 한꺼번에 달려들어 현우를 짓눌렀다. 한바탕 몸싸움이 시작되었다. 그러나 세 명인지 네 명인지도 모르게 여러 명이 덤비는 까닭에 현우는 발버둥만 칠 뿐 당해낼 수가 없었다. 현우는 녀석들에게서 벗어나려고 몸부림을 치다가 안 되자 그 가운데 한 녀석의 팔을 물어버렸다. 현우에게 팔을 물린 애는 형근이었다. 형근이는 팔이 물리자 죽는다고 비명을 질렀다. 그제야 아이들이 물러났다.

그러나 5교시 수업 선생이 들어오다 아이들이 엉켜 있는 모습을 보고 말았다. 그래서 녀석들과 현우 모두 교무실로 끌려가 구석 한쪽에 무릎을 꿇은 채 오후 시간을 보내야 했다. 현우는 자신을 흘겨보며 무릎을 꿇고 있는 녀석들을 향해 속으로 십 원짜리 동전을 여럿 포갠 욕을 무수히 해주었다.

'씹할! 씹할! 씹할!'

이 소동은 지랄탄 담임이 돌아오자 걷잡을 수 없는 큰일로 번지고 말았다.

"이것들이 나 없는 사이에 또 지랄을 떨었구만!"

현우에게 팔을 물린 형근이는 병원에 가 치료를 받느니 진단서를 떼느니 하며 난리를 피웠다. 현우도 목 뒤에 멍이 들 정도로 상처를 입었지만 졸지에 가해자가 되고 말았다. 그러나 지랄탄 담임은 이런저런 말을 들어보지도 않고 현우만 닦달했다.

"이 자식은 조용해서 좀 안심해도 되나 싶었는데 결국은 사고를 쳤구만! 하여간 옛말 그른 것 없어. 얌전한 고양이가 부뚜막에 먼저 올라가는 법이라더니, 살다 살다 별 지랄 같은 꼴을 다 보는구만!"

현우로선 어이없는 일이었지만 어쩔 수 없었다.

버섯즙 패거리들은 벌써 읍내 어깨들의 똘마니 노릇을 하느라 진식이를 의식했다. 진식이 아버지가 예전에 읍내에서 알아주는 어깨여서 아직도 그 영향력이 만만치 않은 까닭이다. 그래서 진식이 아버지 구역은 아무도 넘보지 않는다. 똘마니들도 그걸 아는지라 진식이는 건들지 않는다. 그 대신 진식이가 보호하고 있는 현우를 틈만 나면 괴롭히는 것이다.

졸지에 가해자가 된 현우는 없는 살림에 치료비는 물론 합의금까지 물어주어야 할 판이었다. 자초지종을 들은 진식이가 씩씩거렸다.

"내 이 자식들을 그냥……."

그러나 당장 눈앞에서 벌어지는 일이 아니라서 진식이로서도 어찌할 수가 없었다.

학교에선 쌍방이 다 폭력을 휘두른 불량학생이 되어 버섯즙 패거리와 현우 모두 징계를 받았다. 그게 교칙이란다. 현우가 아무리 억울하다고 호소해도 그 말이 전혀 받아들여지지 않았다. 학교 측에선 네가 뭔가 트집 잡힐 짓을 했으니까 걔들도 그랬을 것 아니냐, 라는 태도였다. 현우로서는 복장이 터질 일이었다.

어쨌든 현우가 더 폭력적인 가해자가 되어 열흘간 화장실 청소를 하는 교내 봉사를 해야 했다. 다른 아이들은 겨우 반성문 한 장만 쓰면 되는 징계였다. 현우는 억울하고 또 억울했지만 이번 일은 그 정도에서 그쳤으면 했다. 그러나 판이 엉뚱한 쪽으로 아주 크게 벌어져버렸다. 진식이에게서 이번 사건의 전말을 전해 들은 진식이 아버지가 가만히 있지 않은 것이었다.

진식이 아버지는 현우 아버지가 일하는 '가든'으로 지랄탄 담임과 현우에게 팔이 물린 형근이의 아버지를 불렀다.

현우 아버지는 담임과 형근이 아버지를 보자 그저 부모 잘못이라며 미안하다고 머리를 조아렸다.

"내 자식 놈 대신 용서를 구합니다. 죄송하게 되었습니다."

현우 아버지가 굽실거릴수록 형근이 아버지는 더 뻣뻣하고 드세게 나왔다.

"집에서 자식 교육을 어떻게 했길래 살에 이빨이 다 박히도록 그런 모진 짓을 합니까? 하마터면 귀한 우리 자식 뼈까지 다쳐 팔병신 될 뻔했소."

형근이 아버지가 과장되게 굴어도, 현우 아버지는 모든 것이 못난 부모 탓이라며 거듭 용서를 구했다. 그런데 입을 꽉 다물고 있던 진식이 아버지가 벽력같이 소리를 지른 건 바로 그때였다. 자식 교육 어쩌고저쩌고한 형근이 아버지 말에 더 이상 참지 못하고 불뚝 성을 내보이고 만 것이다.

"지금 자식 교육이라고 했소? 내 들어보니 댁의 자식이 가만히 있는 애를 먼저 건드렸다더구만! 그렇게 하라고 집에서 교육했소?"

그러자 형근이 아버지가 더 세게 나왔다.

"무슨 당치도 않은 소리! 우리 애가 얼마나 순하고 여린 놈인데 남을 먼저 건들겠소? 절대로 그런 일 없소!"

"그래요? 순하고 여리기 때문에 가운뎃다리 장난질이나 쳐서 물 빼다가 다른 아이들 옷에 문지르라고 집에서부터 가르친 거유?"

"무슨 말인지……."

순간 형근이 아버지가 어리둥절해했다. 그러든 말든 진식이 아버지의 화살이 지랄탄 담임을 향했다.

"담임 선생님은 알 것 아니우?"

지랄탄 담임이 고개를 저으며 금시초문이라는 표정을 지었다. 이에 진식이 아버지가 마침내 폭발하고 말았다.

"아니, 명색이 담임이 되어가지고 이녁 반에서 무슨 일이 벌어지는지도 몰랐단 말이오? 내 자식이 반장을 하는데도 한 번도 찾아가지 못해 그건 미안한 일이오만, 담임도 잘한 것 하나도 없구만!"

지랄탄 담임 얼굴이 붉으락푸르락했다. 그래도 십 년 선생 밥 먹은 관록으로 애써 평정을 찾고 점잖게 말했다.

"진식이가 담임 대신 아이들을 잘 다루어주어서 학급 운영이 아주 수월합니다. 그런데 진식이는 그런 말을 한 번도 한 적이 없어서…….”

“반장이 뭐 애들 일 일러바치는 담임 스파이요, 학교 간첩이요? 반장이 말을 하든 안 하든 담임이 그런 일은 미리미리 알아서 처리해야지요!”

“아, 예, 아이들이 엔간히 지랄 같아야지요…….”

“뭐라구요? 아이들이 지랄 같다고요? 그럼 지랄 같은 아이들이 지랄 안 하게 하는 게 교육 아니우?”

현우 아버지는 조마조마했다. 하지만 진식이 아버지가 나서서 자기가 할 말을 대신 다 해주어서 한편으론 시원하기도 했다.

“내가 현우 아버지하곤 피를 나눈 전우요. 그래서 현우는 내 자식 같은 놈이오. 내가 이 자리에 두 분을 한번 나와주십사 한 것은 다시는 이런 일이 일어나지 않게 하려고 그런 것이우!”

처음 분위기와 달리 돌아가자 지랄탄 담임과 형근이 아버지가 아주 못마땅하고 불쾌한 표정을 지었다. 그 표정을 놓칠 진식이 아버지가 아니었다.

“이보시오, 기분들 나쁘시우? 나도 기분 나쁘오. 나로 말할 것 같으면 군청 앞에서 30년 동안 구두 닦은 불곰이오. 이번 일을 제대로 처리하지 않으면 담임 모가지도 없을 것이고, 내 똘마니들 졸때기질 하는 애들도 가만 안 둘 것이오!”

진식이 아버지가 마침내 본색을 드러내며 을러대자 형근이 아버지가 움찔했다. 형근이 아버지는 반장의 아버지가 '불곰'이라 불리며 한때 어깨로 읍을 주름잡던 사람인 줄은 몰랐다. 반장 아버지 정도 되면 고상한 직업을 가진 사람이려니 한 것이다. 그건 지랄탄 담임도 마찬가지였다. 진식이가 공부를 잘하고 아이들 통솔을 잘하는지라 그 아버지도 제법 그럴싸한 직업을 가진 조용한 사람일 거라고만 생각했지, 광남 읍에서 유명짜한 '불곰'인 줄은 꿈에도 생각 못한 것이다. 종고에 온 아이들은 가정환경이 서로 비슷비슷해 특별히 가정환경 조사를 따로 하지 않아도 그만이다. 담임으로서 그게 실수라면 실수였다.

마침내 진식이 아버지는 지랄탄 담임과 형근이 아버지한테 도리어 사과를 받아냈다. 현우 아버지는 안절부절못하고 좌불안석이었다. 옛 전우 때문에 죽었다 살아나는 기분이긴 했지만 이래도 되는가 싶었다.

"내가 이 바닥에서 지내봐 아는데, 애들이 끼어들 데는 아니오!"

진식이 아버지가 지랄탄 담임과 형근이 아버지에게 읍내 어깨들의 족보를 들려주며 거듭 애들은 그런 데에 끼어들면 안 된다고 했다. 버섯즙 패거리들은 졸지에 진식이 아버지 똘마니 되는 이의 졸때기질을 하고 있는 것으로 밝혀졌다.

전세는 역전되었다. 치료비니 합의금이니 하는 문제는 없었던 게 되고, 학교 징계 문제도 재고하기로 했다. 거기서만 그쳤어도 감지덕지인데, 진식이 아버지는 황금당구장 사정을 잘 아는 자신의 졸개 하나에게 연락을 해 황금당구장에 가서 버섯즙 아이들과 당구장 사장을 기어코 데려오라고 했다.

버섯즙 패거리들은 황금당구장에서 놀다가 묶음으로 불려 왔다. 그들은 학교에서 건들거릴 때와는 달리 꼬리를 내렸다. 황금당구장 사장도 마찬가지였다. 자신의 뒷배를 봐주는 '어깨' 형님이 진식이 아버지 앞에 머리를 조아렸기 때문이었다. 그래서 모두들 어리둥절해하며 호랑이 앞에 잡혀 온 강아지같이 굴었다.

진식이 아버지가 버섯즙 패거리들에게 굵고 짧게 한마디 했다.

"벗어!"

아이들이 무슨 소리인가 싶어 서로 바라보았다.

진식이 아버지가 명령조로 다시 말했다.

"빨리 벗는다. 실시!"

버섯즙 패거리들은 진식이 아버지가 누군지는 모르지만 벌써 주눅이 들 대로 들어버렸다. 아이들이 엉거주춤하고 있는 사이 갑자기 진식이 아버지가 껄껄 웃었다. 껄껄 웃음소리가 어찌나 큰지 식당 안을 빈틈없이 꽉 채웠다.

"이놈들, 벗으라면 벗도 못하는 것들이 가운뎃다리 조물락거리는 손장난질들이여!"

무안해진 건 누구보다도 형근이 아버지였다. 믿고 있던 아들놈이 이제 보니 새끼 깡패질을 하고 있었던 것이다.

"야, 이 자식아! 아르바이트할 틈도 없이 바쁘다더니, 그래 당구장에서 날마다 처노느라고 바빴냐? 내 이놈의 자식을!"

형근이 아버지는 곁에서 말릴 새도 없이 자기 아들의 뺨을 올려붙였다. 진식이 아버지가 형근이 아버지를 눌러 앉힌 뒤 아이들에게 갑자기 살갑게 말했다. 아이들로선 어리둥절할 뿐이었다.

"이놈들, 기왕 여기 왔으니까 갈비탕이나 한 그릇씩 비우고 가거라!"

지금 이 판국에 음식이 웬 말인가. 하지만 안 먹었다간 혼날 것 같아 모두들 한 그릇씩 꾸역꾸역 먹은 뒤 자리를 물러났다.

다음 날, 학교에서 버섯즙 패거리들은 진식이 자리로 가 딱지만 한 것을 내밀었다.

"자, 이거……."

진식이가 보고 있던 책에서 눈을 뗀 뒤 고개를 들고 바라보았다.

"뭐야?"

"니 이름표!"

진식이가 오른손으로 자신의 왼 가슴을 짚으며 의아해했다.

"나 이름표 있잖아!"

"그것 떼고 이것 달아!"

진식이가 떨떠름한 표정을 지으며 아이들이 내민 이름표를 받아 들었다. '반장'이라고 씌어 있었다.

"반장이 무슨 대단한 벼슬이라도 된다고 이런 걸 달고 다니냐? 쪽팔리게시리."

"아냐, 이름표 대신 앞으로 그걸 달고 다녀."

이래서 진식이는 성과 이름 석 자가 적힌 이름표 대신 '반장' 표를 달고 다니게 되었다. 아이들이 인정한 반장이었다. 그 아비에 그 아들이었다. 씨도둑은 못 하는 법.

전쟁 중에 가장 상수는
전쟁을 하지 않고 이기는 것이다

이런저런 사건을 겪었지만 현우의 학교생활은 오히려 지낼 만하게 되었다. 모두 진식이와 진식이 아버지 덕이었다. 진식이 아버지가 읍내 어깨들의 전설적인 인물이라서 그 누구도 진식이는 물론 현우까지도 건들지 못하게 된 것이다.

진식이 아버지가 전설적인 인물이 된 이유는, 읍내 어깨 판을 평정할 때 피를 보지 않았다는 것이고, 자타가 공인하는 어깨이면서도 전과라는 별을 하나도 달지 않았다는 것이다. 진식이 아버지가 그럴 수 있었던 것은 다 이유가 있다. 일단 좀생이들이 하는 작은 약탈을 하지 않았다. 처지가 어려운 포장마차나 무허가 가게에 기생하지 않은 것이다. 그러기 위해 그는 구두닦이를 하며 스스로 생계를 해결하였다. 그리고 결코 주먹을 휘두르지 않고 상대를 오로지 기로 제압했다.

"전쟁 중에 가장 상수는 전쟁을 하지 않고 이기는 것이지."

자기 말마따나 진식이 아버지는 주먹을 쓰지 않고 주먹계를 휘어잡았다. 그래서 전설이 되었다. 자신을 드러내지 않으면서 자신의 존재감을 더 확실히 한 것이다. 그런 까닭에 진식이 아버지 이름은 아무도 모른다. 그저 광남 읍 '불곰', 그러면 그가 진식이 아버지인 줄 알 뿐이다. 그러기에 가짜 불곰도 자주 나타났다. 그러나 가짜는 금세 들통이 나는 법. 가짜가 들통이 날 때마다 진식이 아버지의 존재감은 더해갔다. 그가 군청 앞 구두닦이라는 사실조차도 신화에 덧씌워져만 갔다.

그런 줄도 모르고 버섯줍 패거리들은 황금당구장 사장을 형님으로 모시며 아이들 사이에서 어깨로 행세한 것이다. 황금당구장 사장조차도 불곰이 진식이 아버지라는 게 드러나자 되레 자기 똘마니들을 나무랐다.

"야 이놈들아, 이런 고급 정보를 미리미리 알려주었어야 내가 실수를 안 하지!"

버섯줍 아이들이 볼멘소리를 했다.

"우리도 아무것도 몰랐잖아요. 근데 어떻게 알려줘요……."

버섯줍 패거리들은 완전히 주눅이 들었다. 진식이 아버지가 눈을 부라리며 오금을 박는 말을 했기 때문이다.

"이놈들, 한 번만 더 못난 짓 하면 그때는 내 아는 형사들한테

내 손으로 다 잡아다가 넘기고 바로 콩밥 먹도록 해줄 테니까, 콩밥 먹기 싫으면 조심해. 알았어! 마빡에 피도 안 마른 것들이 설치기는 어디서 설쳐!"

버섯즙 패거리들은 진식이 아버지가 손 하나 까딱하지 않고 입만 놀려서 자신들을 꼼짝 못하게 하는 걸 보고 기가 질렸다. 자신들뿐인가. '가든'에서 한 상 걸게 대접받는 줄 알고 나간 지랄탄 담임도, 치료비에 합의금까지 얹어 받을 줄 알고 나간 형근이 아버지도, 자신들의 형님 당구장 사장도, 당구장 사장이 형님으로 모시는 진식이 아버지의 졸개도 모두 진식이 아버지 앞에서 설설 기지 않던가. 그러니 진식이는 물론 현우한테도 손 하나 까딱할 수가 없었다. 그래서 자신들의 손으로 진식이한테 아예 '반장'이라는 명찰을 달아주며 화해를 청한 것이다.

진식이는 어느 모로 보나 뛰어난 반장이었다. 할 수 있다면 차라리 진식이랑 친해져 전설의 불곰인 진식이 아버지의 직계 부하가 되고 싶을 정도였다. 아무튼 진식이 아버지는 주먹 한 번 쓰지 않고 눈알만 부라려서 자신의 존재를 드러내고, 진식이는 자기 아버지가 가지고 있는 외부적 카리스마에다 공부까지 잘해 자신의 존재를 확실히 다지고 있었다.

진식이의 존재는 급부상했다. 이제는 아예 진식이를 이름 대신 '반장'으로 부르는 게 자연스러워져버렸다. 이번 일을 전해 들은 일반 아이들은 물론 직접 겪은 버섯즙 패거리들도 기회 있을 때마다 진식이의 호감을 사려고 알랑거렸다.

"반장! 너 학교 졸업하면 전자 센터 할 것이 아니라 광남 군수 나와라. 우리가 밀어줄게. 우리가 나서서 밀면 광남 종고 졸업생들도 모두 너를 밀게 될 테니 군수 정도야 따논 당상 아니겠냐?"

한 녀석이 그렇게 운을 떼자 다른 녀석이 맞장구를 쳤다.

"그렇지. 군수 정도 하려면 조직이 있어야 돼. 우리가 영원히 변치 않을 우정으로 니 조직원이 되어줄게, 군수 한번 나와라. 어때, 우리 조직이면 해볼 만하겠지?"

버섯즙 패거리들은 '반장'이라는 명찰 대신 아예 '군수'라는 명찰까지 파서 갖다 줄 기세였다. 그러자 듣고만 있던 진식이가 짐짓 근본을 알 수 없는 사투리를 섞어가며 눙치듯이 패거리들을 눌렀다.

"뭐라카노 요것들이 시방. 영원히 변치 않을 우정이라고야? 아그들아 좀 조용히 하그라잉. 이 성님이 공부 쪼깐 하시는 중이다. 버섯즙 가지고 장난질이나 하는 니들 같은 피래미 새끼들을 조직원으로 썼다간 애먼 나까지 물총 강도 되기 딱인께 헛소리로 이바구질 고만들 허구 셋 셀 동안 빨랑 내 앞에서 사라지거라잉. 하나, 둘……."

진식이의 기세에 눌린 버섯즙 패거리들은 툴툴거리며 자기들 자리로 갔다.

현우로선 이번 몸싸움이 전화위복이 되었다. 꽤나 귀찮게 굴던 녀석들이라 관계가 늘 위태위태했는데 진식이 덕분에 잠잠하게 된 것이다.

정서적으로 안정이 된 현우는 주유소 일도 더 열심히 했다. 학교 끝나고 주유소로 달려갈 때마다 현우는 마음이 들떴다. 은빈이를 볼 수 있기 때문이었다. 은빈이는 편의점 일이 끝나면 유통기한이 지난 음식물들을 따로 챙겨놓기도 하고, 현우가 마실 음료를 신경 써서 따뜻하게 데워놓기도 했다. 현우는 일은 힘들어도 은빈이의 따뜻한 보살핌을 받는 성싶어 휘파람이 절로 났다.

주유소에 들렀더니 천장에 매달린 스피커에서 세쌍둥이 자매들이 부른 〈백만 송이 장미〉라는 노래가 부드럽게 울려 퍼지고 있었다.

가난한 어느 화가의 외로운 사랑 이야기
그가 사랑한 그녀는 별처럼 빛나는 여인
그녀를 위해서 바치는 초라한 마지막 사랑
그의 그림 속에 담긴 모든 웃음과 눈물을 팔아
백만 송이 백만 송이 백만 송이 장미를
그대에게 그대에게 그대에게 드리리

"야, 명곡이다!"
더할 것도 뺄 것도 없는 기가 막힌 가사였다. 현우는 자신이 비록 화가는 아니지만, 어느새 '화가의 외로운 사랑 이야기'에 빠져들었다. 어느 대목 하나 질리는 데가 없는 가사였다. 은빈이가 빨리 왔으면 저 노래를 들을 텐데……. 그러나 은빈이는 1학년인데도 현우보다 더 늦게 끝난다. 그래서 저 노래를 같이 들을 수 없다.

노래는 막바지로 이어졌다. 긴 이야기였다.

그녀의 창문 밖에서 새벽부터 기다린다네
그의 남은 모든 인생을 백만 송이 장미와 바꾼 채
세상은 그의 사랑을 모두 다 비웃었지만
그녀의 미소를 보며 온 세상을 모두 다 얻었네
백만 송이 백만 송이 백만 송이 장미를
그대에게 그대에게 그대에게 드리리

자신이 지금 그랬다. 노래에서처럼 그녀 집의 창문 밖은 아니지만 주유소 편의점 창문 밖에서 그녀를 기다린다. 비록 백만 송이 장미를 준비하진 못했지만……. 세상은 그의 사랑을 모두 다 비웃었지만, 그녀의 미소를 보며 온 세상을 모두 다 얻었네, 라니! 노래 속에서와 같이 자기가 은빈이를 좋아하는 걸 남들이 다 비웃어도 괜찮다. 어떤 비웃음을 받더라도 자신은 은빈이의 미소 한 방이면 온 세상을 얻은 거나 마찬가지니까!

은빈이는 노래가 다 끝나도록 나타나지 않았다. 보충수업이 길

어지는 모양이었다. 혹시라도 자신이 모르는 사이에 편의점에 들어가있을지 몰라 고개를 길게 늘여 몇 번씩이나 편의점 쪽을 바라보았지만, 은빈이는 보이지 않고 소장 사모님의 커다란 파마머리만 보였다. 현우는 노래 막바지 음절을 되뇌어보았다.

사랑밖에 사랑밖에 사랑밖에 모르는
바보 같은 남자가 영혼을 바치네

주말에 집에 가면 인터넷 검색을 해봐야겠다. 노래에 어떤 사연이 있는지…….
그때 누군가가 살짝 뒤에 다가와서 두 눈을 가렸다.
"누구야?"
손이 두툼하게 느껴지는 걸 보니 은빈이는 아니고 남자로 느껴졌다. 그렇다고 대학생 형이 눈 가리는 장난을 칠 것 같지도 않았다.
"누구냐니까!"
그때에야 비로소 손이 풀리며 손 주인이 웃었다.
"장현우! 형님이다!"
진식이었다.
"진식아! 니가 여길 왜?"
현우는 반가움에 젖어 뭐라 할 말이 없었다. 하루 내내 학교에서 나란히 앉아 있다 왔는데도 밖에서 보니 새삼스러웠다.

"음, 근무 잘하고 있나 순시 나왔다!"

"잘하고 말고 할 것도 없는 일인데, 뭘 순시까지……."

"순시라기보다는 보호 차원에서 순찰 나온 거야."

"내가 못 미더워서?"

"너만이 아니지. 은빈이도 보호가 필요하거든."

뜻밖이었다. 진식이가 은빈이를 다 챙기다니!

"은빈이야 내가 보호하고 있으니까 넌 걱정 안 해도 돼!"

"니가 은빈이를 보호한다고? 태권도 검은 띠 은빈이가 너를 보호하는 게 아니고?"

"내가 태권도 못한다고 우습게 보이냐? 아무리 그래도 한 살이라도 더 먹은 내가 은빈이를 보호하는 거지."

"알았어. 그건 그렇고, 버섯즙 새끼들 여기 오지 않았냐?"

"응, 안 왔는데."

"실은 걔들이 여기 와서 너 괴롭힐까 봐 나와봤다. 난 굳이 안 와봐도 될 것 같았는데, 아버지가 가보라고 하도 그래서."

그때 덜덜거리는 소리만으로도 낡은 티가 절로 나는 승합차 하나가 주유소 안으로 들어섰다. 운전자가 창문을 내리기도 전에 현우가 용수철처럼 튀어 가 운전자에게 외쳤다. 직업정신이 아예 몸에 딱 들러붙은 자세였다.

"어서 오십시오! 얼마치 넣어드릴까요?"

"가득 넣어봐라."

말투가 영 마음에 들지 않았지만 현우는 씩씩하게 대답했다.

"네! 주유구 뚜껑 좀 열어주십시오."

"니가 알아서 열어, 인마."

"네?"

주유구 뚜껑은 차 안에서 열어주어야 한다. 그런데 알아서 열라니? 현우는 자신이 잘못 들었나 싶었다. 현우가 어찌할 바를 모르고 그대로 서 있자, 운전자가 뒷자리로 고개를 돌리며 물었다.

"이 녀석이냐? 불곰이 뒤 봐주는 놈이?"

흘깃 차 안을 들여다보니 버섯즙 패거리들이 타고 있었다. 운전자는 눈매가 처진 데다 오른쪽 이마에 큰 사마귀까지 있어 외관이 꾀죄죄해 보였다. 차 안에 있는 아이들이 맞다고 하는 것 같았다.

운전자가 주유구 뚜껑을 열어주지 않는 까닭에 기름을 넣을 수가 없어 현우는 계속 엉거주춤 서 있었다. 그새 진식이가 차 안을 들여다본 뒤 차 앞으로 가 운전자의 턱밑을 손가락으로 들어 올리듯 하며 어른스레 묵직하게 물었다. 평소의 진식이 모습하고는 아주 달랐다.

"아저씨가 황금당구장 지배인이우?"

순간 운전자가 당황해하며 말을 더듬었다.

"나?"

"아저씨 말고 여기 누가 또 있소?"

"아녀, 나는 황금당구장이 어디 있는지도 몰라."

운전자는 진식이 덩치만 보고 지레 질려버리는 것 같았다. 뒷자리 아이들은 뜬금없이 진식이가 나타나자 모두들 머리를 숙였다. 마치 꿩이 수풀 속에 머리를 감추는 꼴이었다.

"야, 이 가이사이끼들아! 니들 이 차 타고 어디 가려고?"

진식이가 학교 국어 선생 식으로 개새끼를 풀어서 가이사이끼라고 말하자 아무도 대꾸를 하지 못했다.

"아저씨, 차 좀 한쪽으로 대보슈."

학교에서와 달리 진식이는 불량 아이들이 쓰는 말투보다 훨씬 더 거칠게 나갔다. 운전자가 차를 주유소 한쪽으로 대자 진식이가 차문을 열고 외쳤다.

"야, 이 자식들아, 나 반장이다. 니들은 그렇게 할 일이 없냐? 이 것들이 학교 끝나자마자 어디로 몰려가는가 했더니 기껏 황금똥 당구장에 가서 놀았구만!"

진식이가 주먹으로 열린 승합차 문을 한 번 쳤다. 그러잖아도 낡은 문짝이 떨어져 내렸다. 아이들의 꼬락서니가 다 드러났다.

"니들 여기 꼼짝 말고들 있어! 요것들이 진짜 뜨거운 맛을 보고 싶어서 끝까지 까불고 다니네!"

그때 은빈이가 단발머리를 나풀거리며 주유소로 들어섰다. 진식이가 은빈이에게 손을 들어 보였다.

"어? 진식이 오빠, 안녕. 여기 웬일이야?"

"내가 못 올 데 왔니?"

"오빠도 여기서 아르바이트 하려고?"

"아니, 아르바이트 하는 너희들 잘하고 있나 보려고."

"에이, 아닌 것 같은데."

그 틈에도 차 안의 아이들은 은빈이를 흘깃흘깃 훔쳐보았다. 진식이가 아이들을 돌아보며 꽥 소리를 질렀다.

"뭘 봐, 짜식들아!"

아이들은 다시 움칫하더니 가만히 있었다. 진식이가 은빈이보고 들어가서 일할 준비를 하라고 이른 뒤, 운전자 아저씨더러 차에서 내리라고 말했다.

운전자 아저씨가 볼멘소리를 했다.

"나 바쁜데……."

"바쁘긴 뭐가 바빠요? 바쁜 사람이 주유구 뚜껑도 안 열어주면서 기름 넣으라고 큰소리쳐요?"

진식이 말은 한마디 한마디가 다 바윗덩이 같은 무게로 작용했다. 운전자가 차에서 내리자 진식이가 운전자의 손목을 비틀어 잡았다.

"아얏! 놓고 말해!"

"그 정도 가지고 엄살을 부리고 그래요. 내가 누군지 알아요?"

"내가 어떻게 알아?"

"그럼 알게 해주지요."

진식이는 운전자의 손목을 놓지 않은 채 휴대전화기를 꺼내 통화를 했다. 조금 뒤 황금당구장 사장이 달려왔다.

"아니, 김씨! 이게 시방 뭐유? 뭐하다가 차 문짝까지 다 부서져 내리고, 왜 이러고 있는 거야?"

차 안을 들여다본 황금당구장 사장은 또 놀랐다.

"오라, 이것들이 짜고 시방 한탕 치려다가 잡혔구먼. 그러잖아도 자꾸만 당구봉하고 당구공이 없어져서 이상타 했더니, 이것들이⋯⋯."

황금당구장 사장은 승합차에서 다발로 묶어놓은 당구봉과 자루 가득 담은 당구공을 차 밖으로 끌어 내렸다. 황금당구장 사장이 경찰을 부른다고 여기저기 전화를 해대자 아이들은 벌벌 떨었다. 난리가 따로 없었다. 아이들은 진식이더러 오해라며 자기들 좀 어떻게 해달라고 떼를 썼다. 그러나 진식이에겐 씨도 안 먹혔다.

"도둑질을 했으면 정당한 대가를 치러야지!"

감정을 그대로 드러내지 않아야 길하다

　황금당구장을 자기네들 구역 삼아 빈둥거리던 버섯즙 패거리들은 아무리 생각해보아도 황당하기 짝이 없었다.

　"아무래도 귀신에게 홀린 것만 같아."

　"누가 아니래. 반장 새끼가 그때 왜 주유소에 와 있는 거야? 도대체 뭐가 뭔지 모르겠어. 으이구, 되는 게 없어!"

　버섯즙 패거리들은 어떻게 된 건지 서로 머리통을 굴려봐도 도대체 어디서부터 일이 꼬인 건지 알 수가 없었다. 어쨌든 확실한 것은 황금당구장 지배인까지 나서서 고물 승합차를 몰고 주유소에서 기름 총을 쏘는 현우를 좀 손봐주려 했는데 도리어 진식이한테 걸려 망신을 당하고 말았다는 것이다. 형근이는 현우에게 팔을 물린 데다 자기 아버지한테 뺨까지 맞았다. 창피도 그런 창피가 없었다. 하여튼 자신이 당한 창피를 되갚아보려고 이번 일을 앞장서 꾸민 형근이는 더욱 분을 참지 못했다.

"우리가 아무리 깝쳐봐도 부처님 손바닥 안에서 노는 거야 뭐야? 에이 씨!"

녀석들은 짐작도 못했지만, 이는 다 진식이 아버지인 불곰의 정보력을 미처 생각하지 못하고 저지른 일이라서 그렇게 된 것이다.

황금당구장 사장이 한걸음에 달려와 당구봉이니 당구공이니 하며 설레발을 친 것조차도 사실은 버섯즙 패거리들과 다 미리 짜고 한 짓이었다. 아이들이 당구장에서 북적거려주어야 당구장 영업에 득이 된다. 그러기에 버섯즙 패거리들이 당구장에 진을 치고 노는 걸 반겼으며, 그들이 현우를 손보러 가는 것도 눈감아주었다.

만약에 일이 틀어지면 버섯즙 패거리들을 야단치는 척하며 얼른 당구장으로 끌고 가기로 했다. 그래서 버섯즙 패거리들이 진식이 대신 현우를 손보기 위해 차를 끌고 나갈 때 당구장 물건을 싣고 가게까지 한 것이다.

어찌 보면 황금당구장 사장은 똘마니들의 연극을 눈감아준 것이다. 아니, 눈감아준 정도가 아니라 자신이 조연으로 출연까지 해준 것이다. 일이 실패하더라도 여차하면 당구장에서 빈둥거리던 아이들이 지배인과 짜고 좀도둑질이나 하는 걸로 몰아붙일 수 있기 때문이었다.

그러나 진식이 아버지는 자신의 정보망을 통해 황금당구장 사장의 구린 뱃속을 손바닥 들여다보듯 이미 다 들여다보고 있었다. 그래서 아들 진식이에게 급히 연락하여 때맞추어 주유소로 가보라고 한 것이다.

자기들 딴에는 나름대로 각본을 치밀하게 짠 주유소 습격 사건이었다. 그런데도 실패로 돌아가버렸다. 그러니 버섯즙 패거리들은 진식이한테 더욱 설설 기지 않을 수 없게 되었다. 자신들이 부린 꼼수가 다 드러나버렸기 때문이다. 물론 현우에게도 함부로 하지 못했다. 사실 버섯즙 패거리들은 진식이를 어떻게 해보지 못해 현우를 타고 넘으려 했다. 이른바 성동격서. 동쪽을 칠 것처럼 소리를 내 요란을 떨지만 사실은 서쪽을 치고 싶은 것이다. 그러나 변죽만 울리다 만 격이 되고 말았다. 그들은 어느 무엇으로도 진식이의 적수가 못 되었던 것이다.

덕분에 현우의 학교생활은 더욱 편해졌다. 학기 초와 달리 이제는 아무도 자신을 괴롭히지 않는다. 지랄탄 담임조차도 별다른 잔소리를 하지 않는다. 현우는 그게 편했다. 아무도 관심을 가져주지 않는 것. 그게 학교생활을 가장 편하게 하는 길이라는 걸 중학교 때부터, 아니 초등학교 때부터 이미 터득한 바였다.

그래서 주유소에서 들었던 노래 〈백만 송이 장미〉의 가사와 음원을 알아보는 여유도 부릴 수 있었다. 지난 주말에 집에 가서 잘 때 인터넷에 들어가 〈백만 송이 장미〉에 대해 알아보았다. 콧소리 섞인 목소리를 내는 아줌마 뽕짝 가수가 오래전에 같은 제목의 노래를 불렀다. 같은 제목이지만 아줌마 가수가 부른 노래의 가사보다는 이번에 들은 세쌍둥이 자매의 가사가 훨씬 더 좋았다.

노래의 사연을 보니, 가난한 어느 화가가 여배우와 사랑에 빠져 자기 그림 속에 여배우를 모델로 그려 넣었다는 것이다. 실제로 그려 넣었다느니 그렇지 않았다느니, 장미를 좋아해서 장미 선물을 했다느니 안 했다느니 말들이 많았지만, 그게 뭐 그리 중요할까? 사랑에 빠지면 어떤 식으로든 자신의 삶에 연인의 체취가 묻어들지 않을까? 그리고 뭐든 주고 싶은 마음이 일지 않을까? 화가는 그림 그리는 게 그의 삶이니까 당연히 그의 그림 속에 자신의 연인이 어떤 식으로든 스며들었을 것이다. 그리고 연인이 좋아하는 걸 선물로 주고 싶었을 것이다. 아마도 화가의 연인은 장미를 좋아했나 보다.

현우 자신이야 그림이라면 아주 손방이라서 그림 속에 은빈이를 그려 넣을 수는 없지만 선물은 뭐든 해주고 싶었다. 그렇다면 돈을 많이 벌어야 할 일이었다. 그런데 주유소 시급은 너무 짜다. 하지만 지금 학생 신분으론 이만한 돈벌이 자리도 감지덕지다. 그렇다고 해서 어른이 되어서도 이렇게 계속 살 수는 없다. 최소한 연인에게 선물하고 싶은 물건 정도는 살 수 있게 벌며 살아야 한다.

현우는 자신이 나중에 어른이 되면 무얼 해서 돈벌이를 해야 할지를 생각해보았다. 공부를 잘하는 것도 아니고, 운동을 잘하는 것도 아니고, 그림이나 노래에 소질이 있는 것도 아니다. 아무것

도 잘하는 것은 없으면서 그저 조용하기만 할 뿐이었다. 그 점만
은 지랄탄 담임이 제대로 본 것이다. 종고 전자과를 다니지만 진
식이처럼 목표가 확실한 것도 아니다. 그저 대학 갈 처지가 아니
어서 나중에 자격증이라도 하나 따볼까 하는 마음에 전자과로 진
학한 것이다. 아니다. 어쩌면 '전자'라는 말이 두루 쓰이는 것이어
서 괜찮아 보여 전자과로 진학했는지도 모른다. 그거야 어떻든 이
제는 목표를 좀 가져야 될 것 같았다. 제대로 된 직업이 있어야만
연인에게 백만 송이 장미는 놔두고 꽃다발 하나라도 선물할 수 있
지 않을까? 가능하다면 나중에 휴대전화기를 만드는 기술자가 되
고 싶기는 하다. 앞으로 삶의 중요한 것은 죄다 휴대전화기 안에
들어갈지도 모를 일이니까.

　현우는 은빈이가 자신의 가슴속에 들어온 뒤부터는 시도 때도
없이 은빈이 생각에 싸여 있다. 그래서 점심 급식 때 1학년 교실이
있는 쪽을 어슬렁거려보기도 한다. 그렇게 한다고 해서 은빈이가
쉬이 만나지는 건 아니었다. 아주 드물게 체육 시간이나 운동장
모임 때 어쩌다가 보게 되어도, 은빈이는 주유소에서와는 달리 눈
도 잘 마주치지 않았다. 주유소에선 항상 웃는 낯이었는데 학교에
서 보면 웃는 낯도 아니었다. 아주 다른 사람이 되어버린다. 그러
든 어쨌든 언제부턴가 현우는 점심시간이면 얼른 급식을 먹고 교
정을 어슬렁거리는 버릇이 생겼다.

　짝인 진식이도 현우가 점심시간에 어디를 가는지 묻지 않았다.

현우도 진식이가 틈날 때마다 교실 밖으로 나갔다가 한참 있어야 오는 것을 알지만 묻지 않았다. 서로 묻지 않는 것도 있어야, 모르는 것도 있어야 우정이 계속 유지되리라고 생각해서다. 둘은 말은 안 했지만 그 부분에 대해선 거의 같은 생각이다.

그러나 일부러 보지 않으려 해도 어쩔 수 없이 보게 되는 경우도 있다. 오늘 아침에 그런 것이다. 오늘 아침엔 다른 때보다 일찍 잠이 깨어 일찍 등교했다. 교문에 등교 지도 선생도 없고, 선도부 선배들도 서 있지 않았다.

교문을 들어서서 무심코 운동장을 보니 운동장을 뛰고 있는 이가 있었다. 자세히 보니 진식이었다. 현우는 소리쳐 진식이를 부를까 하다가 그냥 지켜보았다. 달리기를 하고 난 진식이는 운동장 한쪽에 있는 축구 골대로 가더니 그물망이 쳐진 축구 골대 안을 계속 왔다 갔다 했다. 뭐라고 중얼거리는 것 같기도 하고 소리를 지르는 것 같기도 했다. 현우는 진식이가 자신을 보면 무안해할까 봐 얼른 교실로 왔다. 가방이 진식이 자리를 대신 지키고 있었다.

조금 뒤 교실에 들어온 진식이는 모처럼 일찍 온 현우를 보자 눈을 휘둥그레 뜨며 반갑게 인사를 했다.

"장현우! 웬일이야? 이렇게 일찍 오고?"

현우가 짐짓 볼멘소리를 냈다.

"나는 학교에 일찍 오면 안 되냐? 너는 일찍 와서 운동까지 하는 것 같더라?"

진식이가 당황한 표정을 지었다.

"운동? 응, 운동장 뛰는 것. 그게 뭐, 운동까지야. 나도 아침마다 내가 왜 뛰는지도 모르면서 뛰어."

"뭐라구? 왜 뛰는 줄도 모르면서 뛴다구?"

현우가 고개를 갸우뚱하며 의아한 표정을 지었다. 하지만 진식이는 현우의 표정에는 아랑곳없이 대수롭지 않게 대답했다.

"응. 달리지 않으면 불안하니까!"

뜻밖이었다. 진식이 입에서 '불안'이라는 말이 나오다니. 진식이는 모든 면에서 완벽해 보여 조금도 빈틈이 없을 줄 알았다. 그런데 불안하다니.

점심시간이었다. 진식이는 점심 급식을 후다닥 먹어치우더니 사라졌다. 현우도 점심을 재빨리 먹고 교정을 어슬렁거렸다. 버섯즙 패거리들은 여전히 자신들만의 둥지로 담배를 피우러 가는 것 같았다. 1학년 교실이 있는 쪽을 돌아 산으로 이어진 오솔길에 들어섰다. 오솔길 옆으론 도랑물이 졸졸 흐른다. 그런데 그 도랑에 엎드려 진식이가 손을 씻고 있었다. 그러려니 했다. 이런 데서 진식이랑 부딪치면 어색할 것 같아 오솔길로 더 가지 않고 돌아서서 다시 내려왔다.

운동장에선 아이들이 뛰어다니기도 하고 공을 차기도 하며 활기차게 놀고 있었다. 그러나 그 어디에도 은빈이는 보이지 않았다. 운동장을 한 바퀴 천천히 걸어 돈 뒤 수돗가에 낯익은 등이 보여 그리 눈길을 주었다. 진식이었다. 진식이가 그새 수돗가로 와서 또 손을 닦고 있었다.

현우는 점심시간이 거의 끝나가는 것 같아 교실로 들어가기 위해 운동장에서 교실로 이어진 계단을 올랐다. 진식이가 헐레벌떡 계단을 뛰어오더니 자신에게는 아무 말도 않고 쏜살같이 교실이 있는 건물로 달려 들어갔다. 진식이가 뛰어 들어간 곳은 교사 화장실이었다. 현우는 또 그러려니 했다. 아마도 볼일이 급해 자신을 제치고 가면서도 말도 못하고 교사 화장실로 뛰어 들어가나 보다 했다.

현우는 먼저 교실로 들어가 오후 수업 준비를 했다. 진식이는 바로 나타나지 않았다. 잠시 후 가이사이끼 선생으로 불리는 국어 선생이 진식이와 교실 문 앞에 서서 한참을 얘기하고 있었다. 국어 선생은 사람이 불량해지지 않으려면 무엇보다도 말을 순화해서 해야 한다며 '개새끼'도 가이사이끼로 풀어서 말하는 버릇을 가지고 있다. 저번에 진식이가 버섯즙 아이들한테 소리칠 때 가이사이끼라는 말이 바로 터져 나온 것도 다 국어 선생의 그런 말버릇이 어느새 옮겨진 탓이다.

"죄송합니다. 저도 안 그러려고 그러는데 자꾸만⋯⋯."

진식이가 뭔가 잘못을 한 모양이었다. 교실 앞문이 열린 상태라 애써 들으려고 하지 않는데도 진식이가 용서를 구하는 말이 또렷하게 들려왔다.

"진식아, 그건 네 의지에 달려 있어."

"잘 알겠습니다."

다음 시간이 국어 시간인데도 가이사이끼 선생은 빨리 들어오지 않고 그렇게 진식이와 한참 얘기를 나누고서야 들어왔다.

진식이는 요즘 자신이 왜 이러는지 몰랐다. 심장이 터져라 운동장을 뛰어도 시원하지 않고, 뛰고 나면 자신이 왜 뛰었는지도 모르겠다. 게다가 손을 닦고 또 닦아도 깨끗해지지 않는 것 같아 자꾸만 더 닦고 싶다. 아이들 눈에 띄면 자신의 치부가 드러날까 봐 학생 화장실은 자주 이용하지 못하고 교사 화장실이나 운동장 수돗가, 오솔길 도랑물에까지 가서 손을 닦게 된다. 그런데 현우가 눈치를 챈 것 같기도 하다. 들키면 안 된다. 현우는 자신이 모든 면에서 완벽하다고 생각하는 아이다. 그런 애한테 자신의 약한 면을 보여주어선 안 된다. 아이들 눈에 띄지 않으려다 보니 아무래도 교실과 붙어 있는 교사 화장실을 들락거리게 된다. 그러나 화장실에 설치된 카메라도 피했는데 뜻밖에도 가이사이끼 선생한테 들키고 말았다. 세면대에서 손 씻고 있을 때마다 부딪친 까닭이다. 가이사이끼 선생은 진식이에게 상처를 주지 않으려고 나름대로 애를 쓰며 말했다. 진식이 자신도 잘 안다. 국어 선생 말마따나 자신의 의지에 달려 있는 문제 같기도 하다.

주먹은 한 번도 쓰지 않으면서도 읍내 어깨부대들의 큰 형님인 아버지. 그런 아버지가 어렸을 땐 완벽한 존재로 느껴졌다. 그래서 진식이 자신도 아버지만큼 잘하는 게 있어야겠다 싶어 공부를 했다. 공부 말고 아버지를 넘을 것은 없어 보여서였다. 그런데도 아버지의 삶이 그리 옳다고는 느껴지지 않았다. 자꾸만 아버지 대신 주먹을 씻어야 한다고 느껴졌다. 아버지 팔뚝엔 '차카게 살자'는 문신이 새겨져있다. 문신에 새긴 대로 아버지가 지금 '착하게 살고' 있고 아무리 아버지가 주먹을 쓰진 않는다 해도 역시 남이 무서워하는 건 아버지의 주먹이다. 본디 타고나기를 임꺽정 사촌 저리 가라 할 정도의 거구라서 손도 솥뚜껑만큼이나 크다. 그 손에 한 대 맞으면 광대뼈고 고막이고 바로 으스러져버릴 것이다. 그래서 아버지는 주먹을 쓰지 않는다. 깍지만 끼고 몇 번 뿌드득 뼈 부딪는 소리만 내도 다들 기겁을 하기 때문이다. 자신의 외모도 영락없이 아버지를 빼닮았다. 그래서 다들 두려워한다. 게다가 태권도부터 유도까지 웬만한 운동도 다 섭렵했다. 공부도 광남 종고에선 잘하는 축에 속한다. 그러니 누군들 두려워하지 않겠는가. 오죽하면 새끼 깡패질을 하며 좀 논다는 버섯줍 패거리들이 '반장'이라는 명찰까지 자발적으로 해 바치며 고개 숙인 채 찍소리 하지 않고 지내겠는가? 게다가 지랄탄 담임의 말은 더 웃긴다.

"잘 둔 반장 하나, 열 교사 부럽지 않은 법이오! 우리 반 반장은 부담임이나 마찬가지요!"

지랄탄 담임은 다른 과 담임들에게 늘 이렇게 말한다. 똑똑한 반장 하나 있으면 반장이 학급 일을 알아서 처리하고 골치 아픈 학생들도 다 제압해주니 담임 노릇하기가 훨씬 쉽다는 얘기였다. 이게 선생의 입에서 나오는 소리이다. 그러고 보면 진식이는 지랄 탄 담임 입장에선 참으로 귀인인 셈이다.

그런데 왜 그런 것은 다 필요 없고 자꾸만 깨끗해지고만 싶은지 모르겠다. 아버지의 주먹에 대한 강박이 묘한 쪽으로 가서 고약하게도 결벽증이 되고 있는 것 같았다.

은빈이는 주유소 편의점 계산대에 앉아 창문 밖으로 열심히 기름 총을 쏘는 현우를 바라보았다. 요즘 보기 드문 바른생활 학생이다. 술도 안 마시고, 담배도 피우지 않고, 조용히 자신의 일에만 열심이다. 무슨 꿈이 있는지 슬쩍 떠보았지만 쉽게 속내를 비치지도 않는다.

거기에 비하면 진식이는 너무 완벽한 모범생이다. 공부면 공부, 운동이면 운동, 거기다가 준수한 외모에 떡대 같은 몸집까지! 진식이를 떠올리면 괜히 얼굴이 달아오른다. 초등학교 때 태권도 도장을 다닐 때였다. 진식이가 중학교에 가면서 태권도를 그만둘 때까지 거의 4~5년을 같은 도장에 다녔다. 같은 도장에 다닌 거야 감출 일도 아닌데, 그만 엉겁결에 둘이 입을 맞추고 만 사건이 있었다.

도장에서 자유 대련 시간엔 곧잘 진식이하고 대련을 했다. 그런 어느 날 학교 끝나고 도장에 갔다. 사범은 아직 안 나와 있었다. 그런데 진식이가 와 있었다. 둘은 그냥 기다리기가 무료해서 연습 삼아 대련을 했다. 그러다 어찌하여 몸이 엉켰다. 둘의 눈이 마주 쳤다. 그런데 누가 먼저랄 것도 없이 입을 맞추고 말았다. 진식이 입에서 사탕 냄새가 났던가 어쨌던가. 이제 막 가슴에 젖망울이 잡혀가던 5학년 때 일이다.

그런 뒤로 도장에서 만나면 서로 피했다. 가슴은 방망이질하지 만 괜히 죄를 지은 것 같은 기분이 들어서였다. 도장을 먼저 끊은 이는 진식이다. 진식이는 검은 띠를 매자마자 도장을 끊었다. 은 빈이도 몇 달 뒤 검은 띠를 따자 도장을 그만두었다. 나중에 보니 진식이는 유도 도장을 다니고 있었다. 그래서 진식이는 운동 쪽 으로 갈 줄 알았다. 그런데 뜻밖에도 전자과 장학생으로 진학했단 다. 고등학생이 된 진식이는 읍내 뭇 여학생들의 눈길을 한 몸에 받는 처지였다. 그런데 정작 은빈이는 태권도장 입맞춤 사건 이후 진식이와 오붓한 시간을 한 번도 가져보지 못했다. 일부러 피하기 도 해서 그런 것이다.

현우하고는 아무런 추억이 없다. 그런데도 진식이보다는 현우 에게 더 마음이 갔다. 진식이는 자신이 아니더라도 따르는 여학생 이 많다. 그러나 현우는 가만 보니 곁에 여자애가 하나도 없는 것 같았다. 어쩐지 현우는 자신이 돌보아주어야 제대로 커나갈 수 있 을 것 같았다. 진식이야 자기가 돌보지 않아도 스스로 쑥쑥 크면서 잘해나갈 것이라고 여겨졌다.

은빈이는 이런 생각을 하는 스스로가 놀라웠다. 그래 봐야 자신은 1학년이고 현우는 2학년이다. 1학년짜리가 2학년짜리를 돌보네 어쩌네, 우습다. 그래도 마음이 써진다. 주유소 숙소에서 먹고 자는 현우를 위해서 자신이 할 일이 뭐 없을까 돌아보았다. 편의점에서 유통기한이 지난 탓에 반납하려고 따로 분리해놓는 삼각김밥이랑 샌드위치라도 챙겨주어야겠다. 유통기한이 지났다고 하지만 먹어서 탈이 나는 일은 없다. 먹고살기 좋아져 유통기한 어쩌고저쩌고하는 것일 뿐이다.

하지만 이런 자신의 감정을 현우에게 다 드러내선 안 되는 일이었다. 사랑의 영업상, 주유소에선 언제나 상냥하게 웃고 있지만 학교에선 철저히 새침해져야 했다. 너무 헤프게 굴면 오히려 점수가 깎일지 몰라서 그런 것이다. 사랑에도 다 전략이 필요하다. 가끔 학교에서 현우를 보기도 한다. 오다가다 만나기도 하지만, 요즘엔 현우가 점심시간이면 1학년 교실 근처를 어슬렁거리기도 한다. 그러나 은빈이는 현우를 보고도 달려가지 않았다.

오늘 현우가 CD 한 장을 주었다. 세쌍둥이 자매 그룹이 부른 〈백만 송이 장미〉라는 노래가 들어 있었다. 현우가 인터넷에서 음원을 내려받아 직접 구운 것 같았다. 가사도 작은 글씨로 인쇄되어 끼어 있었다. 가사가 어찌나 긴지 CD 뚜껑 안쪽에까지 이어져 있었다. 노래 가사가 참으로 구구절절하고 애틋했다. 다음 구절엔 형광펜으로 줄까지 그어져 있었다. 글씨에서 푸른색이 돌았다.

　사랑밖에 사랑밖에 사랑밖에 모르는
　바보 같은 남자가 영혼을 바치네

　현우가 자신의 마음을 노래 구절에 실은 것 같았다. 은빈이는
드디어 현우의 마음을 사로잡았다는 생각이 들었다.
　'밤에 집에 가면 얼른 들어보아야지.'
　현우에게 쏠리는 마음을 감춘 채 그간 자신의 감정을 드러내지
않고 지낸 게 제대로 맞아떨어진 성싶다.
　'히히, 현우 오빠는 이제 내 손안에 들어왔다!'
　은빈이는 몸이 붕 뜨는 것만 같았다. 괜스레 계산대 위의 돈통
서랍을 서너 번이나 열었다 닫았다 했다.

돌부리를 차면 제 발만 아프다

버섯즙 패거리들은 어떻게 하든 진식이를 눌러야겠다고 생각했다. 진식이한테 당한 수모를 열 배 스무 배로 되돌려주지 않고선 분통이 터져 피가 거꾸로 돌 것 같고, 학교생활도 낙이 없을 것 같았기 때문이다. 특히 형근이는 다른 아이들보다 분이 더 났다. 진식이만 생각하면 짜증이 나서 견딜 수가 없었다. 학교에 가든 집에 가든 당구장에 가든 형근이는 계속 씩씩거리며 이를 갈았다. 형근이 처지에서 보면 그럴 만했다. 진식이 아버지 불곰한테 당했지, 현우한테는 한 푼도 못 받았지, 자기 아버지한테까지 되레 혼났지, 지랄탄 담임은 담임대로 지랄해댔지……. 말 그대로 죽을 맛이었다.

불곰이라는 진식이 아버지한테 당한 것만도 마뜩찮은데 아들

인 진식이한테까지 당하자 뿔이 날 대로 난 버섯즙 패거리들은 의
논을 하기 위해 황금당구장에 모여 머리를 맞댔다. 하지만 의논은
뒷전이고 우선은 형근이 투정부터 달래야 했다. 형근이가 당구장
벽을 주먹으로 치며 흥분을 멈추지 않았기 때문이다.

"자식이 말야, 즈이 아버지가 불곰이면 불곰이지, 지가 뭐라고
주제넘게 지까지 나서서 난리야, 짜증 나게!"

버섯즙 패거리들은 진식이한테 반장 표를 달아주며 알랑거린
자신들의 행위도 영 마땅치 않았다. 하지만 그건 이미 엎질러진
물이었다.

"흥, 지가 예뻐서 반장 표 달아준 줄 알아?"

"그뿐이야? 광남 군수 나오라고 치켜주기까지 했잖아!"

"우리가 뭐 배알도 없어서 그런 줄 알아? 지 놈한테 낚싯바늘
던지느라 그런 건데, 미끼를 물기는커녕 이 자식이 아예 낚싯대를
분질러버렸단 말이야."

아이들은 저마다 진식이를 성토하기에 바빴다.

형근이는 황금당구장 모의를 진식이가 미리 알아차리고 현우를
보호하기 위해 주유소에 가 있던 것까지 생각하면 이가 갈렸다.

"그 새끼가 내 앞에서 무릎 꿇고 빌게 만들지 못하면 광남 종고
더 다닐 필요 없어! 이 판국에 학교를 무슨 재미로 다녀! 아, 짜증
나!"

다른 아이들도 짜증이 나긴 마찬가지였다. 무엇보다도 자존심

이 무척 상한 것이다. 진식이가 워낙 강자여서 학교생활 한번 편히 해보려고 짐짓 머리 숙이고 알랑거려봤지만 돌아온 건 수모뿐이었다. 그렇다고 진식이랑 친한 현우를 잡아 족칠 수도 없었다. 현우 뒤엔 진식이가 딱 버티고 있으면서 손바닥 꿰듯 자신들의 일을 다 알고 있었던 것이다. 아주 짜증 나는 일이었다. 그러잖아도 매사에 짜증이 나는 아이들이었다. 지랄탄 담임만 봐도 짜증 나고, 아버지 어머니가 돈을 많이 못 버는 것도 짜증 나고, 공부 못하는 것도 짜증 나고, 애들을 맘대로 휘어잡지 못하는 것도 짜증이 나고, 학교에 오면 아무 데서나 담배를 피울 수 없는 것도 짜증이 났다. 그런데 진식이 때문에 짜증 날 일이 하나 더 생긴 것이다.

버섯즙 패거리들은 가까스로 진식이를 혼내줄 계획을 마련했다. 한 녀석이 대단한 것을 알고 있는 것처럼 말했다.

"진식이 새끼가 지랄탄 심부름으로 윤석이 자식한테 가는 모양이더라."

형근이가 의아한 표정을 지었다.

"그래서?"

"그때 손보면 되잖아."

"어떻게?"

"윤석이 자식 엎어져 있는 병원이 큰길에서 좀 들어간대. 그러니까 진식이 새끼가 병원에 들어가는 걸 확인한 뒤, 다시 병원에서 나올 때를 기다렸다가 쥐도 새도 모르게 한 방 먹이고 튀는 거야."

형근이가 눈빛을 반짝거리면서도 미심쩍어했다.

"근데 그 새끼가 혼자 가지는 않을 거 아냐?"

"아마 지난번 때처럼 성구나 승규를 달고 가겠지."

형근이 얼굴에 실망의 기색이 드러났다.

"그 자식들이 같이 있으면 곤란하잖아."

"당연히 따돌려놔야지."

형근이가 고개를 끄덕거렸다.

"어떻게 따돌리지……."

형근이가 안달복달하기 시작했다.

버섯즙 아이들은 바로 작업에 들어갔다.

일단 진식이가 언제 윤석이한테 가기로 했는지부터 알아봐야 했다. 아이들이 형근이더러 윤석이에게 전화를 해보라고 채근했다.

"윤석이한테 전화 한 방 때려보면 알 수 있잖아."

형근이는 바로 윤석이한테 전화했다. 윤석이는 너무나 쉽게 진식이가 언제 다녀가기로 했는지를 알려주었다.

윤석이랑 통화가 끝나자 형근이가 투덜거리며 전화기를 닫았다.

"에이 씨, 진식이가 꼴에 반장이라고 지 똘마니 챙기는 거야 뭐야."

한 아이가 받았다.

"윤석이가 벌써 진식이 똘마니 된 거야?"

"그건 모르지. 근데 윤석이 그 자식이 반장이 면회 또 오기로 했다며 되게 좋아해. 아주 감격을 하고 있더라니까."

형근이와 아이들은 어떻게 진식이를 혼내줄 것인지를 의논했다. 문제는 윤석이와 배달의 기수를 자처하는 성구와 윤석이의 짝인 승규를 어떻게 따돌리는가 하는 거였다. 아이들은 저마다 둘을 따돌릴 방법을 내놓았다. 둘을 그 시간에 황금당구장으로 불러서 노닥거리는 게 좋겠다고도 하고, 아예 정공법을 써서 둘을 미리 눌러놓자는 얘기도 나왔다. 그러나 어느 방법도 시원한 결론으로 이어지지 않았다. 자신들의 처지를 보니 꼭 고양이 목에 방울을 달려는 쥐 꼴이었다. 어떤 방법이든 누군가는 일단 진식이 앞에 나서야 하는데, 어느 누구도 선뜻 나서려는 이가 없었다.

　아이들 말을 들으며 입을 앙다물고 있던 형근이가 아이들에게 툭 내뱉었다. 못마땅한 속내가 그대로 드러나는 말투였다.

　"아, 짜증 난다! 이바구질 그만해라! 고놈들 따돌리는 건 짱이 알아서 한다!"

　아이들은 형근이가 제 입으로 '짱'이라고 하는 게 좀 마땅치 않았지만 형근이 제가 알아서 한다니까 더는 왈가왈부하지 않았다.

　지랄탄 담임은 '가든'에서 진식이 아버지한테 전혀 예상치 못한 '훈계'를 들어 자존심이 상할 대로 상했다. 그래서 그날 이후 학교에서 일어나는 일이라면 더욱 고개를 절레절레 젓게 되었다.

　"에이 지랄! 아새끼들 지랄 떠는 것도 지랄 같어 지겨운데, 인제 학부모까지 담임한테 지랄들이야!"

　지랄탄 담임은 반에서 일어난 일은 될 수 있으면 피하고 싶었다. 그러나 명색이 담임이라 마냥 모른 체만 할 수도 없었다.

형근이와 현우 일이 그럭저럭 매듭지어지자, 이번엔 윤석이 사고 건을 마무리 지어야 할 일이 기다리고 있었다. 그렇다고 다시 윤석이 있는 병원에 가고 싶지도 않았다. 마음 같아선 사고치는 녀석마다 그때그때 바로 퇴학 조치를 해버렸으면 좋겠다. 그러나 허울 좋은 교칙이라는 게 있어 그러지도 못했다.

윤석이는 1학기야 그럭저럭 넘기겠지만 이대로 가면 2학기 땐 결국 퇴학을 당할 것이다. 교칙상 퇴학 처분을 할 수 있는 결석 일수는 무단 결석 70일이다. 윤석이는 보나마나 결석 70일을 어렵지 않게 채울 것이다. 그러나 그렇다고 담임 처지에서 이대로 두고 볼 수만도 없는 일이었다. 내키지 않는 일이긴 하지만 퇴학을 안 당할 수 있는 방법을 찾아야 했다. 그게 담임의 일이다. 그런 일 하라고 담임 수당도 있는 것이다.

교장도 걸핏하면 담임들에게 아이들 출결 관리를 하라고 난리다. 그런데 교장이 말하는 출결 관리는 아이들로 하여금 학교에 나오게 하는 것보다는 어떡하든 졸업을 시킬 수 있게 서류 처리를 깔끔하게 하라는 것이다. 교장은 일단 학교에 입학한 아이들은 모범학생은 물론 불량학생이라도 졸업장을 쥐고 교문을 나서게 하는 게 학교의 본분이라는 것이다. 아이들이 공부를 하든 않든 졸업장이라도 있어야 세상을 살아갈 수 있다는 논리였다. 게다가 말썽을 피우는 족족 퇴학을 시키면 나중에 몇 명이나 남아나겠느냐는 거였다. 교사는 아이들 높이에 눈을 맞추어야지, 교사 자리에서 아이들을 봐서는 안 된다고 교장은 누누이 '말씀'하신다. 말인즉슨 옳은 말씀이었다. 하지만 교장의 말씀은 어디까지나 교사의 눈높이가 아니라 교장의 눈높이에서 하시는 말씀일 뿐이다.

어쨌든 결석을 밥 먹듯이 하는 윤석이지만 지금 병원에 있으니까 최근 결석을 모두 병결로 처리해주면 그럭저럭 2학년은 마칠 수 있으리라.

지랄탄 담임이 진식이를 찾았다.

진식이는 별생각 없이 교무실로 갔다.

"음, 반장 왔냐. 내 대신 니가 좀 해야 할 일이 있다."

진식이는 고개만 끄덕였다. 지랄탄 담임이 자리에서 일어나 진식이 어깨에 손을 다정스레 얹으며 말했다.

"반장은 곧 부담임이나 마찬가지야. 그러니까 니가 내 대신 윤석이한테 갔다 와야 쓰겠다. 내가 요즘 무지 바빠서……. 내가 윤석이한테 서류 몇 개 떼어놓으라고 했으니까 니가 가서 좀 가져와야겠다."

그다지 어려운 일도 아니었다. 윤석이한테 자신을 보내는 건 서류도 서류지만 아마도 윤석이 같은 배달의 기수들을 이참에 관리하려는 목적도 있을 것이었다.

진식이는 혼자 갈 수도 있지만 담임이 이른 것 말곤 윤석이랑 나눌 이야기가 그다지 없어 지난번과 같이 성구와 승규랑 함께 가

기로 했다. 그 애들이라면 윤석이랑 얼추 죽이 맞으리라 여겨졌
다. 성구와 승규는 그러잖아도 심심하던 차에 반장이 윤석이 면회
를 같이 가자고 하니까 얼씨구나 좋아했다.

둘은 오토바이를 끌고 오겠다며 학교 앞 골목으로 뛰어갔다. 그
런데 난감한 일이 벌어졌다. 성구 오토바이가 시동은 걸리는데 움
직이지를 않는 것이었다.

성구가 오토바이를 들여다보며 얼굴을 찌푸렸다.

"이상한 일이네. 아침까지 멀쩡했는데 왜 바퀴에 체인이 없는
거야? 바퀴 체인을 훔쳐 가서 어따 쓰냐."

성구와 승규는 오토바이 집에 들러 성구 오토바이를 고친 다음
병원으로 오기로 했다. 어쩔 수 없이 진식이 혼자서 버스를 타고
병원으로 먼저 갔다.

병원에서 윤석이를 만나자 진식이는 곧장 담임 대신 몇 가지를
묻고 윤석이가 미리 준비해둔 서류를 받았다. 결석이 잦아 자칫
퇴학을 당할지 몰라 담임이 요령을 일러둔 것이다. 진식이는 윤석
이가 이런저런 사유를 만들어 적은 서류에 진단서까지 받아 들었
다. 그때까지도 성구와 승규는 오지 않았다.

"성구하고 승규도 이리 오기로 했는데 안 오네. 나 먼저 갈게.
조금 있으면 걔들 올 테니까 기다려 봐."

진식이가 병실에서 나갈 채비를 하자 윤석이가 지나가듯 말했다.

"어쩌면 걔들 형근이랑 같이 오려고 그러는지도 몰라."

진식이가 나가려다 걸음을 멈추고 윤석이 쪽을 돌아보았다.

"형근이랑 같이 온다고?"

"응. 형근이가 전화했더라고."

진식이는 형근이가 왜 여기를 다녀가려 하는지를 몰랐다.

"윤석이 너, 형근이랑 친했냐?"

"아니!"

"근데 걔가 여길 왜 와?"

"그건 나도 모르지."

뭔가 찜찜했지만 더 신경 쓸 일도 아니어서 그냥 그러나 보다 하고 진식이는 병실을 나왔다. 지은 지 오래되어서 그런지 병원 복도는 어두침침했다.

진식이가 복도 끝 계단을 막 돌아 1층으로 내려가는데 형근이를 비롯한 버섯줍 패거리들이 나타났다.

"어? 니들도 윤석이 면회 왔냐?"

진식이는 짚이는 게 있었지만 짐짓 딴청을 부렸다. 이에 형근이가 숨을 씩씩거리며 바로 받아쳤다.

"아니! 너 만나려고!"

형근이가 허리춤에서 바로 오토바이 체인을 꺼냈다. 다른 아이들은 진식이를 둘러쌌다. 진식이가 아이들보다 머리 하나는 더 있을 정도로 컸다. 순식간에 가운데로 몰렸지만 진식이가 아이들을 내려다보며 대수롭지 않게 말했다.

"니들 지금 뭐하는 건데?"

"보면 몰라? 니놈 손 좀 보려고 그런다!"

형근이가 체인을 오른손에 감아쥐고 진식이를 후려칠 자세를 취했다.

"그래? 그럼 쳐봐!"

진식이는 짐짓 여유를 보이는 척하며 어디로 빠져나가야 할 것인지를 살폈다. 그러나 사람도 잘 다니지 않는 어두운 복도 끝 계단이라 마땅히 피할 곳이 보이지 않았다.

어차피 한 번은 붙어야 할 판이었다. 그런데 상대는 손에 체인까지 감아쥐고, 머릿수도 다섯이나 된다. 흉기를 들지만 않았다면 재고 말고 할 것도 없다. 그냥 들이받으면 나가떨어질 녀석들이다. 그런데 지금 형근이 손엔 흉기가 들려 있다.

진식이는 순간적으로 소리를 질러볼까도 생각해보았다. 하지만 그 생각은 얼른 지웠다. 소리를 듣고 사람들이 달려오기도 전에 체인에 맞아 피투성이가 될지도 몰랐다. 순간, 정면으로 대응을 하기로 마음먹었다. 사실 이 녀석들은 겉으로만 거친 척하며 거들먹거리지 제대로 하는 운동 하나 없다. 형근이가 쥐고 있는 체인만 빼앗으면 해볼 만했다. 그렇다면…….

진식이는 아랫배에 힘을 잔뜩 준 뒤 계속 형근이를 쏘아보며 공격할 순간을 노리면서 허점이 나기를 기다렸다.

진식이를 둘러싼 버섯즙 패거리들이 비아냥대기 시작했다.

"니 아버지가 불곰이라고? 니 아버지가 불곰이면 니 새끼도 불곰이냐?"

"반장이라고 쟀지? 오늘 니 제삿날인 줄 알아."

"너 어차피 지금 독 안에 든 쥐야. 앞으로 우리 말 듣든가 체인으로 대갈통 깨지게 맞든가 알아서 해!"

아이들이 말로 위협을 하느라 방심을 하는 순간, 진식이가 번개처럼 몸을 돌리며 팔꿈치로 형근이 머리통을 후려쳤다. 마치 코끼리가 코로 강아지를 밀어뜨리는 것 같았다. 형근이가 중심을 못 잡고 휘청하더니 계단 밑으로 굴러떨어졌다. 진식이는 곧장 뛰어가 형근이 머리통을 세차게 걸어찼다.

그러는 사이 다른 아이들이 진식이에게 덤벼들었다. 하지만 진식이가 덩치만 큰 게 아니라 여러 가지 운동으로 단련되어 있기까지 해 누구도 진식이의 적수가 되지 못했다. 결국 진식이에게 달려들던 버섯즙 패거리들은 진식이 발길질에 다들 계단에 하나씩 퍼질러 나자빠지기 시작했다. 버섯즙 패거리들이 모두 바닥에 쓰러져 나뒹굴자 진식이는 확인하듯 하나씩 걸어차며 손을 탈탈 털었다.

"이 자식들아, 돌부리를 발로 차면 니들 발만 아픈 거 몰라?"

그때 성구와 승규가 뛰어왔다.

성구가 아이들이 제멋대로 뻗어 있는 걸 보고 놀라며 진식이에게 물었다.

"반장! 어떻게 된 거야?"

진식이가 어깨를 한 번 으쓱 올렸다가 내렸다.

"보시다시피!"

진식이가 사지를 쭉 뻗은 채 헐떡거리며 드러누워 있는 형근이의 팔목을 발로 세게 밟아 눌렀다. 형근이는 그때까지도 손에서 체인을 놓지 않고 있었다. 성구가 형근이 손에 감긴 체인을 빼내며 중얼거렸다.

"이 자식, 웬 체인을 쥐고 있냐?"

진식이가 고개를 절레절레 흔들었다.

"그걸로 날 갈기려 하더라고!"

"이거 혹시?"

성구가 형근이를 내려다보며 인상을 썼다. 형근이가 뭐라고 입술을 달싹거리려 하다가 말았다.

"인제 보니 이 자식이 멀쩡한 내 오토바이 체인을 잘라냈구만! 이런 씨불 놈!"

성구가 체인을 손에 감아쥔 뒤 형근이 허리를 한 대 휘갈겼다. 형근이가 끙 하는 소리를 냈다. 성구는 이어 체인으로 형근이 얼굴을 휘갈기려 했다. 진식이가 급히 성구 손을 잡으며 말렸다.

"그만해라. 자칫하면 이 자식 평생 먹고 살 것 대줘야 한다!"

그때에야 아래층에서 사람들이 뛰어올라왔다. 늙수그레한 수위 아저씨와 와이셔츠 팔을 접어서 걷어붙인 병원 직원이었다.

"학생들, 시방 뭔 일이여?"

수위 아저씨가 놀라 물었다.

진식이가 발로 버섯즙 아이들을 가리키며 대답했다.

"여기 누워 있는 놈들한테 물어보십시오. 나도 뭔 일인지 통 모르겠습니다."

뒷일은 수위 아저씨에게 맡기고 진식이는 성구와 승규를 데리고 병원 문을 나섰다.

때로는 단호함이 모두에게 이롭다

버섯줍 패거리들은 진식이를 손 좀 봐주려다 도리어 당하고 말았다. 이번에도 완패였다. 게다가 형근이는 병원에 입원까지 했다.

이번 사건을 두고 지랄탄 담임 입이 몹시 바빠졌다. 다음 날 아침 조회 시간 내내 지랄지랄해댔다.

"지랄! 얼씨구! 잘들 논다! 노는 꼬라지들 하고선……. 형근이 자식은 이제 퇴학이야, 퇴학! 오토바이 체인 절도에다 살인미수까지 해? 그게 학생 놈이 할 짓이야? 마빡에 피도 안 마른 어린것들이 어디서 조폭들 흉내를 내고 그래? 이런 불량한 놈들! 체인으로 사람을 갈기면 어떻게 된다는 것도 몰라? 아, 짜증 나! 윤석이 퇴학 안 당하게 서류 받아 오라고 반장 보냈더니, 그걸 어떻게 알아낸 거야? 형근이 지가 퇴학당하고 싶어서 지랄해댄 거야? 내 참

어이없어 지랄이네. 불량도 가지가지구만! 담임 명 받은 반장은 부담임이나 마찬가지인데 감히 부담임한테 대들어? 이건 바로 담임에 대한 도전이나 마찬가지야! 아, 짜증 나!"

지랄탄 담임은 아이들처럼 '짜증 나!'를 반복했다. 진식이는 담임이 형근이 때문에 '짜증' 난다면서도 자신을 의식해서 입에 게거품을 필요 이상으로 더 무는 것 같아 편치 않았다. 그래서 고개를 숙인 채 가만히 듣고만 있었다. 지랄탄 담임의 훈계는 마침내 1 대 5로 종횡무진 활약을 한 진식이의 무용담으로 이어졌다.

"야, 이 자식들아, 반장은 나도 안 건든다. 저 덩치를 봐라. 아무리 다섯 놈이 달려들었다지만 덤프트럭에 티코가 다섯 대 덤벼든 꼴 아냐? 안 그래? 이놈들아, 아무리 머리가 안 따라주어도 최소한 누울 자리는 보고 다리를 뻗어야 할 것 아냐. 티코가 덤프트럭한테 지 부서질 줄도 모르고 어디서 달려들어 달려들긴……."

지랄탄 담임은 자신이 병원 습격 사건을 직접 보기나 한 것처럼 장황하게 늘어놓았다. 무협지가 따로 없었다. 여자아이들은 지랄탄 담임이 진식이의 활약상을 묘사할 때마다 "어머! 어머!" 하며 맞장구를 쳤다. 형근이가 오토바이 체인을 마구 휘둘렀다고 얘기할 때는 비명을 지르기도 했다. 오토바이 체인에 맞아 죽을지도 모를 위험한 상황인데도 진식이가 눈 하나 깜짝 않고 차분히 대응을 하며 다섯 놈이나 물리쳤다고 힘주어 말하는 대목에선 박수까지 치는 애도 있었다.

형근이를 뺀 나머지 버섯즙 패거리들은 다 등교해서 자리에 앉아있긴 했지만 가시방석이 따로 없었다. 짜증이 났다. 형근이가 퇴학이면 자신들도 최소한 정학을 면하기는 어렵겠다는 생각이 들었다. 경찰에서 조사할 때 형근이가 주도하고 자신들은 마지못해 따라만 간 것이라고 했지만 이번 사건에서 아주 벗어날 수는 없었다. 버섯즙 패거리들이 듣기에 지랄탄 담임은 사건을 부풀릴 대로 부풀려 '절도'니 '살인미수'니 하는 말들을 갖다 붙였다. 말인즉슨 맞는 말이었다. 저 정도로 끝났으니 그렇지, 만약에 진식이가 반격을 하지 않았다면 진식이가 어찌 되었을지 모른다. 만약에 진식이가 형근이가 휘두른 체인에 맞아 죽기라도 했으면……. 되레 형근이를 제압하고 자신들까지 때려눕힌 진식이가 고맙게 여겨졌다. 그렇다고 지랄탄 담임 말을 무조건 받아들이는 것은 마뜩치 않았다. 버섯즙 패거리 가운데 한 녀석인 준표가 픽 하는 비웃음 소리를 내며 지랄탄 담임의 말에 토를 달았다.

"선생님, 지금 너무하시는 거 아닙니까?"

지랄탄 담임의 표정이 굳어졌다.

"뭘 너무해, 인마?"

준표도 물러서지 않았다.

"선생님이 본 것도 아니면서 뭘 그렇게 쌩구라를 까십니까?"

"뭣이라고? 선생님한테 저놈 말하는 것 좀 봐라! 너 이리 나와!"

지랄탄 담임이 소매를 걷어붙였다. 준표가 인상을 잔뜩 쓴 채 자리에서 일어나 어슬렁거리며 앞으로 나갔다.

"에이, 짜증 나게 뭘 나오라고 그러십니까? 나오라면 나가지요."

지랄탄 담임이 손을 쳐들며 소리쳤다.

"이 자식, 너 맞아볼래?"

준표가 지랄탄 담임의 손을 붙잡았다.

"지금 날 치시게요? 체벌 없어진 지가 언젠데 그런 식으로 나오
십니까?"

"이 새끼 말하는 것 완전 지랄이네! 나 학교 때려치워도 그만이
야. 너, 막가자는 거지? 준표 너 인마, 남자 대 남자로 나랑 붙자!
니가 학교 그만두든 내가 학교 그만두든, 갈 데까지 가보자, 지랄!"

지랄탄 담임은 완전히 흥분 상태로 들어갔다. 되레 학생이 더
차분한 꼴이었다.

"개망신당하고 싶지 않으면 그만하시지요. 에이 씨팔. 담임이라
고, 나잇살이나 더 처먹었다고 예예 해주었더니 존나 웃기고 자빠
졌네 정말! 아, 짜증 나!"

준표가 험한 말을 아주 불량하게 내뱉은 뒤 거침없이 교실 밖으
로 나가버렸다. 지랄탄 담임은 기가 막히는지 준표를 뒤쫓아가 붙
들지 않고 "허! 허!" 할 뿐이었다. 교실 분위기는 순식간에 찬물을
끼얹은 듯이 조용해져버렸다. 지랄탄 담임도 아이들도 더 이상 아
무런 소리를 내지 않았다.

진식이는 자기 때문에 교실 분위기가 엉망이 되어버린 것이 불

편했다. 그러나 그보다도 형근이가 병원에 입원한 게 더 편치 않았다. 비록 정당방위이긴 했지만 형근이는 자신에게 맞아 그렇게 된 것이다. 게다가 성구가 오토바이 체인으로 허리를 한 차례 휘갈긴 것도 좋지 않았을 것이다.

아무래도 학교 끝나면 형근이한테 면회를 가보아야 할 것 같았다. 내버려두기에는 마음이 너무 편치 않았다. 자신도 왜 이러는지 몰랐다. 진식이 자신은 워낙 덩치가 좋고 운동을 한 몸이라 될 수 있으면 몸을 쓰지 않으려 한다. 아버지도 주먹 한번 쓰지 않고 전설이 되지 않았는가. 그러나 형근이한테는 그러지 않을 수 없었다. 자칫했다간 오토바이 체인에 맞아 완전 묵사발이 되고 말았을지도 모른다. 그래서 그 순간엔 살아야겠다는 생각으로 그렇게 한 것이다. 그런데도 불편했다. 형근이를 들여다보지 않고선 아무 일도 못할 것 같았다. 진식이는 손을 닦고 싶었다.

지랄탄 담임의 말에 따르면 형근이는 어쩌면 퇴학을 당하고 감옥살이를 해야 할지도 모른다. 진식이로선 그것도 불편했다. 전후 사정이야 어찌 되었든 자기 자신으로 인해 남의 인생이 망가지는 게 안타까웠다. 이 모든 일이 형근이가 자초한 것이지만 말이다. 더구나 그때 미리 손을 쓰지 않았으면 진식이 자신이 어찌 됐을지 모른다. 생각만으로도 아찔한 일이었다. 그러나 그렇다고 내버려둘 수도 없는 일이었다.

진식이는 자꾸만 병원에 있는 형근이가 신경이 써져 수업이 잘

되지 않았다. 광남 읍의 불곰 그러면 모르는 이가 없을 정도인 아버지는 한번도 다른 사람을 폭행한 적이 없다. 그런데 자신은 아버지와 달리 벌써 힘자랑을 한 꼴이 되어버렸다. 본의는 아니지만 결과가 그렇게 되어버린 것이다.

진식이는 아버지 팔뚝에 문신으로 박혀 있는 '차카게 살자'라는 말이 떠올랐다. 적어도 진식이가 아는 아버지는 '착하게' 살아왔다. 아버지는 군대에 다녀온 뒤 팔뚝에 '차카게 살자'라는 문신을 하고선 말 그대로 여태껏 '착하게' 살았단다.

진식이 자신도 착하게 살고 싶었다. 상대가 아무리 사납게 굴어도 자신은 착해야 했다. 남들보다 덩치도 더 크고 공부도 더 잘하고 운동도 더 잘한다. 그러니 오히려 착하게 살아야 한다. 그런데 그게 쉽지 않다. 아무래도 자신 안에도 버섯즙 패거리들 못지않은 불량한 기운이 들어 있는지도 모를 일이었다. 겉포장이 그럴싸하게 되어 있는.

버섯즙 패거리들은 쉬는 시간마다 자리에 가만있지 않고 밖을 들락거렸다. 아마도 담배 피우러 갔다 오는 것이리라. 그러면서도 여느 때와 달리 까불거리지 않았다. 더구나 진식이하고는 눈도 마주치지 않으려 했다. 진식이는 그것도 불편했다. 조회 시간에 지랄탄 담임하고 맞장을 뜨고 밖으로 나간 녀석도 다시 들어오긴 했다. 그러나 하루 종일 팔짱을 낀 채 모든 시간을 견디고 있었다.

진식이가 쉬는 시간에 버섯즙 패거리들 쪽으로 갔다.

"니들 학교 끝나면 뭐할 거냐?"

버섯즙 패거리들은 진식이가 자신들에게 말을 거는 것만으로 긴장했다. 한 아이가 머뭇거리다 마지못해 대꾸했다.

"왜?"

"이따 나랑 형근이한테 가자."

"형근이한테 가자고? 난 안 가!"

뜻밖이었다.

"왜?"

그 애가 몸을 움츠리는 시늉을 하며 손을 내저었다.

"반장 너나 가! 난 안 가!"

"왜 안 가는데?"

진식이가 재차 다그쳤지만 그 애는 고개만 저으며 싱겁게 대답했다.

"아이, 짜증 나! 가기 싫어서 안 간다!"

듣고 있던 다른 애가 대꾸했다.

"가서 이번엔 병실 다 박살 내 버리려고?"

진식이가 어이없어 픽 웃었다.

"내가 그렇게 생각 없는 놈인 줄 알아?"

진식이는 입에 힘을 주며 아퀴를 짓듯 말했다.

"잔말 말고 이따 나랑 같이 가! 니들 할 일도 없잖아! 황금똥 당구장 말고는 갈 데도 없는 줄 내가 다 알아. 나 따라가는 게 사고

안 치는 일이야!"

버섯줄 패거리들로서는 둘러댈 핑계가 없었다. 진식이 말이 그른 게 없어 아무도 더 이상 대꾸하지 못하고 제가끔 자리로 가서 앉았다. 지랄탄 담임한테 대들었던 녀석이 팔짱을 풀고 일어나 진식이한테 뭐라고 하려다 도로 앉으며 중얼거렸다.

"에이 씨팔, 지랄. 짜증 나게 어딜 같이 가!"

진식이는 그 말을 들었지만 못 들은 척하고 가만히 있었다. 더 이상 아이들하고 대거리하고 싶지 않아서였다.

마지막 시간은 가이사이끼 선생이 들어오는 국어 시간이었다.

아이들은 '국어'라는 표지 제목을 저마다 변형해서 '굵어'나 '북어'로 바꾸어놓은 책을 마지못해 꺼냈다. 가이사이끼 선생이 짐짓 모른 체를 하며 아이들이 펼쳐야 할 단원을 일렀다. 아이들이 꾸물거렸다.

가이사이끼 선생이 참지 못하고 잔소리를 시작했다.

"니들은 미리미리 책 꺼내서 배울 단원 펼쳐놓고 기다리면 어디 큰일 나냐? 선생이 들어와서 어디 펴라고 해야 마지못해 펴는 거야? 국어 선생이 되어가지고 욕을 할 수도 없고, 에이 씨, 쌍. 아니다, 가이사이끼들 같으니라고!"

가이사이끼 선생은 자신이 국어 선생이라 욕을 하지 않는다지만 사실은 할 소리 다 하는 사람이었다. 잔소리 할 일 있으면 잔소리하고, 야단칠 일 있으면 야단치고, 충고할 일 있으면 충고를 한다. 진식이의 강박에 대해서도 나름대로 충고를 해주었다.

진식이는 가이사이끼 선생이 자신에게 조심스럽게 충고를 해주었지만 그리 고맙게 여기지는 않았다. 교사 화장실에서 손 닦는 걸 들켜 좋은 말씀으로 충고를 해주었지만, 그때 하필 가이사이끼 선생의 콧구멍에서 삐져나온 코털을 보고 만 것이다. 콧구멍을 삐져나온 코털은 콧구멍 밖에서 얼마나 자랐는지 끝이 둥글게 말려 있었다. 진식이에게 가이사이끼 선생의 코털은 아주 지저분한 물건이었다. 그래서 가이사이끼 선생의 코털을 보는 순간 그걸 본 자신의 눈을 물로 씻고 싶었다. 그러나 그럴 수 없었다. 바로 수업시간이었다.

"듣자 하니 전자과에서 또 한 건 했다며? 니들 왜 그러냐? 하긴 다들 피가 쓸데없이 펄펄 끓는 불량청춘들이지!"

가이사이끼 선생이 진식이를 슬쩍 바라보았다. 가이사이끼 선생은 진식이를 들먹이진 않았지만 진식이는 얼굴을 들 수가 없었다. 선생이고 학생이고 다들 무협지 수준으로 알려진 진식이의 '무술'을 궁금해했다.

오토바이 체인을 손에 든 형근이랑 나머지 버섯즙 패거리들까지 해서 모두 다섯 명이 진식이에게 달려들었는데도 다들 힘 한번 제대로 써보지 못한 채 뻗고 형근이는 입원을 할 정도까지 되었다 하니, 진식이의 '무술'이 궁금할 만했다.

진식이는 자신의 무용담을 들먹거리는 상황을 애써 모른 체하며 그 상황이 얼른 지나가기만을 바랐다. 뒤통수에 버섯즙 패거리들의 따가운 눈길도 느껴졌다.

학교가 파하자마자 진식이는 형근이 면회를 갔다. 성구와 승규가 오토바이를 타고 가길 권해서 진식이는 성구 오토바이 뒤에 올라탔다. 버섯즙 패거리들도 마지못해 버스를 타고 따라왔다. 병원은 바로 어제 결투를 했던, 윤석이가 입원해 있는 병원이었다.

병실에 들어서자 침대에 비스듬히 누워 있던 형근이가 움찔 놀라며 일어나 앉으려 했다. 진식이가 손을 저으며 말했다.

"그냥 누워 있어. 많이 아프냐?"

"아니……."

형근이가 애써 태연한 척했다. 버섯즙 아이들을 비롯해 성구와 승규까지 모든 아이들의 시선이 진식이에게 가 꽂혔다. 병실 안은 팽팽한 긴장감이 돌았다. 아이들이 병실에 꽉 차게 서 있자 답답했는지 옆자리 환자의 보호자가 밖으로 나갔다.

진식이가 형근이에게 물었다.

"단도직입으로 얘기할게. 너 어떻게 할래?"

형근이가 무슨 말인가 싶어 얼떨떨한 표정을 지었다.

"뭘?"

"몰라서 물어? 감옥 갈래? 애들 보는 데서 무릎 꿇고 빌래?"

형근이보다 아이들이 더 놀랐다.

진식이는 아주 작심을 한 듯 세게 나갔다. 아무래도 단호하게 하지 않고선 안 되겠다고 생각했다.

"지랄탄 담임도 넌 살인미수자라고 하더라. 나도 그렇게 생각한다. 넌 살인미수자야. 날 죽일 생각이 아니었으면 체인을 숨기고 오지 않았겠지. 그래서 너 퇴원하면 어떻게 할지 지금 고민 중이다. 성구 오토바이 바퀴에서 체인을 훔친 건 절도지만 살인미수에 비하면 아무것도 아니야. 너 같은 놈 내 손으로 한 방에 날려버릴 수도 있지만 난 너하곤 달라. 주먹 때문에 내 인생 망치고 싶지 않다."

형근이가 대답을 못 하는 사이 옆자리 환자가 '끄응' 하며 아픈 소리를 냈다. 아이들은 꿀꺽 침을 삼켰다. 형근이가 애써 진식이의 눈길을 피했다. 진식이는 눈살을 꼿꼿이 한 채 그러는 형근이를 쏘아보았다.

진식이가 오금을 박듯 한마디 더 했다. 이럴 땐 단호하게 후려치듯 말하는 것이 외려 서로에게 더 좋다는 걸 알기 때문이다.

"지랄탄 담임이 벼르고 있다. 지랄탄 담임이 나서서 설치기 전에 빨리 결론 내거라. 그래야 나도 다음 조치를 취할 것 아냐."

형근이가 머뭇거리며 대답을 하지 않자 버섯줍 패거리 가운데 한 아이가 나서서 형근이를 채근했다.

"야, 너 때문에 우리까지 정학당하게 생겼어. 빨랑 반장 말대로 해. 반장! 형근이가 빌면 어떻게 할 거야?"

"그건 내가 알아서 해. 난 니들처럼 뒤통수나 치고 도둑질이나 하고 패싸움이나 걸 정도로 야비하지 않아. 깨끗하게 끝내자."

"반장, 니가 그럼 학교에다가도 잘 얘기해주라. 그래야 형근이도 퇴학 안 당하지. 기왕 다니는 학교, 졸업은 해야 할 것 아냐. 에이, 짜증 나게 학교 다녀야 해?"

"졸업? 니들은 지금 그깟 퇴학이 문제냐? 형근이는 살인미수로 감옥 갈 수도 있다니까! 애들이 아직도 똥인지 된장인지 분간을 못하고 있어!"

진식이의 으름장이 먹혀들었다. 진식이가 워낙 단호하게 나가자 형근이로서도 어쩌지 못했다.

형근이가 마지못해 사과를 했다.

"아무튼 반장 너한테 미안하게 되었다……."

진식이가 더 토를 달지 않고 형근이 말을 받아들였다.

"니 말 진심이지? 앞으로 한 번만 더 날 괴롭혀 짜증 나게 하면 그땐 가만 안 둘 거야. 나뿐만이 아냐. 다른 아이들도 괴롭히지 마. 내 귀에 한 번이라도 니가 허튼짓하는 소리 들리면 그땐 나도 생각이 있어."

진식이가 가방에서 종이 한 장을 꺼냈다. 각서였다. 진식이는 그 종이에 형근이로 하여금 자기 이름을 쓰게 하고 사인까지 하게 했다. 형근이는 내키지 않아 벌레 씹은 표정을 했다. 망설이는 형근이를 진식이가 날카롭게 쏘아보자 형근이가 어쩔 수 없이 이름을 쓰고 사인을 했다.

진식이가 아이들을 돌아보며 형근이가 서명한 각서를 읽었다.
아이들은 진식이가 하는 대로 가만 보고 있을 뿐이었다.

〈착하게 살기 위한 각서〉
하나. 나는 다시는 진식이를 공격하지 않겠다고 다짐한다.
하나. 반 아이들도 괴롭히지 않고 착하게 살겠다고 다짐한다.
위 다짐을 지키지 않을 경우 진식이가 어떤 조치를 취해도 받아
들이겠다.
이 각서는 아이들이 보는 앞에서 내 의지로 작성하였다.

형근이는 벌레 씹은 표정에 똥 씹은 표정까지 겹쳐 지었지만,
다른 아이들은 안도의 한숨을 길게 내쉬었다. 그때였다. 복도에서
여러 사람의 발소리가 나더니 병실 문이 확 열렸다. 지랄탄 담임
과 불곰이 들어왔다.

습관은 의지적 운동을 본능적 운동으로 바꾼다

아침 조회 시간에 지랄탄 담임의 지랄탄 조회를 듣고 난 뒤부터 하루 내내 현우는 진식이가 염려스러웠다.

느낌으론, 무언가 일이 크게 터진 느낌이었다. 그런데 일의 방향을 알 수가 없었다. 진식이가 잘한 것인지 잘못한 것인지, 우선은 그것부터 가늠이 되지 않았다.

맞은 형근이는 지금 병원에 있다는데 때린 진식이는 학교에 와 있고, 다들 정신 잃고 뻗었던 나머지 버섯즙 패거리들도 다 학교에 와 있다.

뭐가 잘못되었을까? 현우는 도대체 일의 졸가리가 잡히지 않았다. 그래서 하루 종일 가슴이 답답했다. 더구나 버섯즙 패거리 가운데 한 녀석인 준표는 지랄탄 담임한테 대들기도 했다. 이제 학교생활도 갈 데까지 다 간 느낌이었다.

윤석이한테 지랄탄 담임 심부름 간다기에 그런 줄만 알았더니 엉뚱하게도 버섯즙 패거리들과 싸움을 크게 해 지랄탄 담임의 조회거리가 되었다. 더구나 진식이는 1 대 5의 결투에서 살아남은 무협지의 용감무쌍한 주인공이 되어 있었다. 하지만 현우는 진식이의 무용담을 마냥 즐길 수만은 없었다.

지랄탄 담임 얘기를 종합해보면 자칫 진식이가 형근이가 휘두른 오토바이 체인에 맞아 목숨을 잃을 뻔한 사건이었다. 살인미수라 하지 않던가. 그뿐인가. 가이사이끼 국어 선생도 그 살인미수 사건을 얘기했다. 그런데도 진식이는 짝인 자기한테 별다른 얘기를 하지 않았다. 무슨 속사정이 있는지 말도 하지 않고 고개만 푹숙인 채 하루를 보내더니 학교 끝나자마자 또 형근이를 만나러 간단다.

현우는 진식이가 너무 이상해 다그쳐보아야겠다고 생각했다. 그래서 가방을 싸다 말고 진식이를 바라보았다.

"진식아……."

"나중에 얘기하자."

진식이가 평소의 그답지 않게 현우의 말을 중동무이해버렸다. 이어 가방을 채 등에 메지도 않은 채 바삐 교실을 나갔다.

현우는 바삐 서두르는 진식이가 더욱 걱정되었다. 저렇게 허둥대는 적이 별로 없는 진식이었다. 아무래도 진식이 아버지한테 연락을 해야 할 듯했다. 진식이가 자기한테까지 얘기를 하지 못할 정도로 뭔가 큰 사건에 얽혀들어 가는 것만 같아 조바심이 났다. 진식이 아버지라면 어떻게 하든 일을 해결해주리라 여겨졌다.

학교를 벗어나자마자 현우는 가든에 있는 아버지한테 전화를 걸었다. 신호 몇 번 가지 않았는데도 아버지가 바로 전화를 받았다.

"아버지 전데요, 지금 안 바빠요?"

"그래, 좀 한가하다. 근데 니가 이 시간에 웬일이냐?"

"진식이 아버지한테 연락 좀 해주세요."

"무슨 일인데?"

현우는 아버지한테 간단히 사건의 앞뒤를 설명한 뒤 학교 끝나자마자 자기와 말도 할 새 없이 급히 사라진 진식이의 행적을 전했다.

"그러니까 지금 당장 병원으로 가봐야 돼요. 진식이가 형근이를 또 만나러 가거든요. 아무래도 제 생각엔……."

"허 참! 하마터면 진식이가 큰일 날 뻔했구나. 어떤 놈인데 체인으로 사람을 갈길 생각을 했다냐. 저번에 너한테 치료비 내놓으라고 한 놈이라고? 진식이 아버지한테 당하고도 아직 정신을 못 차렸나 보구나. 이참에 단단히 혼 좀 내주라고 해야겠다. 어디서 어린놈이 벌써부터 못된 짓만 하고 다닌다냐."

진식이 아버지 불곰은 현우 아버지 연락을 받자마자 구체적인 내용을 알기 위해 지랄탄 담임에게 연락했다.

지랄탄 담임은 마치 진식이 아버지 전화를 기다리고 있기나 한 것처럼 아주 반갑게 받았다. 이어 자신이 들은 것보다 훨씬 더 부풀려 실감 나게 병원 습격 사건, 아니 살인미수 사건을 설명했다. 아침에 반 아이들 앞에서 진식이의 무협지를 들려주다 한 녀석한테 망신을 산 일도 벌써 다 잊은 듯했다. 진식이를 칭찬하다 못해 자랑까지 하고 싶어 했다.

"아이구, 진식이 그 녀석이 아버님 닮아 대단한 줄은 알았지만 그 정도인 줄은 몰랐습니다. 1 대 5로 싸워서 이겼다니까요! 내가 갔으면 애들한테 개망신당할 뻔했는데, 반장이 대신 가서 아주 전설을 쓰고 왔어요! 잘 둔 반장 하나 열 담임 안 부럽다더니, 내가 진식이 덕을 아주 많이 보았습니다. 하하! 하긴 진식이가 부담임이지요, 부담임! 어쩐지 진식이를 보내고 싶더라니까요."

지랄탄 담임은 자신이 현장에서 다 본 것처럼 진식이의 활약상을 떠들어댔다. 진식이 아버지는 그런 말은 귀에 하나도 들어오지 않았다. 다만 지금 이 순간 자신이 아버지로서 어떻게 해야 할 것인가를 열심히 따져보았다.

"그건 그렇고, 그놈 아비는 뭐라고 합디까? 자기 자식이 살인미수자인 건 모르고, 그저 당장 다쳐 병원에 있는 것만 들먹이면서 이번에도 저번처럼 치료비 청구한다고 설치는 것 아니오?"

"아이구, 그럴 수가 있겠습니까? 진식이가 정당방위 하는 과정에서 다쳐 입원한 것인데, 그쪽에서 무슨 할 말이 있겠습니까. 이미 경찰에서도 그렇게 결론을 내준 것인데요. 입이 열 개라도 할 말이 없을 것입니다."

"그런 사람들은 일부러 다쳐서라도 치료비 뜯어내고 싶어 하니까 물은 것이오. 아무튼 이따 봅시다."

어쨌든 지랄탄 담임을 통해 일의 자초지종을 알게 된 진식이 아버지는 가만있을 수 없었다. 자칫 고지식한 진식이가 일을 엉뚱하게 키울 수도 있기 때문이었다. 자기가 보기에 진식이는 무슨 일에서건 완벽을 추구하는 성향이 있는 것 같았다. 그러다 보니 신경 쓰지 않아도 될 일에도 지나치게 집착을 하고, 그러다 보면 되레 무리하게 일을 처리하거나 일을 우스꽝스럽게 만들어버리기도 한다.

혼자 가도 그만이겠지만, 진식이 아버지는 병원 근처로 지랄탄 담임을 나오게 한 뒤 급히 달려갔다. 담임이 일 처리 과정을 전부 지켜보아야 나중에 딴소리를 하는 일이 없을 것 같아서였다.

불곰이라 잔뜩 부풀려 불리긴 하지만, 진식이 아버지 자신은 지금까지 광남 읍에서 일어난 크고 작은 폭행 사건에 개입한 적도 없고 끌려들어가지도 않았다. 그런데 자식의 일은 달랐다. 가만두었다간 일이 엉뚱한 쪽으로 번질지 몰랐다. 진식이 담임 말로는 살인미수 사건이었다. 아무래도 직접 나서서 일을 갈무리해야 할 것 같았다.

진식이 아버지가 병원에 도착하여 형근이가 들어 있는 병실로 가자 아이들이 좁은 병실을 꽉 채우고 있었다. 진식이는 문 쪽으로 등을 한 채 형근이를 보고서 뭔가를 읽고 있었다. 다가가서 보니 '착하게' 살겠다는 형근이의 각서였다. 아버지가 가까이 다가올 때까지 진식이는 아버지의 출현을 모른 채 형근이의 각서를 읽고 있었다. 진식이 아버지가 진식이 어깨에 손을 얹으며 나지막하게 물었다.

"진식이 뭐 하냐?"

진식이는 아버지를 보자 움찔했다.

"아버지……."

이번 일은 아버지에게 알리지 않고 자기가 생각한 방식대로 마무리하려 했는데 결국은 아버지까지 알게 되고 말았다. 난감했다.

다른 아이들도 진식이 아버지가 지랄탄 담임과 함께 병실에 나타나자 몸에서 스르르 힘이 빠져나가는 걸 저마다 느꼈다. 아무래도 일이 커지는 모양이었다.

"아버지, 여긴 어떻게……."

진식이가 뜻밖이라는 표정으로 아버지를 쳐다보았다.

"음, 뭐냐?"

진식이가 손에 들고 있던 형근이의 각서를 내밀었다. 진식이 아버지가 각서를 받아 읽더니 큰 소리로 웃었다.

"햐! 착하게 살겠다고? 누가? 이놈이?"

진식이 아버지가 침대 위의 형근이를 내려다보았다. 형근이는 새하얗게 질려버렸다. 마치 저승사자가 다가오는 느낌이었다.

진식이 아버지가 형근이를 쏘아보며 물었다.

"니가 살인미수자냐?"

형근이는 대답을 못했다.

진식이 아버지가 다시 물었다.

"니가 살인미수자냐고 물었다."

형근이가 하는 수 없어 고개를 끄덕였다. 그러나 진식이 아버지는 그대로 넘어가지 않고 다시 채근을 했다.

"이놈이 갑자기 벙어리가 됐다냐? 몇 번씩 말해야 알아먹겠냐? 니가 살인미수자냐고 물었다. 맞냐?"

형근이가 가까스로 입을 달싹거려 모기 소리만 하게 대답했다.

"예……."

진식이 아버지가 그제야 고개를 끄덕였다.

"알면 됐다. 니 입으로 시방 니 죄를 인정했것다. 그럼 앞으로 니 할 일은 간단해. 죗값을 치르면 되는 거야! 착하게 살기가 얼마나 어려운지 알아?"

형근이는 얼굴이 하얘지다 못해 노래졌다.

진식이 아버지가 다시 다그쳤다.

"착하게 살겠다고 각서까지 쓴 모양인데, 살인미수자라면서 어떻게 종이 한 장으로 바로 착하게 살 수 있겠냐? 착하게 사는 데도 다 단계가 있고 절차가 있제. 사람을 죽이려 했으면 죽일 이유가 있었을 것인데, 그 이유가 뭔지부터 좀 들어보자."

형근이는 아예 눈을 감아버렸다. 판이 커져도 너무 커져버린 것이다. 진식이 때문에 분이 나긴 했지만 살인까지 할 생각은 아니었다. 그런데 다들 자신을 살인미수자로 몰아붙인다. 더구나 진식이 아버지까지 나타나 윽박지른다. 도대체 어디서부터 매듭이 꼬인 것인지 모르겠다. 이럴 땐 아버지가 나타나 대신 일을 마무리해주면 좋겠건만, 아버지는 지난번 '가든' 사건 이후론 자신을 믿지 않는다. 입원을 했는데도 알은체도 하지 않는다. 어머니만 병원과 경찰서를 들락거리며 애를 태웠다. 짜증 난다.

아이들도 형근이 못지않게 질렸다. 덩치 큰 진식이 아버지가 병실에 들어서자 숨소리조차 크게 낼 수가 없었다. 조회 시간에 담임한테 맞장 뜨며 대들었던 준표도 기가 죽기는 마찬가지였다.

진식이 아버지가 아이들을 둘러보며 말했다.

"흠, 이놈들 저번에 가든에서 본 놈들 아니냐!"

버섯즙 패거리들이 고개를 숙였다.

성구와 승규는 뭐가 뭔지 몰라 어리둥절한 자세로 서 있었다.

"니들이 살인미수자 이놈하고 같이 병원 습격 사건을 일으킨 모양이구나. 그럼 다들 공범이겠구나!"

아이들은 아무도 입을 열지 못했다. 형근이가 진식이를 혼내준다기에 형근이 뒷배경 노릇 하느라 따라가기는 했다. 하지만 말도 어마어마한 병원 습격 사건을 일으켜 살인미수자의 공범이 되려던 건 아니었다. 진식이만 약간 손보면 그대로 끝날 일이었다. 그런데 재수 없게도 일이 커져버렸다. 진식이 아버지 불곰까지 나타날 줄은 전혀 몰랐다. 아이들이야말로 짜증이 마구 났다.

진식이 아버지한테서 공범 소리까지 들은 아이들은 여전히 어안이 벙벙한 채 서 있었다. 그때 놀라운 일이 벌어졌다. 진식이 아버지가 손에 쥐고 있던 형근이의 각서를 찢어버린 것이다. 아이들 모두 자신들의 눈을 의심하며 탄성을 냈다.

"어!"

진식이도 신음 소리를 냈다.

"하!"

진식이가 아버지 손 쪽으로 자기 손을 무의식적으로 내밀며 움찔했다. 버섯즙 패거리들도 움찔하기는 마찬가지였다.

진식이 아버지가 놀라는 진식이에게 손을 내저으며 말했다.

"이런 것 없어도 이놈은 이미 살인미수자다. 착하게 살 놈이면 이런 것 작성 안 해도 착하게 살 거고, 누가 뭐라 하든 감옥살이 할 놈이면 이런 문서 백 번 천 번 작성해도 무시하고 지 발로 감옥 간다. 진식이 너만 안 다쳤으면 됐다. 내 아직까지 이런 일에 문서까지 작성한 일 없다."

진식이 아버지는 불곰으로 돌아가 아이들에게 일장 훈시를 했다. 지랄탄 담임도 어쩌지 못하고 훈시를 같이 들어야 했다.

"내가 왕년에 그 바닥에서 놀아봐서 아는데 니들처럼 놀면 안 된다. 니들처럼 지레 터져가지고 다니면 제대로 놀지도 못하면서 콩밥은 콩밥대로 먹고 이마빡에 별만 단다. 알아먹었냐?"

아이들 모두 형근이를 내려다보았다. 형근이로서도 할 말이 없었다. 그놈의 콩밥 타령은 불곰의 단골 메뉴인가 보았다. 형근이가 잠깐 그런 생각을 하는 줄 어떻게 알았는지 진식이 아버지는 이번엔 형근이한테만 말했다.

"살인미수자, 너 인마! 착하게 살려면 나 똑바로 봐! 지금 딴생각하느라 내 말 새겨듣지 않는데, 너 진짜 나한테 혼 좀 나볼래? 엉!"

진식이 아버지는 형근이 얼굴 가까이 자신의 얼굴을 들이대며 을러댔다. 형근이는 거의 울상이 되었다.

"딴생각 안 했어요. 말 잘 들을게요."

"이놈이 거짓말도 상당허게 하네. 니가 아무리 그래도 내 눈은 못 속인다. 니 눈이 다 말하고 있어. 나 속으로 딴생각하고 있소, 이러고 말이야. 내 말이 말 같지 않냐? 말 같게 해줄까?"

"아녜요. 잘 듣고 있어요."

형근이가 잘못했다고 빌었다.

"진즉 그랬어야지. 니가 첨부터 말 잘 들었으면, 말 잘 듣겠다고 할 필요도 없었어! 말 안 듣고 싶어 했으니까 그런 소리 하는 거야!"

진식이 아버지는 지랄탄 담임에게도 부탁했다.

"이놈들이 우리 진식이한테 한 것 생각하면 학교고 뭐고 못 다니게 하고 싹 콩밥 먹게 해버리고 싶은데, 앞날이 구만 리 같은 놈들이라 그럴 수는 없소. 그러니까 담임 선생이 알아서 이번 일을 잘 처리해주시오."

아이들은 죽었다 살아난 기분이었다. 뜻밖에도 진식이 아버지가 자신들의 앞날이 구만 리 같다고 했다. 지랄탄 담임 같으면 절대로 그렇게 말하지 않을 것이다. 지랄탄 담임에게 자신들은 언제나 '지랄 같은', 불량하기 짝이 없는 놈들일 뿐이다.

형근이는 온몸에 힘이 다 빠지면서 이마에 땀까지 맺혔다. 진식이 아버지가 애써 용서를 해주는 이유를 잘 모르겠다. 그 속 내용이야 어찌 되었든 자신의 처지에서 보면 짜증은 나지만 무조건 다행이기도 했다.

진식이는 아버지가 나타난 게 처음엔 얼떨떨했으나 역시 아버지라는 생각이 들었다. 말 몇 마디로 일을 시원하게 갈무리하고 아이들까지 놀라게 한 뒤, 자신의 말을 듣지 않을 수 없게 만든 것이다.

진식이는 계속 아버지랑 한 공간에 있기가 어색해 병실을 나갔다. 아무도 진식이를 붙들지 않았다. 병실 밖으로 나온 진식이는 복도 구석에 있는 화장실부터 찾았다. 손을 닦고 싶어서였다.

열 번이고 스무 번이고 닦아도 시원해지지 않는 손. 손을 닦고 싶다. 더러운 것, 좋지 않은 것은 모두 손을 통해 들어오는 것만 같았다. 그러니 틈만 나면 손을 깨끗이 하고 싶다. 손이 깨끗해야 착하게 살 수 있을 것 같았다. 아무래도 자신의 불량기는 손안에 들어 있는 것 같았다.

아버지가 어느 여름에 마당 수돗가에 앉아 팔뚝에 새긴 '차카게 살자' 문신을 비누로 닦고 또 닦던 일이 떠올랐다. 어쩌면 아버지는 형근이에게 그런 문신을 새기지 않고서도 형근이로 하여금 착하게 살지 않을 수 없게 만든 것인지도 모른다. 역시 아버지는 그 면에서 자기보다는 한 수 위였다.

아버지도 처음부터 착하게 산 건 아닐 것이었다. 그러나 열심히 구두 닦는 일에 습관을 들이고 팔뚝에 문신까지 새겨가며 '차카게' 살려고 애를 쓰다 보니 어느 순간 그런 것이 본성이 되고 말았을 것이다. 진식이도 따라 배울 일이었다. 습관은 제2의 천성이라 하지 않던가. 어떤 경우든 착한 습관을 들이자……. 그러기 위해선 손을 닦아야 한다. 손을 잘 닦는 습관을 들여야 본능적으로 착해질 수 있다.

개 버릇 남 못 준다

현우는 아버지한테 진식이 일을 알려준 뒤 곧장 주유소로 갔다. 교복을 주유소 제복으로 갈아입고 일을 할 준비를 했는데도 조마조마한 마음에 일이 손에 잘 잡히지 않았다. 아무래도 진식이한테 그새 무슨 일이 일어날 것만 같아서였다.

자꾸만 조바심이 났다. 그래서 진식이한테 전화를 해볼까 하고 몇 번이나 휴대전화기를 꺼냈다가 도로 넣고 말았다. 이런 때엔 은빈이라도 같은 공간에 있었으면 좋겠는데, 은빈이는 아직 학교에서 돌아오지 않았다.

진식이가 워낙 야무진 애라 별일이 있을 것 같지는 않았지만, 버섯즙 패거리들이 막무가내로 나온 판이라 자꾸만 걱정이 되었다.

진식이가 어지간히 알아서 할 텐데 괜히 진식이 아버지한테까지 알렸나 싶기도 했다. 진식이 선에서 알아서 해결하는 게 더 나았나 싶기도 했다. 그러나 이내 고개를 저었다. 그 녀석들은 진식이를 죽이려고까지 했다. 그러지 않고서야 어찌 오토바이 체인을 휘두를 생각을 했겠는가. 지랄탄 담임도 살인미수라고 하지 않던가. 일단 알렸으니까 조금 더 기다려보면 어떤 식으로든 결과가 나올 것이었다.

현우는 자신이 진식이 같은 몸집과 힘을 가졌다면 불량하게 까불거리는 애들을 절대로 가만두지 않을 것 같았다. 이것저것 따질 것 없이 그때그때 즉각즉각 찍어 눌렀을 것이다. 그런데 진식이는 이것저것 따져가며 자신의 몸과 힘을 아끼고 아꼈다. 그러면 그럴수록 더 기어오르려고 하는 놈들이 생긴다. 그런데도 진식이는 가만히 있다.

화장실에서 나온 진식이는 아이들보다 먼저 병원을 빠져나왔다. 아이들하고 더 있어봐야 딱히 할 말이 있는 것도 아니고, 아버지나 지랄탄 담임하고도 특별히 더 나눌 말이 없기 때문이었다.

진식이의 발걸음은 자신도 모르게 현우가 일하는 주유소로 향하고 있었다. 아무래도 현우한테 이번 사건의 자초지종을 털어놓아야 할 것 같았다. 미리 언질을 하지 않아 현우가 몹시 궁금해할 터였다. 그러잖아도 학교 파할 무렵 현우가 뭔가 물으려고 했다. 그런데 자신이 말을 잘랐다. 바빠서 길게 얘기를 할 수가 없어서였다. 지금이라도 주유소로 가서 현우를 만나 그간 있었던 일을 들려주어야 할 것 같았다. 그러지 않고선 마음이 불편해 아무 일도 할 수가 없을 것 같았다.

진식이는 누가 뭐래도 현우하고 있는 게 가장 편했다. 현우가 특별난 재주나 매력을 지닌 건 아니었지만 그냥 편했다. 현우는 어디 한 군데 모난 데 없이 뭐든 이해하고 받아주는 아이였다. 자신은 자신이 가장 잘 안다. 남들 보기엔 완벽한 모범생으로 보이겠지만 사실 내면은 약하디약하다. 약하다 못해 불량하기까지 하다. 거기에 비해 현우는 약하게 보여도 약하지 않고, 그렇다고 불량하게 뻗세지도 않다. 그냥 아무 말 없이 가까운 자리에서 숨만 같이 쉬고 있어도 편안하게 여겨지는 친구였다. 아버지들이 먼저 친하긴 했지만 자신과 현우도 인연인가 싶었다.

주유소까지는 버스를 탈 만한 거리였으나 진식이는 강변길을 따라 터벅터벅 걸었다. 그냥 걷고 싶었다. 걸으면 복잡한 머릿속이 정리될 것 같아서였다.

학교 도서관에서 본 잡지의 어떤 글이 떠올랐다. 『청소년문학』인가 뭔가 하는 잡지였다. 그 잡지에서 본 글 가운데 다른 건 아무 기억도 안 나는데 그 말만은 기억난다. 사람은 자기 발로 걸을 때 가장 많은 생각을 하게 된다는 말. 그래서 그 잡지는 뛰거나 나는 게 아니라 걷는 것과 같은 잡지가 되겠다고 한 말. 어쨌든 사람은 달리거나 뛸 때는 특별한 생각을 할 수 없단다. 자신의 보폭으로 걸어갈 때 생각도 거기에 맞춰 같이 따라 걸으며 정리된단다. 그 럴싸한 말이었다.

어느새 봄은 거의 다 뒤로 물러가고 이제는 여름이라 해야 맞을 성싶었다. 길가 가로수들의 이파리도 무성해지고 온 산천에 다 파 란 물이 올라 있었다. 그러고 보니 지난봄은 채 느끼지도 못하고 보내버린 것 같았다.

봄이면 큰 나무들 아래에 진달래가 숨은 듯이 피어나 봄 산을 따뜻하게 해주는가 싶다가 금세 사라진다. 이어 산벚꽃이 앞산 뒷 산을 환하게 밝혀준다. 봄 햇살이 따스하게 내리쬘 때 산벚꽃도 같이 마중을 해서 그렇다. 그 햇살이 있어 산벚꽃 자신도 마음껏 품을 열어젖힌다는 듯이. 그런데 올해는 그런 봄의 정취를 제대로 맛보지 못하고 보내버렸다. 진달래의 따스함도 산벚꽃의 환함도 다 기억 속에 자리하고 있는 것이지 올봄에 본 게 아니다.

강변을 따라 가는 차들은 거의 창문을 열고 달렸다. 봄의 기운 을 맛보고 싶어서이리라. 진식이는 앞서 달아나는 차들의 꽁무니 를 무심히 바라보며 걸었다. 다리부터 봄의 기운이 올라오는 느낌 이었다. 그렇다면 달리는 차는 바퀴부터 봄기운을 느끼려나. 그렇 지는 않을 것 같았다. 아무리 창문을 열고 가지만 달리는 차 속에 서 어찌 봄기운을 느끼겠는가. 봄기운을 느끼려면 차도 쌩 달리지 말고 천천히 사람의 걸음 속도로 기듯이 가야 될 것이었다. 이런 생각조차도 자신이 걷고 있기 때문에 떠오른 것이리라고 진식이는 생각했다.

2학년에 올라온 뒤론 무슨 일이 그리 많이 생기는지 알 수 없었다. 1학년 때엔 누구 할 것 없이 아직 학교에 적응을 하지 못해서 어리벙벙한 채 지나간 것 같다. 그런데 2학년이 되고서는 나름대로 학교생활도 익고 머리도 더 굵어져 아이들이 변한 것 같았다. 변하는 게 항상 좋은 건 아니다. 차라리 안 변했으면 더 좋았을 것이 많다. 하지만 오늘 뜬 하늘의 해도 어제의 해가 아니라 한다. 그러니 하늘 아래 변하지 않는 게 뭐 있겠는가.

진식이는 갑자기 생각이 많아진 자신이 우스웠다. 발걸음을 뗄 때마다 계속 새로운 생각이 들어오는 것 같았다.

1학년 때엔 아이들 모두 자기를 경이롭게 바라보았다. 그럴 만했을 것이다. 덩치는 자기들보다 훨씬 더 크지, 전자과 1등이지, 반장도 맡고 있지…… 그런데 같이 지내다 보니 점차 자기한테서 신비로움이 하나둘씩 벗겨졌을 것이다. 그래서 그랬는지 2학년이 되면서부터 아이들은 틈만 나면 공격을 하려 들었다. 사랑한 만큼 미움이 들어 그러는 건가? 아니면 못 먹을 호박 찔러나 보는 심보일까? 아무튼 그대로 가만히 있다간 자칫 뻔히 눈 뜨고 코 베이는 일을 당할지도 몰랐다. 자신이 여간해선 몸을 쓰지 않기에 그걸 되레 역이용하는 부류가 생겨난 것이다. 특히 버섯즙 패거리들의 행패는 집요했다. 현우를 건드리다가 잘 안 되자 아예 자신한테 대들었다. 겉으론 반장 표를 달아주는 아양을 떨고 나중에 광남 군수 나오라며 너스레를 떨었지만, 속으로는 언제고 한번 야무지게 손 좀 봐주겠다며 벼른 녀석들이었다. 아양 떨고 너스레 떤 게 실은 자기들 편으로 끌어들이고 싶어 그랬을 것이다.

읍 지역 종합고등학교 공업계 학과 아이들에 대해 익히 들어 사정을 알고 있긴 했지만 설마 이 정도일 줄은 몰랐다. 대부분의 아이들은 공부하기 위해 학교에 다니지 않았다. 패를 지어 싸움을 하거나, 급식 먹는 재미로, 집에 혼자 있으면 심심하니까 그냥 학교에 나오는 아이들이 많았다.

진식이는 길을 가며 지난 며칠간 일어난 일들을 떠올려보았다. 참으로 아슬아슬했다. 반장 일을 맡고 있는 학교생활이 힘든 게 아니라 아이들과의 관계가 힘들었다. 지랄탄 담임과의 관계도 그럭저럭 잘 맺고 있다. 다른 교과 선생들과의 관계도 괜찮은 편이다. 대부분의 반 아이들하고도 잘 지내는 편이다. 그런데 유독 버섯즙 패거리들하고는 잘 안 맞는다. 생각만으로도 짜증 나는 놈들이다.

버섯즙 패거리들이 자신을 건드리는 이유는 뻔했다. 아니, 유치했다. 이유 같지도 않은 게 이유였다. 걔들은 그냥 튀고 싶어 하는 애들이었다. 그래야 자신들의 존재감이 생기는 거라 생각하는 것 같았다. 그런데 묘한 쪽으로만 튀고 싶어 한다. 그러니 부딪히지 않을 수 없다. 이참에 눌러놓기는 했지만 약발이 얼마나 갈지는 모른다. 그런저런 생각을 하며 걷다 보니 어느새 현우가 일하는 주유소에 다 이르렀다.

주유소에 들어서자 지난번에 버섯줄 패거리들이 승합차를 타고 와 현우를 골탕먹이려 했던 일이 떠올랐다. 하여튼 못 말리는 애들이다.

"어? 진식아, 웬일이야?"

현우가 주유 손님이 없어 의자에 앉아 있다가 진식이를 보자 자리에서 벌떡 일어나며 반갑게 맞았다.

"내가 못 올 데 왔냐?"

"야, 너는 꼭 그렇게 말해야 쓰겠냐? 아까 학교서는 불러도 넋 나간 사람처럼 딴전이더니…….."

"아깐 그럴 사정이 좀 있었지. 하여튼 오늘은 순시 나온 것 아니니까 긴장하지 말고 안심해!"

"아냐, 날마다 니가 순시 나오는 게 좋아."

현우는 진심으로 그렇게 말했다. 진식이도 현우가 그렇게 말해 주자 기분이 나쁘지 않았다. 아니, 오히려 괜찮았다.

"은빈이는?"

진식이가 편의점 쪽을 바라보며 물었다.

"아직 학교에서 안 왔어."

"학교 끝난 지가 언젠데, 일찍일찍 다녀야지."

"걔 보통과잖아."

"맞아, 그렇지."

현우가 짐짓 입을 뾰로통하게 만들어 내밀었다.

"너, 나 보러 온 게 아니고 은빈이 보러 온 모양이구나."

진식이가 얼른 재치 있게 둘러댔다.

"둘 다!"

"뭐라구?"

현우가 놀란 눈을 하고서 진식이를 바라보았다.

"농담이야!"

진식이는 현우의 표정이 장난이 아닌 것 같아 자신의 말을 얼른 눙쳤다. 그러자 곧바로 현우의 표정이 풀렸다.

"진식이 너 배고프지? 뭐 좀 먹어라."

현우는 진식이를 데리고 편의점으로 갔다. 주유소 사장 사모님이 은빈이를 기다리며 계산대에 앉아 있었다. 둘은 컵라면과 삼각 김밥, 소시지, 우유를 골라 든 뒤 사장 사모님께 보란 듯이 계산을 치른 다음 먹을거리들을 들고 밖으로 나왔다. 둘은 주유소 한쪽에 있는 주유원 대기실로 들어갔다.

현우가 자신의 컵라면 뚜껑을 삼각 김밥으로 누르며 말했다. 진식이에게 휴대전화라도 치고 싶었지만 그러지 않고 하루 종일 누르고 있던 말이었다.

"근데, 오늘 일, 어떻게 된 거야?"

진식이가 고개를 저으며 대답했다.

"아무 일 없었어."

현우가 눈을 크게 뜨며 진식이를 바라보았다.

"정말?"

진식이가 대수롭지 않게 대답했다.

"응."

"애들도 같이 갔잖아?"

"애들만이 아냐. 아버지도 오셨어."

"아버지도?"

"응."

현우는 마음이 놓였다. 진식이 아버지가 병원으로 간 게 틀림없었다. 진식이 말을 들어보니 진식이 아버지가 일을 잘 갈무리한 것 같았다. 아까까지도 괜히 알게 했나 싶었는데 이제야 마음이 편해졌다.

"착하게 살기가 왜 이렇게 힘들지?"

진식이가 삼각 김밥을 한입 물고서 말했다.

"이미 착하게 살고 있는데, 뭘."

현우는 소시지를 우물거리며 대답했다.

"착하게 살 마음만 먹은 거지. 실제로는 나 안 착해. 속으론 아주 불량하거든."

"진식이 너는 착해. 너무 착해서 아이들이 자꾸만 건드는 거야."

"마음만 착하면 뭐하냐. 실제론 다 두들겨 패서 납작하게 쥐포 만들어버리고 싶어! 참기 힘들어. 아, 짜증 나!"

현우는 입을 오물거리며 고개를 끄덕였다. 진식이 마음을 알 만했다. 가만있으면 눈 뜨고 코 베어 갈 놈들이 너무 많다. 그래서 개버릇 남 안 주는 놈들한테는 성질대로 해야 할 필요도 있으리라. 그러나 진식이의 덩치나 힘을 생각하면 성질대로 하라고 부추길 수도 없는 일이었다.

"그래도 니가 참아야 해. 사실 깝죽거리는 것들 니 한주먹거리도 안 되잖아. 그러니 짜증 나도 참아야지. 같이 맞설 수 없잖아."

"알어. 나도 그래야 하는 줄 알기는 하는데, 한바탕 푸닥거리하는 것보다 손 안 쓰고 참기가 훨씬 더 힘들어! 어쩔 땐 시원하게 한번 몸을 풀고도 싶어!"

현우가 다시 고개를 끄덕였다. 그때 은빈이가 머리를 나풀거리며 주유소로 들어왔다.

"어? 진식이 오빠 또 왔어?"

진식이가 손을 들어 흔들며 너스레를 떨었다.

"응, 날마다 오려고."

"왜? 나랑 현우 오빠랑 잘 지내나 또 보려고?"

"응, 둘이 안 싸우고 잘 지내는지 날마다 인증해야지!"

진식이가 휴대전화를 꺼내 사진을 찍는 시늉을 했다.

"피! 아닌 것 같은데?"

은빈이는 혀를 빼서 한 번 날름 내민 뒤 편의점으로 들어갔다. 진식이와 달리 현우는 은빈이하고 한마디도 나누지 않았지만 마음이 뿌듯했다. 은빈이가 꼭 자기 때문에 주유소에 일을 나오는 것 같았다.

"참 씩씩해!"

은빈이가 들어간 편의점 쪽을 쳐다보며 진식이가 말했다. 현우는 그 말에 괜스레 얼굴이 화끈거렸다.

"검은 띠 은빈이가 현우 너 잘 지켜줄 거야!"

진식이가 저번에 한 말을 또 했다.

"그래도 한 살이라도 더 먹은 내가 지키는 거지!"

현우도 지지 않고 지난번처럼 말했다. 둘은 서로 바라보며 유쾌하게 웃었다.

그때 진식이 휴대전화가 울었다. 진식이가 휴대전화 창을 들여다보며 고개를 갸우뚱하면서 전화를 받았다.

"어, 지랄탄이 웬일이지?"

"담임이야?"

"응. 여보세요, 선생님, 뭐라구요? 우리 교실 컴퓨터가 없어졌다구요? 아까까지도 제자리에 있었는데……."

어이없는 일이었다. 진식이 반 교실에 도둑이 들었다는 전화였다. 영상 수업에 필요한 컴퓨터가 통째로 사라졌다는 거였다.

형근이 때문에 병원에 간 지랄탄 담임은 진식이 아버지까지 출동하여 일을 갈무리하자 다시 학교로 돌아갔다. 교무실로 가면서 자기 반 교실을 무심코 보았는데 창문 하나가 열려 있어서 닫으려고 갔다가 도둑이 다녀간 걸 알았단다.

카메라가 있는 복도 쪽이 아니라 화단 쪽의 창문이 열린 걸 볼 때 이건 분명히 학교 사정을 잘 아는 이들의 소행으로 여겨졌다.

"반장, 뭐 짚이는 것 없냐? 나는 아무래도 형근이랑 말썽 일으킨 놈들 짓거리로 여겨지는데……."

지랄탄 담임은 버섯즙 패거리들을 의심했다. 하지만 그들은 그 시간에 형근이 병실에 지랄탄 담임이랑 같이 있었다.

"걔들은 선생님이랑 쭉 같이 있었잖아요."

말은 그렇게 했지만 진식이도 사실 버섯즙 패거리들이 의심되었다. 개 버릇 절대로 남 못 주는 법이다.

"그러긴 했는데 걔들이 나랑 있었기 때문에 더 수상해!"

지랄탄 담임도 아주 허방은 아니었다. 이 정도 생각은 할 수 있는 두뇌를 지닌 사람이었다. 진식이도 그 애들이 의심되었다. 말은 그렇게 하지 않았지만 속으론 그 애들을 떠올렸다. 거의 동물적인 본능으로 말이다. 때로는 동물적인 본능이 합리를 내세운 이성보다 훨씬 더 정확할 때가 많다.

어쩌면 버섯즙 패거리들이 담임을 곤란하게 하려고 학교 밖의 누군가에게 학교 사정을 알리고 도둑질을 시킨 것인지 모른다. 그 애들은 이미 황금당구장을 바닥 삼아 광남 읍에서 '좀 노는 어깨'들하고 관계를 맺고 있다. 그렇다면 그깟 컴퓨터 훔치는 일 정도는 아무것도 아닐 것이다.

아무래도 버섯즙 패거리들은 이번 기회에 학교 측을 단단히 놀려먹기로 한 것 같았다. 특히 지랄탄 담임을 곤경에 빠뜨리고자 한 것 같았다. 진식이 생각에 반 아이들 가운데 이런 짓을 저지를 만한 아이들은 눈 씻고 찾아도 그 애들 말곤 없었다.

눈 뜨고 도둑맞을 수 있다

은빈이는 언제 보아도 명랑하다. 어쩔 땐 명랑이 오히려 싸한 아픔을 불러일으키기도 한다. 현우는 은빈이를 보면 모든 근심걱정이 사라진다. 다만 미래를 생각하면 가끔 근심걱정이 일기는 한다. 그러나 이내 그것도 지운다. 당장 코앞에 닥친 내일 일도 모르는데 그보다 더 먼 미래의 일까지 끌고 와서 미리 염려할 필요는 없기 때문이다.

은빈이는 바라보기만 해도 눈이 부시다. 사실 닳을까 봐 마구 보기도 아깝다. 그래서 남들은 은빈이를 보지 않았으면 좋겠다는 생각도 들었다. 현우는 픽 웃음이 나왔다. 자기가 생각해보아도 엉뚱하기 짝이 없는 생각이다.

현우가 자기 생각을 하고 있는 줄 아는지 어쩌는지 편의점의 은빈이는 귀에 헤드폰을 꽂은 채 계산대에 앉아 몸을 앞뒤로 흔들고 있었다. 현우는 은빈이가 자신이 지난번에 선물한 〈백만 송이 장미〉 CD를 듣는 것이라고 생각했다.

요 며칠 새에 학교에서 엄청난 일이 벌어져 정신이 없었다. 그런 까닭에 현우는 은빈이를 제대로 챙기지 못했다. 진식이와 관련된 사건도 있었고, 교실에 도둑이 들어 컴퓨터를 업어 간 사건도 있었다.

진식이 사건은 진식이의 대응과 진식이 아버지의 출동으로 잘 마무리되었다. 그런데 교실의 컴퓨터 도난 사건은 오리무중이었다. 도대체 컴퓨터의 행방을 알 수 있는 단서가 아무것도 없었다. 진식이는 물론 현우 자신도 버섯즙 패거리들이 바깥 사람을 시켜 저지른 거라고 생각한다. 그런데도 증거가 없어 함부로 말은 하지 않는다. 진식이조차도 아직까지는 동물적 본능으로 개들 짓일 거라고만 여긴다. 그래서 겉으로는 아무런 낌새를 드러내지 않은 채 조용히 도둑을 쫓고 있다.

딱히 학교에서 벌어진 정신 사나운 일 때문에 은빈이를 못 챙겼다고 할 수는 없다. 보통 때도 현우가 특별히 은빈이를 위해 하는 일이 없기 때문이다. 되레 은빈이가 현우를 챙겨준다. 유통기한 지난 먹을거리를 챙겨주는 것도 고마운 일인데 언제나 명랑한 모습을 보여주기까지 한다.

은빈이가 명랑한 모습을 보여주는 것만으로도 현우는 힘이 불끈불끈 솟는다. 사랑받는 느낌, 자신이 누군가에게 귀한 사람이된 느낌, 현우로선 좀체 느껴보지 못한 것들이다. 진식이가 잘 대해주기는 하지만 은빈이가 해주는 것하곤 좀 다르다. 어쨌든 현우는 진식이도 좋고 은빈이도 좋다. 아버지가 광남 읍으로 이사를 가자 할 때는 망설였지만 지금 생각해보면 정말 이사를 잘 왔다. 광남 읍으로 이사를 와서 광남 종고를 가지 않았다면 진식이를 어떻게 만나고 은빈이를 어디서 보겠는가.

은빈이는 거의 마음을 굳혔다. 2학년 올라갈 때 전자과로 옮기기로 한 것이다. 얼마 전에 인터넷을 뒤지다 보니 자격증을 따고 직장을 가지면 갈 수 있는 대학이 많이 있었다. 어차피 광남 종고 졸업생들은 순수 학문을 하기 위해 대학을 가는 것이 아니다. 그렇다면 굳이 보통과에서 머리 싸매고 끙끙 앓을 필요가 없을 것이다.

대학 가기가 어렵다고들 하지만, 그건 공부 선수들이 가는 몇 대학을 두고 하는 말이다. 고등학생의 9할은 그런 학교에 가지 않는다. 그런데도 다들 그런 학교에 갈 거라고 착각을 하고선 아까운 청춘의 시간을 붙들어 매놓고 산다. 그런 대학은 공부 선수들이 가지만 그렇지 않은 대학도 의외로 많았다.

은빈이가 인터넷에서 알아낸 정보에 따르면 하고 싶은 것 하면서 얼마든지 갈 수 있는 게 대학이기도 했다. 지금은 바닥으로 추락한 어떤 재벌의 회장인지 사장인지 하는 사람 왈 "세상은 넓고 할 일은 많다."라고 했지만, 가만 보니 '대학은 많고 다닐 방법도 많다.'였다. 그러니 굳이 서울 아이들처럼 대학 입시 공부에 목을 매는 공부 선수가 될 일도 아니었다. 은빈이는 그렇게 대학 입시에서 벗어나자 모든 일이 즐거웠다. 선생들은 대학만 들어가면 뭐든 할 수 있으니, 지금은 참고 나중에 대학 들어가서 즐기라고 한다. 하지만 은빈이는 미래의 막연한 행복을 위해 지금 현재의 확실한 행복을 억누를 필요가 없다는 생각이 들었다. 나중에는 또 그 나름의 걱정거리가 있을 것이었다. 그러니 나중을 기약하며 굳이 현재를 희생할 필요가 없을 것 같았다.

대학에 대한 생각을 바꾸고 나자 학교 가는 일도 굳이 긴장할 까닭이 없고, 아르바이트 하는 일도 시간 낭비로 여겨지지 않았다. 대학만 간다고 뭐든 다 이루어지리라는 보장도 어차피 없지 않은가. 지금 당장을 살자는 생각이 들었다.

더구나 자신이 남을 챙겨주는 일이 얼마나 뿌듯한 것인지도 은빈이는 알게 되었다. 주유소 편의점 아르바이트를 하면서 현우 오빠 저녁거리와 아침거리를 자신이 다 챙겨주고 있다. 어찌 보면 현우 오빠 뒷바라지를 자신이 하고 있는 것이었다. 그런데 피곤하거나 싫증나지 않고 마냥 즐거웠다. 누군가를 사랑하는 일도 자신의 존재감을 높이는 일이었다. 현우 오빠로 인해 은빈이는 자신이 더욱 성숙해지는 느낌을 받았다.

주유소 편의점 일도 그다지 복잡할 게 없어 자기 같은 학생 일자리로는 그만이었다. 노래가 절로 나왔다. 저번에 현우 오빠가

CD로 구워준 노래 〈백만 송이 장미〉도 하루에 몇 번씩이나 들을 수 있다. 식당 주방 일을 하거나 치킨집이나 피자집에서 서빙 일을 한다면 음악 들을 새가 어디 있겠는가.

진식이 오빠가 요즘 주유소에 자주 나타난다. 현우 오빠하고 워낙 친해서 그렇다지만 어쩌면 '예쁜' 자기를 보러 오는지도 모른다. 그런데 어쩌나. 자신은 이미 현우 오빠한테 마음이 다 가 있는데…….

학교에 도는 소문으로는 진식이 오빠가 거의 영화를 찍는 수준의 '무술'로 광남 읍 고등학생 어깨들을 일망타진했단다. 그것도 혼자서 1개 분대는 족히 되고도 남을 인원을 멋지게 해치웠단다. 소문이란 으레 부풀려지기 마련이지만, 은빈이는 진식이 오빠에 대한 그런 소문이 도는 것만으로도 신이 났다. 자신과 대련을 하던 오빠가 마침내 무림의 고수가 되었다는데 어찌 기쁘지 않겠는가.

밤도 어지간히 깊었다. 열한 시가 넘어가면서 주유를 하러 오는 차도 뜸해졌다. 현우는 편의점으로 갔다. 은빈이를 퇴근시킬 시간이다. 열한 시가 넘으면 편의점 문을 열어놓을 필요가 없다.

"은빈아, 이제 퇴근해야지."

"꼭 오빠가 사장 같다. 퇴근, 오빠가 시키는 거야?"

"니가 퇴근해야 내가 저녁을 먹지!"

은빈이는 평소에 하던 대로 유통기한 지난 먹을거리를 따로 분

류한 뒤 현우가 먹을 만한 것은 빼놓았다. 은빈이가 그날 잔고와 재고를 꼼꼼하게 계산하여 현우한테 넘기고 편의점을 나갔다.

현우는 은빈이가 따로 빼놓은 먹을거리를 먹으며 편의점 청소를 하였다. 청소를 마친 현우는 편의점 문을 닫고 잠갔다. 대학생 형은 벌써 숙소에 가 있었다. 오늘은 현우가 당번이다. 현우는 곧장 주유원 대기실로 갔다.

현우가 주유원 대기실로 들어가려는 바로 그때였다. 대여섯 대로 여겨지는 한 무리의 오토바이 떼가 주유소로 몰려 들어왔다. 모두들 소음 저감 장치인 머플러를 떼어냈는지 소리가 부릉부릉 요란했다.

오토바이 떼들은 저마다 주유기 앞에 가 멈췄다. 현우는 혼자서 이리 뛰고 저리 뛰며 오토바이마다 기름을 하나씩 꽂았다. 그 사이에도 오토바이들은 시동을 끄지 않았다. 계속 부릉부릉 하고 나는 소음을 키웠다.

맨 먼저 꽂은 오토바이의 주유가 끝나 기름 총을 뺀 다음 주유 계기판 창에 뜬 값을 외치며 계산을 하려고 하는 찰나였다. 갑자기 오토바이 떼들이 약속이나 한 듯 한꺼번에 부릉부릉 소리를 더 요란하게 냈다. 현우는 정신이 다 나가는 기분이었다. 소리를 요란하게 낸 오토바이들은 갑자기 속도를 높이더니 순식간에 주유소를 빠져나갔다. 쏜살같았다. 저마다 기름을 가득 넣은 뒤 계산을 하지 않고 줄행랑을 친 것이다. 현우가 소리를 지르며 오토바이 떼의 뒤를 쫓았지만 역부족이었다. 현우는 그만 닭 쫓던 개 꼴이 되고 말았다. 다리에 힘이 풀려 그 자리에 주저앉고 말았다.

망연자실, 현우는 넋이 나가버렸다.

잠을 자려다 현우의 외침에 다시 주유소로 나온 대학생 형이 주유소 사장에게 연락을 하고 이어 경찰에 신고하였다. 경찰이 출동해 오토바이를 타고 온 녀석들의 인상착의와 오토바이 가운데 생각나는 번호를 하나라도 대라고 했지만 정말이지 현우는 아무것도 생각이 나지 않았다. 오토바이를 몰고 온 녀석들이 고등학생 또래인 것 같기는 했지만 얼굴이고 옷차림이고 하나도 떠오르지 않았다. 게다가 모두들 헬멧을 깊숙이 쓰고 있었다. 뻔히 눈 뜨고 도둑을 맞고 만 것이다.

경찰은 돌아가면서 주유소에 설치된 폐쇄 회로 텔레비전의 테이프를 가져갔다. 테이프의 화질이 어떨지는 모르지만, 테이프를 분석해보면 오토바이의 종류나 운전자의 인상착의 따위를 알 수 있을 것이라고 했다.

주유소 사장은 경찰이 가고 나서 한참 뒤에야 달려왔다. 사장이 방방 떴지만 오토바이 떼들의 행방은 알 수 없었다. 주유소 사장은 기름을 도둑맞은 만큼 현우의 아르바이트비를 감하겠다고 했다. 현우로선 억울했지만 어찌할 수 없었다.

현우는 기가 막혔다. 눈 깜짝할 새에 바보가 된 느낌이었다.

현우는 누구에게라도 하소연을 해야지 그러지 않으면 가슴이 터질 것만 같았다. 어디고 전화를 해야 했다. 도저히 견딜 수가 없었다. 은빈이에게 해볼까 했으나 너무 늦은 시각이었다. 그렇다고 아버지한테 할 수도 없었다. 만만한 게 진식이었다. 그러잖아도 아까 진식이가 주유소에 들렀다 간 뒤 잘 들어갔는지 확인 전화를 하지 않았다.

현우는 바지에서 휴대전화기를 꺼내 통화 목록에서 진식이 번호를 찾아 꾹 눌렀다.

"현우야, 이 밤에 웬일로?"

진식이가 신호 몇 번 가지 않았는데도 바로 전화를 받으며 의아해했다.

"그냥……."

"그냥 한 게 아닌 것 같은데?"

"진식이 너 잘 들어갔나 싶어서, 그냥……."

"현우 너 무슨 일 있지? 은빈이랑 싸웠냐?"

"그런 일로 너한테 전화하겠냐."

"그럼 뭔데? 얼른 이 형님한테 털어놓지."

그 말에 현우는 울음이 나오려고 했다.

"진식아……."

끝내 현우 목소리에 울음이 묻어났다.

"현우야, 왜 그래? 왜 울어?"

진식이가 걱정스레 계속 다그쳤다. 현우가 더듬거리며 마지못해 털어놓았다.

"도, 도둑맞았어."

"뭐라구? 도둑을 맞어?"

"응."

"뭘 잃어버렸는데?"

"기름."

"주유소 기름?"

"응."

진식이는 현우가 기름 도둑맞은 일을 설명하기도 전에 주유소로 가겠다며 전화를 끊었다. 얼마 지나지 않아 진식이가 오토바이를 타고 주유소로 왔다.

"어떻게 도둑을 맞았는데?"

현우는 오토바이 떼가 한꺼번에 들이닥친 뒤 정신을 쏙 빼놓고선 기름만 넣고 달아난 일을 설명했다.

"뻔히 눈 뜨고서 당하고 말았어."

현우 이야기를 다 듣고 난 진식이가 입을 열었다.

"아무래도 그놈들 짓인 것 같아."

"그놈들, 누구?"

"버섯즙 패거리들 말이야."

"걔들 얼굴은 내가 알잖아."

"헬멧 쓰고 있으면 누군지 잘 몰라. 그리고 그놈들이 직접 하지 않고 다른 놈들 시켰을 거야. 지금 지들이 직접 나서지는 못하거든. 그나저나 얼마치나 도둑맞았냐?"

"내 보름치 아르바이트비만큼."

"아이구, 두야. 그럼 이 달 절반은 그냥 일하는 거네."

"응."

"안 되겠어. 학교 컴퓨터 잃어버린 것도 그렇고, 주유소 기름 도둑맞은 것도 그렇고. 범인을 꼭 잡아야겠어."

진식이가 갑자기 형사가 된 듯이 말했다. 현우는 그러는 진식이가 고맙긴 했지만 진식이로서도 뾰족한 방법이 있으리라고 기대하지 않았다. 다만 자신을 위로해주느라 애써 씩씩한 척하는 것이라 여겨졌다.

현우가 힘없이 말했다.

"흔적이 있어야 범인을 잡지."

"흔적은 없지만 꼬리를 감추지는 못해."

"뭐 짚이는 거라도 있냐?"

"응, 그 자식들이 수상해."

"그 자식들?"

"버섯즙 패거리들 말이야."

"걔들, 요새 죽어지내지 않냐?"

"그렇지 않아. 무늬만 보면 죽은 것 같지만 속은 안 죽었어."

진식이는 버섯즙 패거리들을 예의주시하고 있다고 했다. 학교에선 납작 엎드려 있지만 밖에선 그렇지 않을 거라고 했다.

그때 현우 휴대전화기가 울렸다.

"누구지?"

현우가 전화를 받으려 하자 신호가 끊어졌다.

"어? 은빈이 번호가 찍혔는데, 그냥 끊어지고 마네."

"은빈이 번호가 찍혔다고?"

"응. 근데 왜 끊었지?"

"그럼 니가 걸어봐."

현우는 고개를 갸웃거리며 화면에 찍힌 번호에 통화 단추를 눌렀다. 신호는 가는데 전화를 받지는 않았다.

"안 받는데……"

현우가 고개를 갸우뚱하며 이마를 찡그렸다. 진식이가 소리 질렀다.

"알았다!"

"뭘?"

"은빈이 몇 시에 나갔어?"

"오토바이 떼들 들이닥치기 바로 전에."

"그럼 그 녀석들 짓이야."

"그 녀석들 짓이라고?"

"오토바이 떼들 말이야."

진식이는 자신의 오토바이에 올라타 시동을 걸었다.

"현우야, 뒤에 타."

"나 당번이야."

"그러면 형하고 당번 바꿔."

현우는 진식이 말에 토를 달지 않았다. 진식이는 절대로 허튼소리나 허튼짓을 하지 않았다. 진식이가 당번을 바꾸라고 하는 데는 다 그럴 만한 이유가 있어서일 것이다. 현우는 대학생 형에게 자기 대신 당번을 서달라고 부탁했다. 대학생 형은 아무 말 없이 현우의 청을 순순히 들어주었다.

진식이는 현우가 뒤에 타자마자 바로 출발을 했다.

"어디로 가?"

"은빈이 있는 데로."

"은빈이가 어디 있는 줄 알고?"

"그 녀석들이 은빈이를 끌고 갔어."

"뭐라구?"

현우가 놀라는 소리는 오토바이 소리에 묻혀버렸다. 진식이는 오토바이의 속도를 최대한 높였다.

뛰어봐야 부처님 손바닥이다

진식이는 오토바이 속도를 한껏 올리며 내달렸다. 현우는 뒤에서 진식이 허리춤을 단단히 부여잡았다. 오토바이가 속도를 낼수록 현우는 오금이 저리며 조마조마해졌다.

어떤 일을 처리할 때 직접 나서서 정신이 없을 정도로 휘젓고 다닐 때보다 뒷전에 물러나서 바라만 보고 있는 게 더 불안하다. 그렇듯이, 자전거나 오토바이도 직접 모는 것보다 뒤에 타고 가는 게 더 불안하다. 더구나 지금은 은빈이 때문에 더 불안하다. 그렇다고 진식이한테 말을 걸 수도 없다. 진식이는 젖 먹던 힘까지 다해 오토바이 운전을 하고 있다. 굳이 묻지 않더라도 진식이가 알아서 갈 데로 갈 것이다.

진식이는 짚이는 데가 있었다. 아무래도 떼로 몰려든 오토바이족들이 은빈이를 끌고 돼지목노래방으로 간 것 같았다. 버섯즙 패거리들이 드나드는 황금당구장 근처에 세발오토바이수리점이 있고, 그 수리점 옆 건물 지하에 돼지목노래방이 있다.

세발오토바이수리점엔 늘 아이들이 북적거렸다. 돼지목노래방은 오토바이족들의 대기소나 마찬가지였다. 진식이는 돼지목노래방을 들어가보지는 않았지만 오토바이를 손보러 갈 때마다 노래방 입구에서 서성이는 아이들을 자주 보았다. 저번에 형근이가 오토바이 체인을 뜯어 갔을 때 성구도 오토바이를 거기다 맡겼다.

오토바이족들은 오토바이의 소음 저감 장치를 일부러 떼어내기도 하고 이런저런 액세서리를 달기도 했다. 그때마다 아이들은 진식이를 피해 딴전을 부리는 듯했지만 진식이는 그들의 거동을 놓치지 않고 다 살폈다. 광남 종고 아이들은 아니었다. 같은 학교 아이들 같으면 얼굴을 모르지 않는다. 그런데 낯설었다. 아마도 다른 지역의 아이들이 거기 와서 노닥거리는 것 같았다.

진식이 머릿속에 그림이 그려졌다. 황금당구장을 근거지로 하고 있는 버섯즙 패거리들과 돼지목노래방을 근거지로 하고 있는 오토바이족들이 자연스레 연결되었다. 그들은 어쩌면 세발오토바이수리점을 매개로 자연스레 동무가 되었을 것이다.

진식이가 마침내 돼지목노래방 입구에 오토바이를 세웠다. 현우가 오토바이에서 먼저 내렸다. 잠깐 어질했다.

현우가 진식이를 바라보았다.

"노래방이잖아?"

진식이가 고개를 끄덕였다.

"응. 저 안에 은빈이가 있을 거야."

"은빈이가 저 안에 있다고?"

진식이가 세발오토바이수리점을 턱으로 가리켰다. 노래방 쪽으로 오토바이 다섯 대가 나란히 세워져 있었다. 진식이가 오토바이를 보고 고개를 끄덕였다.

"어떻게 알았어?"

"이 형님이 모르는 것 있냐! 저 오토바이 세워둔 것 봐라. 그놈들이 타고 온 거다. 수리점 오토바이는 누가 못 훔쳐 가게 쇠줄에 한 줄로 쫙 꿰어 있어. 근데 이것들은 묶이지 않고 여기 따로 세워져 있잖아."

진식이는 따로 세워진 오토바이 곁으로 가더니 오토바이 연통 쪽에 손을 가까이 대보았다. 한 대, 두 대, 세 대……. 오토바이 다섯 대 모두 조금 전까지 운행한 흔적으로 열기가 느껴졌다. 진식이는 수리점 쪽에 가서 두리번거리더니 잠시 후 쇠줄을 가져와 오토바이 다섯 대의 바퀴 틈에 줄을 끼운 뒤 단단히 묶었다.

"틀림없이 이놈들이 노래방 안에 있어. 그렇다면 이놈들은 이제 독 안에 든 쥐다! 그래도 튀지 못하게 오토바이부터 묶어놓자."

진식이는 처음부터 확신을 하고 있었다. 버섯줍 패거리든 오토바이족이든 광남 읍에서 갈 곳은 뻔했다. 황금당구장은 이미 노출

되어버렸기 때문에 버섯즙 패거리도 거기서 일을 꾸밀 수는 없을 것이다. 게다가 형근이도 아직 병원에 있지 않은가. 그렇다고 세 발오토바이수리점 앞길에서 얼쩡거리며 모의를 할 수도 없을 것이다. 누가 생각해도 이런 일을 모의하기엔 노래방이 적격이다. 노래방은 조명도 흐릿하고 공간도 닫혀 있다. 그런 곳이어야 현실 감각이 떨어진다. 이런 일은 백주 대낮에 꾸밀 수도 없고, 환한 불빛 아래에서 꾸미기도 좀 그렇다. 약간 어둑어둑하고 사방이 막혀 있어야 모의하는 것 같은 느낌이 든다.

진식이는 자신의 추리력에 스스로도 놀랐다. 텔레비전의 범죄수사극이나 탐정소설의 형사 같은 느낌이 들었다.

버섯즙 패거리는 형근이가 당한 것을 대단한 모욕이라고 느꼈다.

"에이 씨부럴! 착하게 살자고 맹세를 다 하다니! 내 사전에 없는 말로 씨부럴 새끼한테 맹세를 다 하고 말이야……. 에잇, 쪽팔려!"

형근이가 누운 채로 씩씩거렸다. 그러자 준표가 비아냥거렸다.

"쪽팔려도 할 수 없었잖아? 불곰까지 나타나서 살인미수로 몰고 가는데 내가 다 환장하겠더구만!"

준표가 형근이를 흘겨보았다. 형근이는 준표의 눈길을 피했다.

형근이가 애써 의지를 불태웠다.

"이대로 물러나면 내가 사람도 아니지……."

준표가 픽 웃었다.

"사람도 아니면 개라도 되어보려고? 앞으로 어떡할 건데?"

"어떻게 할 건지는 짱이 알아서 한다!"

준표가 발끈했다.

"짱? 짱 좋아하네! 짱이 알아서 하려면 짱구가 잘 돌아야 하는데 니 짱구는 지금 헛돌고 있어. 형근이 니 짱구 도는 대로 했다가 우리까지 살인미수자 될 뻔했잖아!"

형근이는 살인미수자라는 말이 목의 가시처럼 걸려 소리를 꽥질렀다.

"야! 고춧가루 그만 뿌려! 그놈의 살인미수라는 말 좀 그만해!"

버섯즙 패거리들은 그대로 주저앉았다간 진식이한테 계속 시달릴 거라는 결론을 내렸다. 형근이가 이를 갈았다.

"이대로 나는 절대로 못 물러나! 어떻게 하든 진식이 새끼랑 지랄탄은 손 좀 봐주어야겠어. 그러지 않으면 가문의 망신이다!"

준표가 비아냥거렸다.

"가문의 망신? 그래, 아버지가 대 광남 종합고등학교 학부모 회장까지 하신 가문이지. 그런 가문이 망신당하면 안 되지! 망신당하면 바로 대 광남 종합고등학교까지 망신당하는 거거든!"

"준표 너, 계속 깐죽대며 쓸데없는 소리 할 거야?"

형근이가 부르르 떨었다. 그러자 준표가 애써 진지한 표정을 지으며 물었다.

"그러니까 어떻게 할 거냐구?"

형근이가 비장한 목소리로 대답했다.

"교실 컴퓨터를 훔치는 거야."

준표가 의아한 표정을 지었다.

"컴퓨터를 훔쳐?"

"응. 일단 지랄탄한테 타격을 주는 거야."

준표가 입을 비쭉 내밀었다.

"이번엔 우릴 도둑 공범으로 만들 모양이구만."

형근이가 손을 내저었다.

"니들이 안 나서도 돼!"

"우리가 안 나서면, 도둑놈을 고용이라도 하려고?"

"응."

아이들의 눈이 모두 휘둥그레졌다.

준표 눈의 흰자위가 커다랗게 늘어났다.

"뭐? 진짜로 도둑놈을 고용하려고?"

"못할 것도 없잖아!"

"뭐라구?"

조금 전까지만 해도 깐죽거렸던 준표는 물론 버섯즙 패거리들 모두 놀라 벌린 입을 다물지 못했다.

형근이가 자신의 계획을 설명했다.

"걔들 있잖아."

준표가 미심쩍은 표정으로 시큰둥하게 물었다.

"걔들 누구?"

"오토바이족 말이야."

"돼지목노래방에서 노는 애들 말이야?"

"그래."

"걔들, 왜?"

"컴퓨터를 가져오게 해야지."

"걔들 보고 컴퓨터를?"

"이미 다 가르쳐주었어."

"뭘?"

"감시카메라 안 걸리는 쪽 말이야! 학교 카메라가 어디 걸려 있는가는 이미 내가 다 파악하고 있잖아!"

준표가 시답잖은 표정을 거두고 무릎을 탁 쳤다.

"형근이 너, 어떻게 그런 생각을?"

형근이가 으스댔다.

"내가 괜히 짱이냐!"

그 말에 아이들 모두 고개를 끄덕였다. 조금 전까지만 해도 형근이를 몰아붙이려 했는데, 듣고 보니 그럴싸했다.

형근이는 자신들보다 항상 한 발짝 앞선 생각을 하고 있었다.

형근이가 이젠 아주 의기양양한 채 떠벌렸다.

"그러니까 우리는 학교 쪽엔 얼씬도 할 필요가 없어. 알리바이도 확실하잖아!"

준표가 다시 확인하듯 물었다.

"컴퓨터만 훔치고 나면 걔들은 끝이야?"

"아니. 일단 컴퓨터는 구워 먹든 삶아 먹든 걔들이 알아서 할 거야. 따로 보수도 줄 수 없으니까, 물건 잘 훔쳐서 가지라고 했지. 난 물건 욕심은 없어. 진식이 새끼하고 지랄탄만 골탕 먹이면 그만이니까!"

아이들은 형근이가 병원에 있으면서도 이런 계획까지 짜고 있는 줄은 몰랐다. 진식이가 각서까지 가져와 읽고 지랄 떨고, 불곰까지 나타나 으름장을 놓을 때만 해도 이제 찍소리 못하고 지내야 하는 줄 알았다.

"불리할 땐 일단 한 발 뒤로 빼는 거야! 그리고 나서 두 걸음 앞으로 가는 거야!"

"두 발 전진을 위해 작전상 한 발 후퇴! 야, 형근이 너, 진짜 머리 좋다!"

아이들은 앞다투어 형근이를 추켜세우기에 바빴다. 형근이 짱구가 헛돈다고 깐죽거렸던 준표만 떨떠름한 표정이었다.

형근이가 으쓱해하며 다시 입을 열었다.

"걔네들은 다 학교 안 다니는 애들이야. 노래방에서 알바도 하고 세발오토바이수리점에 일감을 물어다 주기도 해. 하지만 학교 다니는 애들이 아니니까 광남 종고 아이들은 아무도 걔들을 모른단 말이야. 그러니까……"

준표가 의아한 표정을 지으며 물었다.

"또 뭔데?"

아이들은 침을 꼴딱 삼키며 형근이의 다음 계획을 듣고 싶어했다. 형근이가 잔뜩 무게를 잡으며 말했다.

"기왕 쓴 김에 인심을 좀 더 쓰는 거야."

준표는 형근이의 속내를 알 수 없었다.

"무슨 인심?"

"현우 자식이 주유소에서 일하잖아."

준표가 고개를 갸우뚱했다.

"현우가 주유소 일하는 거랑 인심 쓰는 거랑 무슨 관계가 있어?"

"오토바이를 떼로 몰고 가서 기름 가득 넣고 다 튀라고 했어!"

아이들이 손뼉을 쳤다.

"야, 그거 재미있겠다!"

"니들이 생각해도 재미있지?"

"그럼!"

준표가 다시 고개를 갸우뚱했다.

"그런데 어떻게 튀지?"

형근이가 이마를 찌푸렸다.

"다 얘기해두었다."

준표가 뭐가 뭔지 모르겠다는 표정을 지었다.

"누구한테? 현우한테?"

"그걸 왜 현우한테 얘기해? 현우를 골탕 먹이는 일인데!"

"어떻게?"

"현우가 근무할 때 한꺼번에 오토바이를 몰고 몰려가라고 그랬어."

"그리고선?"

"늦은 시간이니까, 혼자 주유소 본단 말이야. 현우 혼자 기름 넣으랴 계산하랴, 존나 정신없을 거거든."

"그렇겠지."

"정신 존나 없을 때 더 정신없게 정신 쏙 빼놓고 전부 튀는 거야!"

준표가 고개를 끄덕였다. 아이들은 형근이 말에 전부 감동했다.

"야, 어떻게 그런 생각을 했어?"

"그러니까 짱이라니까!"

아이들은 다시 형근이를 앞다투어 치켜세웠다.

"알았어, 짱! 히히, 현우 자식 혼자 주유소 보다가 닭 쫓던 개 꼴 되겠네!"

"바로 그거야! 지 혼자서 어떻게 해보겠어?"

준표가 다시 걱정스런 표정으로 말했다.

"근데, 그때 주유소에 다른 사람도 있을 거 아냐. 현우 혼자 일하는 거 아니잖아. 다른 알바생도 있을 거고, 은빈이도 그 주유소에서 알바하잖아."

"그래. 그런데 은빈이는 주유소에서 밤은 안 새거든. 집에 간단 말이야. 그리고 밤에는 당번만 주유소에 있고 다들 잠자!"

"그러면 현우가 당번이냐?"

"그럴 거야. 지난주에는 아니었으니까."

준표가 고개를 끄덕였다. 아이들이 다시 감동을 받았다.

"야, 형근이 너 언제 그런 것까지 조사했냐?"

"그러니까 짱이라니까!"

준표가 마무리를 하였다.

"그럼 현우까지 골탕 먹게 되면 작전 끝이네."

"아냐, 그다음엔 은빈이를 납치하는 거야!"

아이들 모두 입을 벌렸다.

"납치?"

"응."

"누가?"

"누구긴. 오토바이족이 끝까지 하는 거지."

준표가 의아한 표정을 지었다.

"걔들이 왜?"

"왜는 왜냐. 컴퓨터 공짜로 생기지, 기름도 공짜로 만땅 되게 넣지. 그러니까 해볼 만한 일이지."

준표는 계속 이해가 되지 않았다.

"아니, 은빈이까지 왜 납치하냐고?"

"그 계집애가 진식이랑 현우랑 친하잖아. 그러니까 납치하는 거지."

아이들은 점점 형근이 계획이 재미있다고 느꼈다.

"야, 점점 재밌어지는데. 그러니까 우리는 손 안 대고 코 푸는 거네."

"그럼!"

준표는 형근이의 계획이 그럴싸하면서도 아슬아슬하게 느껴졌다.

"은빈이까지 납치하고선 어떻게 할 건데?"

형근이가 준표를 의식하며 강하게 받아쳤다.

"우리가 당한 것 그대로 돌려받는 거야."

"어떤 걸?"

"참 나, 준표 너 몰라서 물어? 각서 쓰게 하고, 내 발밑에 엎드려 코가 땅에 닿게 빌게 해야지! 이래도 내 짱구가 잘 안 도냐?"

준표는 머쓱해했지만 다른 아이들은 모두 신이 났다.

"그래, 그렇게 해야 돼. 그러지 않고선 분이 풀리지 않아!"

"아무튼 은빈이가 미끼야. 미끼를 잘 던져서 낚시질을 잘하면 이참에 광남 종고는 우리 손에 들어와. 앞으로 학교생활 아주 편히 하게 될 거야!"

버섯즙 패거리들은 형근이가 계획한 대로 오토바이족들로 하여금 일을 착착 진행하게 했다.

진식이는 돼지목노래방 입구에서 긴장을 풀기 위해 팔을 휘젓고 허리를 몇 번 젖힌 뒤 헬멧을 옆구리에 끼고 노래방 안으로 들어갔다.

현우는 진식이 뒤를 따라 들어갔다.

"진식아, 맨손으로 들어가도 괜찮을까?"

"걱정 마. 뭘 들고 갔다간 자칫 폭행으로 걸려."

노래방으로 들어가니 이 방 저 방에서 노랫소리가 흘러나오고 전자음 소리도 요란했다. 진식이가 계산대 앞에 가서 서자 사장인 듯한 늙수그레한 아저씨가 둘을 맞았다. 아저씨는 돈통을 정리하고 있었다.

"몇 사람?"

노래방 아저씨가 기계적으로 물었다.

진식이가 아주 태연히 대답했다.

"조금 전에 여자애 하나랑 남자애들 다섯 들어와서 어느 방으로 갔죠?"

똥파리 쉬파리는 제 앉을 데를 용케 안다

"복도 끝나는 데서 오른쪽으로 보이는 뒤쪽 구석 방!"

진식이가 아주 태연히 묻자 노래방 아저씨도 스스럼없이 대답했다. 아마도 진식이와 현우도 먼저 들어간 아이들과 함께 온 일행이라 여기는 것 같았다. 그래서 군말 없이 오토바이족들이 든 방을 일러준 것이리라.

진식이는 어두침침한 복도를 앞장서서 거침없이 안으로 걸어갔다. 현우는 진식이 뒤를 말없이 따라갔다. 진식이 속을 알 수 없어 내심으론 불안했다. 그러나 한편으론 진식이를 믿기에 그냥 따라갔다. 진식이는 절대로 실수를 하거나 허튼짓을 할 아이가 아니다. 그러니 굳이 따지고 말고 할 필요가 없다.

마침내 진식이가 노래방 아저씨가 일러준 방 앞에 섰다. 진식이가 문 유리로 안을 들여다보았다. 현우는 마른침을 꼴깍 삼켰다. 진식이가 어떤 일을 벌일지 몰라 조심스러웠다. 조금은 걱정되기도 했다. 아이들은 여러 명인데 자기들은 겨우 두 명이다. 만약에 물리적 충돌이라도 생기면 자신은 어떻게 해야 할지 몰랐다. 진식이가 거의 '무술' 수준의 실력을 발휘한다 하더라도 상대 아이들이 어떤 아이들인지도 모르는 상황이다. 그러니 진식이의 맨손 무술이 먹힐지 어쩔지 몰랐다. 게다가 아이들이 흉기라도 지니고 있다 사정없이 휘두르기라도 하면 막을 방법이 없다.

"어떻게 하려고?"

현우가 걱정스런 표정으로 진식이를 바라보았다. 현우의 내심을 알았는지 진식이가 걱정 말라는 투로 씩 웃었다.

"음, 잠깐 경찰관이 되어야겠어."

현우가 눈을 휘둥그레 떴다.

"경찰관?"

"음. 노래방 단속 나왔잖아!"

진식이가 헬멧을 머리에 썼다.

"이렇게 얼굴을 가려야 나이가 드러나지 않지."

"나는?"

현우는 헬멧 없이 진식이 뒤에 앉아 타고 온 터였다.

"넌 문밖에 있어."

"그래도 어떻게 그래? 너한테 무슨 일이라도 나면……."

"그러니까 밖에서 지키고 있으면서 상황 판단을 해야지."

진식이는 헬멧을 머리에 뒤집어쓰고 고개를 좌우로 몇 번 돌려보더니, 자세를 바로 하고 방문을 힘껏 열어젖혔다.

"뭐요? 아저씨?"

한 녀석이 진식이를 보고서 소리를 질렀다.

진식이가 태연히 대꾸했다.

"음, 관내에 강력 사건이 일어나서 나왔어요."

다시 그 녀석이 되물었다.

"강력 사건요? 그런 게 우리랑 무슨 상관예요?"

"광남 종고에 도둑이 들고, 주유소에서 기름을 강탈당하고, 여자애가 납치당했어요. 그래서 지금 비상이 걸렸어요. 아무튼 잠시 검문이 있겠습니다!"

진식이가 여유 있는 자세로 노래방 안을 돌아보았다. 노래 기기가 켜 있어 조명등도 돌아가기는 했지만 아무도 마이크 들고 노래를 하지는 않은 모양이었다. 진식이 짐작대로였다. 진식이는 어둠 속을 눈길로 재빠르게 더듬었다. 역시 은빈이는 거기 있었다. 두 녀석이 은빈이의 팔을 양쪽에서 하나씩 잡고 있었다. 은빈이는 머리가 헝클어진 채 고개를 숙이고 있었다. 진식이는 슬쩍 은빈이를 바라본 뒤 아랫배에 힘을 주고 묵직하게 말했다.

"자, 한 사람씩 주민등록증 좀 보여줘요."

아이들이 서로 얼굴을 바라보다가 한 녀석이 대답했다. 이런 경우 대답하려고 미리 준비해둔 모양이었다.

"우린 학생이라 아직 주민증이 없는데요……."

진식이가 애써 코웃음을 쳤다. 이어 자연스레 반말 투로 물었다.

"학생? 학생이 이 시간에 여긴 왜 있어?"

그 아이가 다시 능청스레 둘러댔다.

"늦게 야자 끝나고, 오랜만에 노래 한 발씩 쏠려고요!"

진식이가 픽 웃으며 탁자 위에 가득한 맥주 캔을 가리켰다.

"노래? 근데 이건 뭐야?"

아이들이 지레 너스레를 떨었다.

"마시지 않았어요."

진식이가 넘겨짚듯 말했다.

"마시려고 가져온 거 아냐?"

아이들이 아무 대꾸를 하지 못했다.

진식이가 턱으로 은빈이를 가리켰다.

"저 애는 왜 저러고 있어?"

"술에 너무 취해서……."

아이들이 급히 둘러댔다. 그러자 진식이가 픽 웃은 뒤 거의 훈계조로 아이들을 압박해나갔다.

"미성년자 학생이 술 마셔도 돼? 그리고 아직 술 마시지 않았다고 했잖아? 그러면 다른 데서 취해가지고 들어왔단 말인데……. 이거 그림이 좀 수상해……, 음."

그때 은빈이가 고개를 들었다. 진식이를 바로 알아보았다. 흠칫 놀라며 다시 고개를 숙였다.

진식이가 다시 으름장을 놓았다.

"너희들 여기 가만히 있어. 광남 중고에서 컴퓨터 훔치고, 주유소 기름 턴 것 다 니들 짓 아냐?"

아이들이 아무 말을 하지 못하고 서로 바라보았다.

진식이는 자신의 짐작이 틀리지 않은 생각이 들었다. 그래서 더 거세게 몰아붙였다.

"니들 한 짓 다 알고 왔어! 그래서 니들이 범죄 저지를 때 사용했던 오토바이도 미리 다 압수해두었다. 그러니까 허튼짓할 생각 말고, 꼼짝 말고 여기 있어! 조금 있으면 경찰서 차가 와서 니들 모셔 갈 거야!"

진식이가 밖을 향해 소리쳤다.

"어이, 장 상경! 사장 좀 오라고 그래!"

졸지에 장 상경이 된 현우는 입구로 가서 노래방 사장 아저씨를 데려왔다. 사장은 노래방 안의 상황을 보고 나서도 무덤덤하게 말했다.

"친구들끼리 왜 이렇게 썰렁하게 있는 거야?"

진식이가 코웃음을 쳤다.

"사장님 눈엔 내가 이 꼴통 애들하고 친구로 보입니까? 허 참! 장 상경, 여기가 중앙파출소 관할이지? 빨리 파출소로 연락해서

지원 부탁해!"

현우가 노래방에서 나갔다.

사장이 놀란 소리를 냈다. 지금까지 반말하던 말투부터 바뀌었다.

"예? 뭐라고 했소? 지금."

사장은 그때에야 사태가 범상치 않게 돌아가는 것을 알고선 놀란 것이다. 애들 친구가 아니라 위장 단속반이었다.

진식이가 노래방 바닥을 발로 구르며 으름장을 놓았다. 아이들 모두 덩치 큰 진식이의 으름장에 얼어붙은 듯 아무 소리를 내지 못하고 가만히 있었다.

"이놈들이 광남 중고에서 컴퓨터도 훔치고, 오토바이로 주유소를 습격해서 기름 털고, 길 가던 여자애까지 납치해서 이리 끌고 왔소!" 오토바이족 아이들은 진식이가 자신들의 행적을 죽죽 읊어대자 기가 막혔다. 진식이는 아무 의심 없이 경찰관이 되고 현우는 의무경찰이 되었다. 아무 소리 못 하고 가만히 있던 노래방 사장이 진식이 팔을 끌었다.

"아이구, 제가 몰라뵀구만요. 저 좀 잠깐 뵙지요."

"따로 볼 것 없어요. 사장님은 미성년자들에게 술 팔고 범죄 장소 제공하였으니 공범이나 마찬가지이니까, 지원반 오는 대로 경찰서로 가서 있는 대로 말씀하십시오."

노래방 사장이 다급해졌다.

"아이구, 요새 술 안 먹는 애들이 어디 있기나 합니까? 지들이

다 알아서 들고 오는데……. 한번 봐주십시오."

"술보다도 얘들은 절도에다 강도질한 납치범이오! 사장님은 범죄를 저지르고 들어온 범인들을 숨겨준 사람이고!"

사장이 진식이를 붙들고 사정하는 사이 아이들 가운데 하나가 은근슬쩍 문밖으로 나가려고 했다. 진식이가 뒷목덜미를 한 대 내려치며 발로 걷어찼다. 아이가 비명도 채 못 지르며 그 자리에 고꾸라졌다.

진식이가 손을 털며 아이들을 쓱 둘러보았다.

"봤지? 어딜 쥐새끼처럼 빠져나가려고! 니들 얌전히 있지 않으면 바로 이놈처럼 된다!"

현우는 어찌해야 좋을지 몰랐다. 괜스레 방과 복도를 서성이며 애를 태웠다. 진식이가 이런 현우를 보고 한마디 했다.

"장 상경! 중앙파출소에 연락했어? 근데 왜 아직 안 오지? 아무래도 다 순찰 나가서 직원이 없는 모양이야. 그럼 불곰한테 연락해봐!"

현우는 그 말을 재빨리 알아듣고 입구 쪽으로 가서 아버지한테 전화했다. 여차여차 간단히 사정을 추려 말한 뒤 진식이 아버지에게 연락해달라고 했다.

노래방 사장이 '불곰'이라는 말을 알아들었다.

"불곰이라고요……."

"왜요? 경찰관보다 더 무서운 사람이오?"

"무섭지요. 불곰이 나타나면 죽도 밥도 안 되는데……."

아이들은 뭐가 뭔지 몰라 벌벌 떨기만 했다. 달아나려다 진식이한테 얻어맞은 아이는 목덜미를 감싸 쥔 채 한쪽 구석에 웅크리고 있었다. 어떻게 맞은 것인지 뒷목이 망치에라도 맞은 것처럼 쑤시며 얼얼했다.

은빈이를 붙들고 있던 녀석들도 은빈이를 놓고 고개를 길게 뺀 채 조명등이 돌아갈 때마다 불빛을 받아 일그러졌다 펴졌다 했다.

진식이가 은빈이를 보고 말했다.

"학생, 다친 데는 없나?"

은빈이는 긴장이 풀려 웃음이 나왔다. 그러나 알은체를 할 수 없어 애써 웃음을 참으며 모기 소리만 하게 대답했다.

"예……."

"다행이야. 하마터면 큰일 날 뻔했어!"

진식이는 아이들을 노래방 바닥에 전부 무릎을 꿇고 앉게 한 뒤 현우더러 감시를 하게 했다. 은빈이는 엉거주춤 소파에 그대로 앉아 있었다. 현우는 양손을 허리에 걸친 채 부동자세로 서서 아이들을 감시했다. 영락없이 의무경찰의 자세였다.

노래방 사장을 방 밖으로 데리고 나간 진식이는 간단히 사건 개요를 말한 뒤 협조를 부탁했다. 노래방 사장은 가슴을 쓸어내렸다. 진짜로 경찰서에서 단속 나와 미성년자에게 술을 판 게 드러나고 범인들을 숨겨준 꼴이 되면 보통 문제가 아니게 될 판이었다. 그런데 광남 읍에서 이런 업종 일을 하는 이면 모르는 이가 없는 불곰이 온다 하니, 어쩌면 일이 수월하게 풀릴지도 몰랐다.

노래방 사장은 긴장이 풀리자 넋두리부터 했다.

"아이구, 요즘은 애들 무서워서 이 장사도 못해먹어요."

"애들이 뭐가 무서워요?"

진식이가 여전히 헬멧을 벗지 않고 거들먹거리는 듯한 자세로 받았다.

"저놈들만 여길 드나든 게 아니오. 여남은 명이 떼로 몰려와 몇 시간씩 죽치는 바람에 장사에 애로가 많았지요."

"그럼 진즉에 경찰서에 신고했어야지요."

"우리 장사가 그렇게 간단한가요…….."

진식이는 노래방 사장을 통해 버섯즙 패거리들도 여길 드나드는 걸 알아냈다.

잠시 후 진식이 아버지 불곰이 나타났다. 노래방 사장은 불곰에 대해 떠도는 전설 같은 이야기는 많이 들었지만 실제로 만나기는 처음이었다. 그래서 불곰의 덩치만 보고도 지레 겁이 났다.

진식이 아버지 불곰은 노래방 사장을 보자마자 소리를 냅다 질렀다.

"뭐요? 나잇살깨나 먹은 양반이 마빡에 피도 안 마른 저런 애송이들하고 강도질도 모자라 납치 모의까지 했단 말이오?"

노래방 사장이 질린 채 사정을 했다.

"무슨 말씀이신지요? 저는 노래방비 받은 죄밖에 없어요……."

"노래방비만 받으면 그만이오? 여기서 살인이 나도?"

노래방 사장은 할 말이 없었다. 이런 장사를 내놓고 고상하게만 할 수 있겠는가. 장사를 하다 보면 똥파리 쉬파리가 끼어들기도 하지만 그때마다 내처버릴 수도 없다. 그렇지만 미성년자는 조심해야 했다. 더구나 어른도 아닌 애들한테 술까지 판 게 드러나면 영업정지에 취소에 세금까지 두들겨 맞아 폐업을 하지 않으면 안 된다. 하지만 저런 애들이 노래방에 들락거리지 않으면 매상이 오르지 않는다. 게다가 노래방이 언제고 북적대는 느낌이 들려면 저런 똥파리 쉬파리도 날아와 주어야 한다. 물론 똥파리 쉬파리는 자기들이 어디 앉아야 되는지를 용케 안다.

진식이 아버지 불곰은 노래방 바닥에 무릎을 꿇은 채 아무 소리 못 내고 있는 아이들을 보자 호통부터 쳤다.

"이놈들! 도둑질에 강도질도 모자라 사람을 납치까지 했단 말이지?"

아무도 입을 열지 못했다.

"사람을 납치하면 어떻게 되는지 알지?"

한 녀석이 기어들어가는 목소리로 말했다.

"우린 걔 납치한 게 아녜요. 그냥 혼만 내주고 여기서 같이 노래 부르고 놀려고 했는데요……."

"니들이 뭔데 아무 죄도 없는 사람을 혼내줘? 노래 부르고 노는

데 사람까지 납치해서 놀아? 때마다 그런 모양이구나. 그동안 몇 사람이나 납치해서 같이 놀았어, 엉!"

아이들은 아무런 말을 못했다.

"니들은 납치범이야! 납치범은 범죄인 중에서도 가장 악질 범죄자야!"

아이들이 웅성거렸다.

"이놈들 조용히 해! 누가 시켜서 사람을 납치한 거야?"

아이들이 서로 바라보았다.

"이놈들 보니까 죄다 새가슴이구만! 니놈들 간으론 사람 납치 못하게 생겼어! 아니 도둑질도 못해! 니놈들 뽕 했냐?"

아이들은 무슨 소린가 싶어 진식이 아버지 말에 귀를 더 기울였다.

"니들 한 짓은 맨 정신으론 못하는 짓이다. 혹시 약 먹고 했느냐 말이다?"

아이들이 고개를 저었다.

"그럼 시킨 사람이 누구야?"

아이들은 고개만 숙인 채 대답을 못했다.

"좋아, 그런 건 나중에 경찰서 가서 밝히면 돼."

잠시 후, 진식이 아버지가 미리 연락해놓은 경찰들이 나타났다. 진식이 아버지는 아이들을 경찰에 넘기고 아무 일 없다는 듯이 다시 돌아갔다.

아이들 모두 경찰차를 타고 광남 경찰서로 갔다. 아이들 중에는 눈을 감고 벌벌 떠는 이도 있었다. 은빈이도 가서 자초지종을 진술해야 한다기에 같이 갔다. 졸지에 경찰서에 가게 된 노래방 사장이 투덜댔다.

"으이구, 오늘 재수에 옴 붙었네! 씨!"

진식이는 현우를 다시 뒤에 태우고 경찰서로 갔다.

은빈이가 주유소에서 퇴근한 뒤로 겪은 일을 진술하는 동안 진식이와 현우는 경찰서 마당에서 기다렸다.

"진식이 너 참 대단해!"

현우가 진심으로 진식이를 치켜세웠다.

"뭐가?"

"한 번에 여러 가지 문제를 싹 해결해버렸잖아!"

"니 청춘사업까지?"

"지금 그깟 청춘사업이 문제야?"

진식이가 어른스레 말했다.

"사업 중에 가장 힘든 사업이 청춘사업이야!"

그새 은빈이가 나왔다.

"아까 노래방에서 진식이 오빠 때문에 웃음 나오는 것 참느라 혼났어!"

현우가 맞장구를 쳤다.

"말 마라. 나도 장 상경 노릇 하느라 혼났다!"

진식이가 엷게 웃었다. 은빈이가 경찰서 안을 턱으로 가리키며 말했다.

"저 애들은 진식이 오빠가 지들 또래인 줄도 모르고 아직도 오빠가 경찰관인 줄 알던데. 헤헤."

현우가 따라 웃었다.

"그럼 진식이 아버지는 누군 줄 알고?"

"그야, 형사인 줄 알겠지."

"형사도 그렇게 처리 못할 거야. 하여튼 대단해!"

현우와 은빈이가 긴장을 풀고 주고받는 말에 진식이도 긴장이 같이 풀리기는 했다. 그러나 긴장이 풀리자마자 손을 닦고 싶어졌다. 노래방에서 빠져나가려 하던 녀석을 내리친 손끝에 더러운 것이 잔뜩 묻어 있는 것만 같았다.

사랑은 굳이 사랑이라 말하지 않는다

다음 날 아침, 교실 컴퓨터가 없어졌다고 아이들이 난리였다.

"엊저녁에 우리 교실에 도둑이 들었나 봐!"

"감시 카메라도 있는데 어떻게 도둑이 들어왔지? 투명인간이 다녀갔나?"

"카메라 작동 못하게 하고 온 거 아냐?"

"카메라는 멀쩡한데 찍힌 게 없대. 카메라 사각지대만 용케 알고 들어온 거지."

"그래서 열 포졸이 한 도둑을 못 잡는다고 했구나!"

"야, 대단하다!"

"그나저나 지랄탄 담임 알면 지랄지랄할 텐데, 어떻게 또 견디냐?"

"이미 알고 있을 텐데, 뭘."

아이들은 없어진 컴퓨터가 아까운 게 아니라, 감시 카메라를 피해 다녀간 도둑이 대단하다는 투였다. 그깟 컴퓨터 있어봐야 그림의 떡이다. 게임 프로그램이 깔린 것도 아니면서 값만 비싸다. 교육용 고급 기기라서 그렇다나 어떻다나.

조회 시간이 되자 지랄탄 담임이 들어왔다. 아이들이 저마다 떠들어대던 입을 닫고 제자리를 찾아 앉았다. 지랄탄 담임이 아이들을 한번 쭉 둘러보듯 훑은 뒤 입을 열었다. 아이들은 지랄탄이 어느 대목에서 터지나 조마조마했다.

"에, 여러분도 봐서 알다시피, 엊저녁에 우리 교실에 아주 지랄 같은 일이 일어났다. 도둑이 들어 컴퓨터를 가져간 것이다. 지랄! 하지만 이따 저녁때 되면 잃어버렸던 컴퓨터가 다시 돌아올 것이다. 반장, 맞지?"

지랄탄 담임이 진식이를 바라보았다. 뜻밖이었다. 지랄탄이 생각보다 심하게 터지지 않은 것이다. 아이들은 지랄탄이 진식이한테 컴퓨터가 곧 돌아올 걸 확인하듯 물어보는 게 이상했다. 그렇다면 진식이가 컴퓨터를 가져간 걸까? 설마! 아이들은 도대체 일이 어떻게 돌아가는지 몰라 어리둥절할 뿐이었다. 그래서 다들 진식이가 무슨 대답을 할 것인지 궁금해 진식이를 바라보았다.

"예."

아이들 기대와는 달리 진식이가 짧게 대답했다. 그러자 지랄탄 담임이 아이들을 훑어본 뒤 다시 말을 이었다.

"도둑이 말이야, 카메라 설치 안 된 곳하고, 카메라가 감시하지 않는 사각지대만 용케 알아내서 다녀갔다. 그런데 카메라 감시는 피했는지 모르지만 우리 반 반장 눈은 피해 가지 못했다!"

그제야 아이들은 어떤 상황인지 알게 되어 '아!' 하는 소리를 냈다. 그러면 그렇지, 진식이가 컴퓨터를 훔칠 리가 있겠는가. 아이들의 안도와는 달리 버섯즙 패거리들의 눈길은 불안했다. 자랄탄 담임이 말을 계속하는데도 그들은 담임 말에 귀를 기울이지 않고 진식이만 뚫어져라 바라보고 있었다.

"이번 도둑은 아무래도 우리 반 사정을, 아니, 우리 학교 카메라 설치 상황을 잘 아는 것 같다. 반장, 안 그러냐?"

지랄탄 담임은 자꾸 진식이에게 말을 걸었다. 그러나 진식이는 별 흥미 없다는 듯이 시큰둥하게 대답할 뿐이었다.

"그거야 조사해봐야……."

버섯즙 패거리들은 한숨을 내쉬었다. 아무래도 일이 틀어진 것 같아서였다. 물론 지랄탄 담임은 엊저녁에 무슨 일이 일어났는지를 잘 모르는 것 같았다. 컴퓨터 도둑이 잡혀 컴퓨터가 다시 돌아온다는 것만 알고 있는 것 같았다. 어쩌면 그것도 진식이가 거기까지만 말했기 때문일 것이다.

지랄탄 담임은 컴퓨터 건 말고는 힘주어 할 말이 더 없는지 자질구레한 전달 사항 몇 개만 앵무새처럼 기계적으로 더 읊은 뒤 교실을 나갔다.

지랄탄 담임이 나가자마자 버섯즙 패거리들이 교실 뒤에 모여 나불댔다. 형근이 대신 왕초 노릇을 하는 준표가 의자 하나를 걸어차며 심술을 부렸다.

"에이, 씨부럴! 또 어그러진 거야? 아휴, 짱나! 지랄탄이 뭘 안다고 깝죽대는 거야? 진짜 쥐랄탄이네!"

진식이가 자리에서 조용히 일어나더니 버섯즙 패거리들이 모여 있는 곳으로 갔다. 버섯즙 패거리들이 움찔했다. 그러면서도 한껏 거드름을 피워댔다. 진식이가 준표를 날카롭게 쏘아보며 목소리를 깔고 나직이 물었다.

"지랄탄 담임이 모르는 걸 준표 니는 안단 말이지?"

준표는 물론 버섯즙 패거리들 모두 거드름을 피우다 말고 떫은 표정을 지으며 진식이를 외면하려 했다.

진식이가 쐐기를 박듯 다부지게 한마디 얹었다.

"니들 말이야, 이제 보니 생각보다 훨씬 더 형편없이 불량한 인간들이야! 유치원 애들도 약속은 지킨다. 근데 니들은 입에 침도 바르지 않고 거짓말을 했어. 약속을 지킬 생각도 없으면서 말이야! 약속 안 지키면 어떻게 되는지 조만간에 알게 해줄게."

진식이는 다른 말을 이러쿵저러쿵 더 하지 않고 자리로 돌아와 앉았다. 버섯즙 패거리들은 모두 똥 밟은 표정을 하고서 서로 쳐다보았다. 저마다 속은 부글부글 끓어올랐지만 달리 할 말이 없었다.

"에이, 짱나! 진짜 쥐랄이네!"

준표가 교실 바닥에 침을 찍 내갈기며 한마디 내뱉었다. 모두들 같은 마음이었다. 짜증이 났다. 아주 짜증이 났다. 진식이도 어떻게 해보지 못한다. 그렇다고 형근이를 해볼 수도 없다. 이런 상황에서 뱉을 수 있는 말이 '짱나!'라는 것뿐이라는 건 더욱 짜증 나는 일이었다. 지랄도 이런 쥐랄이 없다.

현우는 엊저녁 일만 생각하면 아직도 가슴이 벌렁거렸다. 주유소 기름을 털린 것만도 대단한 사건인데 은빈이까지 납치되었다. 현우에게 교실 컴퓨터를 도둑맞은 일은 그 두 사건에 비하면 그리 중요한 일도 아니었다. 어쩌면 주유소 기름을 털린 일도 은빈이가 납치당한 것에 비하면 아무것도 아니었다. 현우로선 한 달 월급을 다 물어낸다 해도 은빈이만 무사하다면 그깟 돈은 하나도 아까울 게 없었다. 그런데 기름 값을 물어내지 않아도 되고 은빈이까지 아무 탈 없이 돌아오게 되었다.

모든 게 다 진식이 덕분이다. 진식이 덕분에 은빈이도 무사히 돌아오고 기름 털어 간 범인들도 잡았다. 나아가 교실 컴퓨터도 누가 훔쳐 갔는지 알아냈다. 진식이가 형사 콜롬보보다 더 기가 막힌 추리로 범인들을 '일망타진'한 것이다. 진식이가 아니었더라면 자칫 미궁에 빠져 계속 불안에 떨며 살아야 했을지도 모른다.

경찰관이 가져간 주유소 폐쇄 회로 텔레비전의 테이프는 분석하고 말 것도 없게 되었다. 이미 떼로 몰려온 오토바이족 아이들이 자기네 입으로 모든 걸 불었기 때문이다. 테이프는 정밀 분석 없이 그냥 증거 자료로만 쓰게 되었단다.

세 사건이 주르르 한 줄에 꿰어 있었다. 그걸 알아본 진식이는 참으로 대단했다. 현우는 진식이가 노래방에서 오토바이족 아이들을 능청스레 다루던 걸 떠올리면 슬며시 웃음이 나왔다. 가슴이 벌렁거리다가도 그 생각만 하면 웃음이 떠올랐다. 게다가 은빈이의 천연덕스런 연기까지 더해 스멀스멀 입가에 웃음이 기어다녔다.

현우와 은빈이는 다시 일상의 자세로 돌아갔다. 아침이면 학교에 나오고, 학교 끝나면 주유소로 곧장 달려가 일을 하는 것, 다시 그렇게 된 것이다.

범인이 잡혀 기름값을 물지 않게 된 일은 은빈이가 더 좋아했다.

"오빠, 하마터면 이번 달 일한 것 꽝 될 뻔했는데 다행이야!"

"돈이야 물어내도 괜찮은데, 너한테 아무 일 없어서 나는 그게 더 다행이야!"

"정말?"

"그럼."

"……."

"주유소에서 나간 지 얼마 되지 않아 니 전화번호가 내 전화기에 찍혀 무슨 일이 있나 싶었지. 그래서 다시 걸었더니, 세상에!

전화가 안 되잖아! 어휴, 가슴이 철렁하고 얼마나 걱정되던지!"

현우는 그 생각만 하면 진땀이 나고 가슴이 벌렁거렸다. 지금 다시 눈앞에 은빈이가 있는 게 꿈만 같았다.

은빈이가 눈을 동그랗게 뜨며 현우를 바라봤다.

"진짜 걱정했어?"

"그럼 걱정 안 되냐? 오토바이 기름 도둑들 때문에 마침 진식이가 와 있어서 다행이었지, 그렇지 않았으면 큰일 날 뻔했어."

"진식이 오빠가 안 왔어도 내가 알아서 도망 나왔을 거야."

"어떻게? 걔들이 아주 꼼짝 못하게 붙들고 있던데."

"내가 이래봬도 진식이 오빠랑 태권도 대련한 사람이잖아!"

"그렇지만 너는 진식이가 아니잖아."

"덩치야 진식이 오빠만큼은 안 되어도 기술은 돼! 기술로 걔들 홀려놓고 틈 봐서 빠져나오려고 그랬어!"

"무슨 기술?"

"여우 웃음!"

"여우 웃음?"

"그럴 땐 미인계를 쓰는 거야!"

"난 또 뭐라고, 하하!"

둘은 지나간 일이라 돌아보며 유쾌하게 얘기할 수 있었다.

"근데 진짜로 웃겨 혼났어!"

"뭐가?"

"진식이 오빠가 헬멧 푹 눌러쓰고 경찰관 흉내 내며 검문할 때 말이야."

"진식이인 줄 어떻게 알아봤어?"

"목소리 듣자마자 딱 알아보고, 아 이제 됐다 그랬지! 알은체하지 않으려고 얼마나 힘들었는지 몰라!"

"암튼 다행이야. 진식이 아니었으면 무슨 일을 당했을지 모르잖아."

현우와 은빈이는 자신의 자리에서 다시 아무 일 없던 것처럼 저녁 시간을 보냈다. 은빈이가 퇴근할 시간이 되어가자 현우는 괜스레 조바심이 일었다. 주유하러 주유소로 들어오는 오토바이 소리만 나도 깜짝깜짝 놀랐다. 진식이가 곁에 있으면 참 좋겠다는 생각이 들었다. 그러나 밤늦은 시간에 진식이를 불러낼 수도 없다. 진식이는 공부해야 한다. 자꾸만 공부를 방해해서는 안 된다.

은빈이가 여느 때처럼 현우 먹을 것을 챙겨놓고 퇴근 준비를 서둘렀다. 대학생 형이 현우의 마음을 읽었는지 주유원 대기실에 나타났다.

"현우야, 내가 주유소 지키고 있을 테니까 너는 은빈이 바래다주지 그래."

"형, 괜찮아. 오늘 밤엔 아무 일 없을 거야."

"아냐, 그래도 은빈이가 혼자 가기는 그래. 데려다 주고 와!"

현우는 못 이기는 척 마지못해 그러마고 한 뒤 은빈이가 있는 편의점으로 갔다. 물건 재고 파악을 다 해놓은 은빈이는 편의점 바닥을 물걸레로 문지르고 있었다. 은빈이가 걸레질을 다 한 뒤 비닐봉지를 건네주었다.

"오빠, 이것 알지? 이 빵은 이따 간식으로 먹고, 김밥은 아침이야!"

"응, 그건 내가 알아서 할 테니까, 일단 나가자! 내가 집까지 바래다줄게."

"주유소는 어떻게 하고?"

"형이 너 바래다주고 오래."

"나 혼자 갈 수 있는데……."

"혼자 다니면 위험해."

"내 미모가 너무 뛰어나서?"

"아니, 니가 아직 어려서!"

"피이!"

둘은 더 이상 왈가왈부하지 않고 주유소를 나섰다. 주유소 근처에 의심스런 사람이나 차량은 보이지 않았다.

주유소 불빛이 보이지 않는 길로 들어서자 현우와 은빈이는 자연스레 손을 잡고 걸었다. 은빈이 손은 아주 작았다. 현우는 자신의 손에 땀이 흐르는 걸 느꼈다. 그렇다고 은빈이 손을 놓고 땀을 닦고 싶지도 않았다. 그냥 그럴수록 더 꽉 쥐었다. 그러지 않으면 은빈이 손이 미끄러져 빠져나갈 것만 같았다.

현우는 은빈이와 손만 잡고 가는데도 가슴이 마구 뛰었다. 은빈이도 현우와 호젓이 어깨를 나란히 하고 걷는 게 실감이 되지 않았다.

"은빈아……."

"응, 오빠, 왜?"

"그냥……."

"시시해. 그냥이 뭐야."

은빈이가 싫지 않다는 듯이 몸을 흔들며 맞잡은 손을 앞뒤로 흔들어대며 까불었다. 현우도 덩달아 은빈이의 손놀림에 박자를 맞추었다.

현우는 자신도 모르게 〈백만 송이 장미〉의 가락을 흥얼거렸다. 은빈이가 어둠 속에서 현우를 쳐다보았다.

"그 노래 좋더라."

현우가 맞장구를 쳤다.

"너한테 딱 어울리는 노래야!"

"오빠한테도 어울려!"

가끔 승용차들이 불빛을 길게 남기며 지나갔다. 찻길이 끝나자 가로등이 켜진 골목길이 나타났다. 둘은 아무런 말도 없이, 미리 약속이라도 한 듯이, 골목길 들머리에 있는 놀이터로 발길을 옮겼다. 낮에 아이들한테 잔뜩 시달렸을 그네며 미끄럼틀이 다소곳한 모습으로 쉬고 있었다.

둘은 시소 양 끝에 하나씩 앉아 발을 몇 번씩 구르며 오르내렸다. 이어 미끄럼틀을 타보았다. 아무도 없는 놀이터. 현우는 놀이터가 자신들을 위해 저녁에 일부러 아무도 들이지 않고 기다린 것처럼 느껴졌다.

현우와 은빈이는 아이들 마음이 되어 그네도 타고 철봉에도 매달려보았다. 가로등도 조느라 깜박깜박하는 한밤중의 놀이터에서 둘은 어린아이가 되어 실컷 오르내리고 뛰어보고 매달려보았다.

한참 그렇게 논 다음 둘은 놀이터 가장자리에 놓인 벤치에 가서 나란히 앉았다. 벤치 위로 플라타너스 나무가 높이 솟아 있어서 불빛이 환히 내리비추지 않았다. 깜박이는 가로등도 적당히 멀리 있어 알맞게 어두침침했다.

은빈이가 현우를 바라보았다.

"힘들지, 오빠?"

"엄마 아빠는 나보다 더 힘든데, 뭘."

"오빠는 참 착해."

"너도 착해."

"난 안 착해."

"안 착한 척할 필요 없어."

"아냐, 진짜야. 난 엄마 아빠 말도 잘 안 들어. 대학 갈 공부도 안 하잖아. 난 불량소녀야."

"불량소녀? 그건 니가 진짜로 엄마 아빨 사랑하기 때문이야. 부담 안 드리려고……."

그 대목에서 둘은 한참 동안 침묵했다.

은빈이는 현우의 말을 되새겨보았다. 자신이 진짜로 엄마 아빠를 사랑하는지 하나씩 점검해보았다.

요즘 집안 사정이 좋지 않다. 아빠가 그간 20년 넘게 다니던 직장에서 강제로 명예퇴직을 당한 뒤 집안 꼴이 좀 이상하게 돌아간다. 그럭저럭 걱정거리 없이 알콩달콩 살아왔는데 갑자기 집안의 사람살이 모든 것이 뒤죽박죽 얽히고설켜버렸다.

아빠는 퇴직금으로 오리구이 집을 냈다. 그래서 아빠 명함의 전화번호는 5292-5292번이 되었다. 그러나 오리구이 집을 낸 지 얼마 안 되어 조류독감인가 뭔가 하는 새들의 유행병이 나타났다. 정부에서 아무리 조류독감이 인체에 해가 없다고 주장해도 식당에 손님이 오지 않았다. 정부를 맡은 사람들이 대통령부터 하도 거짓말을 잘하는 탓에 아무도 정부에서 하는 말을 믿지 않았기 때문이다. 정부 일이라면 콩으로 메주를 쑨다 해도 사람들이 안 믿어주었다. 되레 거꾸로 하는 게 낫다고 생각하는 분위기였다. 그 탓에 결국 몇 달 못 버티고 오리구이 집 문을 닫아야 했다. 그 과정에서 손해를 잔뜩 보고 말았다. 아빠의 퇴직금을 다 날린 것이다.

하는 수 없어 은빈이네는 일반 주택을 팔고 지금 사는 연립주택으로 이사를 왔다. 사실 은빈이 자신이 보통반임에도 공부 대신 주유소 편의점에서 일을 하는 건 엄마 아빠에게 조금이라도 부담을 덜 주기 위해선지도 모른다. 엄마 아빠는 자신들이 대학을 나오지 않아 고생을 더 하는 거라며 은빈이와 은빈이 남동생은 어떻게든 대학을 보내겠다고 별렀다. 집안 살림이 거덜난 뒤에도 그 생각만 큼은 변함이 없었다. 그러나 은빈이는 그동안 별 어려움 없이 산 것만으로도 만족했다.

더구나 대학 진학에 대한 여러 정보를 뒤져보고 자신을 얻기도 했다. 물론 집안이 어려워지지 않았으면 그런 정보를 애초에 뒤져 보지도 않았을 것이다. 태권도 도장 다닐 때만 해도 집안 사정이 괜찮았다. 그 뒤에도 한참 동안은 괜찮았다. 그래서 대학도 당연히 가는 걸로 알았는지도 모른다. 물론 그건 대학 다니는 이종사촌 언니네 집에 갔다 온 이후 생각인지도 모른다. 그랬든 저랬든, 고등학교로 진학할 때는 전자 센터의 '여기사' 꿈을 접고 대학을 염두에 두고선 보통과로 들어갔다. 그러나 얼마 뒤 생각이 또 달라졌다. 모든 걸 다 원점에서 다시 점검해보아야 할 정도가 되었다. 집안 환경은 물론 자신의 생각도……

은빈이는 지금 생활에도 만족한다. 그래도 학교에 다닐 수 있고, 일할 편의점이 있고, 일 끝나면 돌아갈 집이 있다. 게다가 자신이 돌보아야 할 현우 오빠도 있다! 이대로도 괜찮다. 헛꿈을 포기하자 원래 꿈인 전자 센터의 여기사가 되는 길로 더 가까이 다가가지는 것 같기도 했다. 일단 여기사가 되고 나서 시간이 나면 대학을 가도 된다. 이제 마음을 완전히 굳혔다. 그래서 생활이 편안하다. 목표가 정해지고 나니까.

현우가 은빈이 무릎에 손을 얹었다. 은빈이는 현우 어깨에 고개를 기댔다. 멀지 않은 곳에서 풀벌레가 '츠이익, 츠이익' 소리를 냈다. 풀벌레 소리는 둘 사이의 침묵 대신 많은 말을 들려주는 성싶었다. 둘은 '츠이익, 츠이익' 소리가 더 크게 날수록 점점 더 가까이 다가갔다. 이윽고 얼굴을 마주했다. 서로의 숨결이 느껴졌다. 왠지 쑥스러웠다. 쑥스러움에 잠깐 멈칫했다. 누가 먼저랄 것도 없이 거의 똑같이 눈을 감았다. 현우 이마가 은빈이 이마에 가 닿았다. 은빈이가 현우의 목을 팔로 감싸 안았다.

그러는 사이 풀벌레 소리가 더 높아져갔다.

잠시 후 둘의 입술은 자연스레 포개졌다. 입술이 포개지자 저절로 입이 열렸다. 입안에 침이 고이는 듯했다. 현우도 은빈이도 소리가 날 정도로 침을 꼴깍 삼켰다. 둘은 한참을 그렇게 있었다. 아무 말도 하지 않았다. 이제 더 이상 말이 필요 없는 사이가 된 것이다. 사랑은 굳이 사랑이라는 말을 필요로 하지 않는지도 모른다.

이윽고 풀벌레 소리가 잦아들더니 아무 소리도 나지 않았다.

고름이 살 되는 법은 없다

병원에 있는 형근이는 애가 탔다. 도대체 되는 일이 없다.

"에이 씨, 진식이 새끼 때문에 짱나 죽겠어!"

자신이 직접 끌고 다니는 버섯줍 패거리들에게 들이대는 말발도 예전 같지 않게 잘 먹혀들지 않았다. 특히 자신이 없는 틈에 아이들 사이에서 새 왕초 노릇을 하는 준표는 눈엣가시다. 사사건건 깐죽거리며 토를 다는데 미치겠다. 예전 같으면 자신이 한마디 하면 그냥 죽는 시늉을 했다. 감히 이러쿵저러쿵 이유를 대지 않았다.

"씨부럴 새끼, 많이 컸다! 그래 클 대로 커 봐라. 내가 퇴원할 때까지만 크고 있어라. 나가서 보자!"

이렇게 된 게 다 진식이 때문이다. 진식이만 아니라면 자신의 주먹이 누구보다 세다. 그래서 아이들도 꼼짝 못한다. 그런데 어디서 그런 황소 같은 놈이 나타났는지 모른다. 게다가 황소 주제에 공부까지 잘한다.

"씨발, 지금이 무슨 조선 시대도 아닌데 말이야, 때가 어느 땐지도 모르고 문무를 겸비했다고 재는 것이여 뭐여?"

버섯즙 패거리들을 다잡기 위해서라도 오토바이족들과 벌인 일이 잘되었어야 했다. 그런데 이젠 다 망쳤다. 그러잖아도 진식이가 가져온 각서에 서명하고 그 녀석이 아이들 앞에서 지랄 떠는 걸 다 지켜보아야 했다. 거의 항복 수준이었다. 게다가 진식이 아버지 불곰까지 나타나 '살인미수자'라며 윽박질러댔다. 그런 탓에 아이들 앞에서 왕초가 쪽팔리는 꼴을 다 보여주고 말았다. 그랬으니 버섯즙 패거리한테 이래저래 말발이 서지 않을 만도 하다. 그래서 떨어질 대로 떨어진 권위를 다시 끌어올리기 위해 나름대로 연합 전선을 꾸렸다. 그런데 그것마저 뜻대로 되지 않고 말았다. 다 진식이 그 새끼 때문이다. 그 새끼는 왜 자꾸 남의 인생에 끼어드는지 모르겠다. 그냥 모른 체하고 제 갈 길만 가도 될 텐데 말이다. 어차피 서로 가는 길이 다를 텐데 말이다.

황금당구장 사장도, 돼지목노래방 사장도, 세발오토바이수리점 사장도 다 꽝이었다. 아이들의 코 묻은 돈을 뜯어먹으려고만 했지 막상 어떤 상황이 벌어지면 다 발뺌을 하느라 바빴다. 절대로 도움을 주지 않았다. 게다가 자신들에게 조금이라도 불리한 일이 벌어지기라도 하면 싹 모른 체하고 아이들한테 되레 덤터기까지 씌웠다.

"세발오토바이는 무슨! 씨발오토바이다! 에잇!"

형근이는 오토바이족들이 실패한 것이 더 크게 느껴졌다. 그놈들이 자신이 꾸민 대로 착착 성공시켜주었으면 오죽 좋았을까! 하지만 실패는 곧 성공의 어머니. 왜 실패했는지 돌아보고 다시는 실패하지 않을 방도를 찾아야 한다. 이깟 일로 좌절해선 안 된다. 앞으로 더 어려운 일이 얼마나 더 많이 기다리고 있을지 모른다. 싸움터에서는 늘 질 수 있다. 그러나 마지막에 가서는 절대 져서는 안 된다. 그 마지막을 위해 미리 지는 연습을 해두는 것도 아주 나쁘지는 않으리라. 형근이는 애써 자신을 위로하며 달랬다. 그래야 다시 일어날 힘이 생기기 때문이다. 어차피 남이 누가 달래주겠는가? 넘어지더라도 스스로 일어나는 법까지 터득해야 이 바닥에서 살아남을 수 있다.

사실, 컴퓨터를 훔칠 수 있게 해줄 때까지만 해도 의기양양할 수 있었다. 오토바이족들한테 감시 카메라에 걸리지 않고 교실에 들어가 컴퓨터를 훔친 뒤 '자금'으로 쓰라고 한 것까지는 괜찮았다. 그런데 막상 오토바이족들이 컴퓨터를 훔쳐 오자 컴퓨터를 처분해 돈을 만드는 게 쉽지 않았다. 일단 그동안 거점 삼아 죽치고 지내던 가게 사장들한테 차례로 사정 이야기를 하며 컴퓨터를 팔아달라고 했다. 그러나 가게 사장들 모두 하나같이 물건값을 후려치려고만 했다. 다들 도둑질해온 것인 줄 아는 터라 싸게 넘길 수밖에 없다며 남겨먹으려고만 한 것이다.

형근이는 병원에 있으면서도 이 모든 것을 지휘했다. 그래야 짱 노릇을 할 수 있기 때문이었다. 어차피 자신은 공부는 틀려 전자 기사 따는 것도 글렀고, 집에서도 불량학생으로 내놓은 자식이 되었고, 학교에서도 졸업장이나 따 갈 놈으로 애초에 포기한 놈이다. 그렇다면 일찌감치 주먹계에 입문하여 스스로 먹고살 일을 도모해야 할 것이다. 그러기 위해선 일단 광남 읍의 조무래기 새끼 어깨들부터 거느려야 한다. 그래서 학교 안에선 버섯줍 패거리를 만들고, 학교 밖에선 오토바이족들하고도 교류를 가진 것이다.

'돈 아니면, 주먹이야!'

그런 까닭에 형근이는 일찌감치 돈과 주먹이 세상살이의 최고라고 생각하게 되었다. 아버지는 주먹은 쓰지 않지만 돈이라면 사족을 못 쓴다. 그래서 자신이 학교에서 무슨 일이라도 당하면 일단 돈부터 뜯어내려 하는 것이다. 결코 자식이 걱정되어서 그러는 것이 아니다. 돈이 될 것 같으면 자식을 앞장세워 나서고, 돈이 안 될 것 같으면 자식이고 뭐고 일절 모른 체한다.

1학년 때 아버지 자신은 물론 아들인 형근이도 내세울 거라곤 쥐뿔도 없는데도 아버지는 광남 종고의 학부모 회장을 맡았다. 아버지가 어울리지 않게 학부모 회장을 맡은 것도 다 돈 때문이다.

학부모 회장이라는 완장을 차자 아버지는 학교를 마치 새앙쥐가 방구리 드나들듯 사흘돌이로 드나들며 혹시나 어디 눈먼 돈이

나마 따먹을 게 없나 하고 눈을 번득거렸다. 그래서 별명이 고상치도 못하게 쥐새끼가 되고 말았다. 그건 그래도 괜찮다. 푸른 기와집에 사는 높은 양반도 애칭이, 아니 별명이 쥐머시기다. 그러고 보면 아버지도 높은 양반과 어깨를 겨눌 만큼 거의 같은 수준의 사람인지도 모를 일이다.

자신이 현우와 싸웠을 때도 아버지는 아들의 몸 상태보다는 돈을 얼마나 뜯어낼 것인지만 궁리했다. 처음엔 현우네를 윽박질러 아버지 뜻대로 되어가는 성싶었다. 그러나 진식이 아버지인 불곰이라는 강적을 만나 처참하게 깨진 뒤론 찍소리도 못 내고 지낸다. 이제는 학교에도 드나들지 않는다. 물론 학부모 회장이라는 완장도 겨우 1학년 때나 차고 있었지 2학년 때는 차지도 못했다.

지금 병원에 아들이 입원해 있어도 아버지는 코빼기 한번 내밀지 않았다. 형근이 자신을 내세워 뜯어먹을 돈이 없기 때문이다. 되레 덤터기 쓸 일만 기다리고 있는지도 몰라서 애써 모른 체하고 있는 것이다.

그럴수록 형근이는 완벽하게 자립을 해야 할 이유가 절실해졌다. 그런데 지금으로선 자립을 할 방법이 없다. 어차피 기술도 공부도 자신은 젬병이다. 그러기에 타고난 몸이나 이용해서 살아가야 한다. 그렇다면…… 주먹을 쓰는 수밖에 없다……. 나중에 광남 읍에서 한 주름 잡고 살려면 미리부터 새끼 어깨가 되어 새끼 주먹계부터 평정해야 한다. 그런데 번번이 진식이 때문에 작전이 어긋나고 빗나간다.

도대체 진식이 새끼는 어떻게 해볼 수가 없다. 주먹으로도 안 되고 머리로도 안 된다. 게다가 그놈 아버지는 광남 읍 어깨들의 전설, 불곰이다. 자신이 추구하는 건, 자신의 인생 목표는 결국 불곰 같은 존재가 되는 것이다. 그런데 우습게도 그 아들놈 때문에 자꾸만 앞길이 막히려 한다.

그러나 아무리 어려움이 있어도 앞길이 끊겨선 안 된다. 그러기 위해선 맘에 들지 않는 준표도 껴안고 가야 한다. 준표 자식이 따로 살림을 차리기 전에 그에 맞는 자리를 인정하면 될 것이다. 준표에게 2인자 자리를 주면 된다. 부왕초 노릇을 하게 하는 것이다. 그러나 자신의 자리를 넘보게 해서는 안 된다. 그러려면 비슷한 놈들끼리 서로 견제를 하게 해야 한다.

견제라…….

형근이는 자신의 머리가 진식이만큼 되지 않는 게 속상했다. 물론 덩치도 되지 않는다. 하지만 걱정할 건 없다. 진식이는 공부를 잘하니까 일단 고등학교를 졸업하면 모르긴 몰라도 공부 쪽으로 갈 것이다. 그러면 주먹계는 저절로 자기 차지다. 그 누구도 자신만큼 주먹이 되지 않는다. 진식이만 없으면 된다. 그럼 고등학교 졸업 날 때까지만 참으면 된다. 그 이후론 교통정리가 자연스레 될 테니까.

일단 준표를 눌러앉히기 위해서라도 오토바이족과 협력해야 한다. 자신이 보기에 오토바이족들은 주먹이 그리 세지 않다. 성빈이라는 애가 좀 깝죽대는 모양인데, 노래방에서 진식이한테 목덜미 한번 잡히자 손 한번 써보지 못하고 바로 고꾸라졌다 한다. 진식이 주먹 한 방에 미처 손 한번 휘둘러보지도 못하고 바로 가고 말았다는 것이다. 그 정도라면 주먹 솜씨도 별 볼일 없는 놈이다. 더구나 아이들은 놔둔 채 의리 없이 저만 쥐새끼처럼 달아나려다 진식이한테 한 방 먹은 모양이었다. 그다지 신경 쓸 필요 없는 잔챙이였다. 왕초가 될 만한 그릇이 아니었다.

오토바이족 놈들은 다만 오토바이를 타고서 속도감을 즐기며, 세발오토바이수리점을 중심으로 '잔일거리'를 하며 논다. 그 애들이 하는 잔일거리라는 게, 오토바이 액세서리 달고 기름 넉넉히 넣을 수 있는 돈을 버는 것이다. 그렇다면……. 그래서 형근이는 그들을 컴퓨터 훔치는 일에 끌어들인 것이다.

일이 성공했다면 버섯즙 패거리들한테도 말발이 먹히고, 오토바이족들에게도 모양새가 잡혔을 것이다. 병원 신세를 지는 몸이라 현장엔 나타나지 못해도 뒤에서 알아서 지휘하는 실력을 인정받고 영원히 왕초 노릇을 할 발판을 굳힐 수 있었는데, 아쉬운 일이었다. 이게 다 진식이 탓이다.

그러나 형근이는 이대로 물러나 쪼그라져 살 수는 없다고 생각했다. 같은 병원에 있는 윤석이를 떠올렸다. 진식이가 그 애한테 잘해주는 것 같지만 그 애 역시 오토바이족 출신이다. 윤석이도 배달의 기수 아니던가? 비록 윤석이와 한 패거리인 성구가 오토바이 체인으로 자신을 내리쳤지만, 그 애 역시 세발오토바이수리점 단골이다. 단골 정도가 아니라 거기서 빌붙어 살다시피 하는 놈이다. 형근이는 갑자기 윤석이 성구, 승규를 자기편으로 끌어들여야겠다는 생각이 들었다. 이름하여 세 확장!

비록 윤석이를 면회 오던 진식이 때문에 이런 꼴로 병원에 갇혀 있지만 나중에 크게 되려면 누구하고도 손을 잡아야 한다. 이런 기회에 윤석이하고도 친해져두어야 한다. 어차피 저나 나나 수업 일수 걱정해야 하는 처지 아닌가.

형근이는 윤석이한테 전화를 해볼까 하다가 직접 병실에 가보기로 했다.

'전화로 삐끗 안부를 묻는 것보단 얼굴 마주하고 얘기하는 게 좋겠지? 지놈도 지금 무지 심심할 거 아냐?'

형근이는 병실 문을 나섰다. 환자라고 하지만 죽을병에 걸린 것도 아니고, 그렇다고 중상을 입은 것도 아니다. 남이 병실에 나타나면 무지 아픈 시늉을 내지만 사실 견딜 만하게 다쳤다. 미래에 광남 읍을 주름잡으려면 이 정도 가지고 앓는 소리를 내서는 안 된다. 아파도 안 아픈 척해야 하고, 모욕을 당해도 되레 뻔뻔스러울 만치 능글맞게 굴어야 한다.

윤석이는 병실에 있었다. 휴대전화기를 가지고 놀고 있었다. 트윗질을 하는지 문자질을 하는지는 알 수 없었지만 윤석이 손엔 휴대전화기가 들려 있었다.

형근이는 다짜고짜 윤석이한테 다가가 물었다.

"뭐 하나?"

"그냥……."

윤석이는 뜻밖에 나타난 형근이를 보자 당황스러웠다. 윤석이는 서둘러 휴대전화기를 껐다. 형근이가 자연스레 윤석이 손에서 휴대전화기를 빼들어 살피며 혼자 떠들어댔다.

"오? 돈 좀 들였는데?"

윤석이가 손을 뻗어 형근이 손에서 휴대전화기를 다시 빼앗아 갔다.

"약정 기간 하고 그냥 받은 거야."

"그래도 한 달에 얼마씩 할부금 내려면 부담되지 않냐?"

"부담이 좀 되지. 그래서 얼른 나가서 다시 배달 일 해야 돼."

"치료비는 어떻게 하고?"

"내가 벌어서 물어야지……."

윤석이는 힘없이 대답했다. 생각해보니 기가 막혔다. 오토바이를 타다가 이렇게 크게 다친 것도 처음이다. 게다가 보험금도 탈수 없다. 그런데도 심심해서 약정 걸고 신형 휴대전화기를 마련했다. 퇴원하면 할부금 갚는 일이 장난이 아닐 터. 그러나 외상으로는 소도 잡아먹는다지 않던가. 나중 일은 어떻게 되겠지 하고 일단 질러보았다. 그리고 잊어버리고 있었다. 그런데 지금 형근이가 와서 다시 휴대전화기 할부금을 깨닫게 해주었다. 저 녀석은 왜 와가지고…….

오토바이 사고가 나서 딱 하나 좋은 건 학교에서 퇴학 맞을 일이 줄어들었다는 것이다. 자칫 출석 일수가 미달될 뻔했는데, 병결로 되면 무단결석이 되지 않아 2학기 때도 출석 일수에 여유가 있다. 그런데 노는 방식이 다른 형근이 저 녀석이 여길 왜 왔는지 모르겠다. 별로 친하고 싶지 않은데…….

이런 윤석이의 마음을 읽기라도 한 것처럼 형근이가 입을 뗐다.

"내가 니 병실에 왜 왔는지 궁금하지 않아?"

"내가 그걸 어떻게 아냐?"

"그냥 왔어. 심심하기도 하고, 니 상태가 어쩐지 궁금하기도 하고……."

"고양이가 쥐 생각하는 거야?"

"뭐? 그럼 내가 널 잡아먹으려 했단 말이야?"

"그건 아니지만, 나 면회 온 진식이 때문에 그렇게 됐잖아!"

"진식이 새끼 얘긴 꺼내지도 마! 재수 없어!"

"재수 없기는……. 걔 알고 보니까 반장감이던데!"

"반장감이 다 얼어 죽었다!"

"진식이가 반장감이 아니면 우리 반에서 누가 반장감이냐? 니들도 인정해서 진식이더러 나중에 광남 군수 나오라고 한 거 아냐?"

윤석이는 아주 태연히 말했으나 형근이는 얼굴이 시뻘게졌다.

"그 이야기는 꺼내지도 마! 언제 그 새끼가 이뻐서 그랬대? 전략상 그래본 거야! 그것도 모르고 깝죽대더구만."

"그럼 무슨 생각으로 개한테 그런 건데?"

"두고 봐라. 나중에 다 알게 된다."

"별것 없나 보구만. 두고 보자는 사람 별 볼일 없다더라."

형근이가 당황하여 더듬거렸다.

"별, 볼, 일이 있을지, 없을지, 그건 나중에 가보면 알아……."

"난 나중까지는 관심 없어. 근데 넌 언제 퇴원하냐?"

"퇴원?"

"그래. 병원에서 언제 나가냐고?"

형근이는 대답할 말을 찾지 못했다.

"글쎄, 내가 언제 나가지?"

"살인미수 혐의를 벗어야 나갈 수 있는 거 아냐?"

살인미수라는 말에 형근이가 발끈했다.

"내가 언제 살인 저지르려고 했는데?"

"저번에 그랬잖아. 성구 말 들어보니까, 성구 오토바이 체인까지 빼서 무기로 쓰려고 했다던데?"

형근이가 씩씩거렸다.

"에이 씨! 누가 그래?"

"누가 그러긴. 니들이 소란 피워서 병원 사람들은 다 안다!"

형근이는 자신이 지금 윤석이 병실에 왜 왔는지조차 알 수 없이 되어버렸다. 혹 떼러 갔는데 되레 혹 하나를 더 붙인 꼴이 되고 만 것이다. 그래도 이대로 물러날 수는 없었다. 곧 죽어도 왕초 아닌가!

"윤석이 너 말이야, 터진 주둥아리라고 함부로 말하는데, 잘 알지도 못하면서 그러지 마! 알았어?"

그러나 윤석이도 만만치 않았다.

"알긴 뭘 알아! 큰소리치지 말고 니 자신 일이나 걱정해. 넌 퇴원하면 소년원으로 가야 할지 몰라."

"내가 소년원으로 가든 교도소로 가든 학교로 가든 그건 내 일이야! 너는 조금도 상관할 것 없어!"

"내가 언제 상관했나? 괜히 남의 병실엔 와가지고!"

그때였다. 병실 밖이 소란스러워졌다. 형근이가 몸을 돌렸다. 윤석이가 고개를 길게 뺐다. 잠시 후 병실 안으로 아이들이 들어왔다. 성구와 승규, 그리고 준표였다.

형근이가 놀랐다.

"준표 니가 여긴 웬일로?"

준표 역시 움찔하는 것 같았다.

"형근이 너야말로 여긴 왜 와 있냐?"

"나야 윤석이랑 한 병원에 있으니까 왔지. 근데 준표 니는 왜 왔어?"

"나? 올 만하니까 왔다."

형근이가 씩씩거렸다.

"에이, 씨부럴!"

준표가 받아쳤다.

"씨부럴 씨부럴 할 것 없어!"

성구와 승규는 어정쩡한 자세로 두 아이가 토닥거리는 꼴을 지켜보았다. 윤석이 역시 가만히 바라보는 것 말곤 달리 할 말이 없었다.

"형근이 너 똑똑히 들어. 오토바이족들 다 경찰서에 있어. 걔들이 다 너를 이번 일 시킨 배후로 지목하고 있어."

"에이, 씨부럴!"

"씨부럴인지 씨발인지 고만하고 인제 니 주제 좀 알아라!"

"에이, 씨부럴! 내 주제가 어때서?"

"못 오를 나무 쳐다보지 말란 말이다."

"무슨 나무를 못 오르는데?"

준표가 형근이의 약점을 대놓고 까발렸다.

"니 대갈통으론 오를 나무 하나도 없어!"

"에이, 씨부럴!"

"그놈의 씨부럴 소리는 경찰서에 가서나 해! 지랄탄 담임이 고름이 살 안 되니까 미리 알아서 짜버릴 것 짜버리고 빌라고 하더라. 내가 지랄탄하고는 맞장도 뜬 사이지만 그 말은 맞다고 생각한다!"

"빌긴, 누구한테 뭘 빌어?"

형근이의 그 말에 준표가 미처 대답하기도 전에 복도에서 굵은 발소리가 났다. 이어 경찰복 차림의 아저씨 둘이 병실로 들어왔다.

바닷물을 썩지 않게 하는 데에
소금이 많이 필요한 건 아니다

새벽에 집에 들어가 씻었는데도 자꾸만 손에 오물이 묻어 있는 것만 같다. 노래방에서 쥐새끼처럼 슬쩍 달아나려는 녀석의 목덜미를 재빨리 낚아채고 한 방 먹인 손이다. 그러나 그뿐이었다. 그 손으로 계속 그 녀석을 잡고 있던 것도 아니고 다른 녀석을 붙들었던 것도 아니다. 물론 노래방 바닥이나 벽에 문지르지도 않았다. 그런데도 꺼림칙했다. 씻고 난 뒤에도 두고두고 더러운 게 손에 묻어 있는 것만 같았다.

진식이는 아침나절 내내 수업 내용은 머리에 들어오지 않고 오로지 손을 닦고 싶다는 생각만 들었다. 그래서 점심시간이 되자마자 교사 화장실로 갔다. 그 시간에 학생 화장실은 아이들로 북적대 자신의 꼴이 드러날지도 몰랐다. 그래서 선생님들을 만날지 모르는 위험 부담을 무릅쓰고 교사 화장실로 간 것이다. 자칫 선생님들을 만날 우려는 있지만 학생 화장실에 비해 교사 화장실이 편하다. 물론 교사 화장실 앞에 '학생 출입 금지'라는 팻말이 붙어 있어 그 문구를 애써 외면하고 들어가는 건 좀 꺼림칙하다. 하지만 자신의 현 상태에선 어쩔 수 없었다. 다른 무엇보다도 손을 씻는 게 급했다. 출입 금지 구역을 들어간 탓에 어떤 벌칙을 받게 된다 해도 그건 나중 문제였다. 우선 급한 건 도저히 참을 수 없는 손의 오물이었다. 그 오물을 씻어내야 한다!

마음 같아선 웃통 벗어젖히고 운동장이라도 지치도록 뛰어 땀을 쫙 뺀 뒤 찬물을 한껏 뒤집어쓰고 싶다. 그래야 몸에 묻어 있는 오물들이 남김없이 씻겨 나갈 것만 같았다. 그러나 지금 시간에 그럴 수는 없다. 운동장을 일부러 뛰어다니면 아이들이 무슨 굿 난 줄 알고 구경할 것이다. 그러면 자칫 자신만 동물원 원숭이 꼴이 되고 만다. 애들 입에 오르내릴 필요 없다. 조용히 그냥 손이나 박박 문질러 씻고 말아야 한다.

교사 화장실로 슬쩍 들어간 진식이는 두툼하기 짝이 없는 손을 세면대의 수도꼭지 아래에 내밀었다. 수도꼭지를 틀자 물이 쏴 소리를 내며 쏟아졌다. 그 물에 손을 싹싹 비벼댔다. 시원했다. 더러운 벌레들이 몸에서 막 빠져나가는 기분이었다. 한참을 그러고 있었다. 물소리에 미처 발소리를 느끼지 못했는데, 귀에 익은 목소리가 들렸다.

"흉기 닦는 거야?"

"예?"

진식이가 뒤를 돌아보았다. 가이사이끼 선생, 아니 국어 선생이 등 뒤에서 손을 닦는 진식이를 바라보고 있었다. 진식이는 당황스러워 얼른 손을 세면대에서 거두어낸 뒤 바지에 문질러 닦았다.

가이사이끼 선생이 웃으며 말했다.

"어제도 그 손을 쓸 데가 있었던 모양이지?"

진식이는 어이가 없었다. 그래도 아무 말을 할 수가 없었다.

가이사이끼 선생은 자신의 손 닦는 버릇을 알고 있다. 그래서 다른 선생한테 들킨 것보다는 차라리 다행이었다. 그런데 가이사이끼 선생의 말투는 비위에 몹시 거슬렸다. 더구나 빙긋빙긋 웃는 얼굴은 뱃속까지 뒤틀리게 했다.

진식이는 퉁명스레 대답했다.

"아뇨."

가이사이끼 선생은 물러서지 않고 계속 물고 늘어졌다.

"그럼 흉기를 안 쓰고 점잖게 말만 해서 도둑을 잡았단 말이야? 흉측한 납치범들이었다면서?"

소문도 빨랐다. 가이사이끼 선생이 어제 일을 알고 있다니. 진식이는 가이사이끼 선생이 자신을 걱정해주는 것도 달갑지 않았다. 차라리 모른 체해 주면 좋겠다. 아무래도 가이사이끼 선생은 진식이의 '무술'을 재미있어하는 것 같았다. 게다가 진식이의 손 닦는 강박 비밀을 알고 있기도 하다. 어쩌면 어디선가 진식이가 교사 화장실로 들어가는 걸 지켜보고 있다가 나타나는지도 몰랐다. 진식이는 자신의 의심병이 지나치다는 생각이 들었다. 하지만 아주 틀린 것 같지도 않아 괴롭기도 했다.

가이사이끼 선생이 진식이의 손 닦는 강박에 대해 또 한 말씀 했다.

"진식아, 좀 무디게 살아. 니가 너무 예민하고 완벽주의라서 그런 거야. 대충 해, 그냥. 뭐든 그런가 보다 하고 생각해버려. 그러면 손 닦을 일도 줄어들 거야."

진식이는 가이사이끼 선생의 충고가 귀에 들어오지 않았다. 자신도 자신이 왜 이러는지 잘 안다. 그러나 고쳐지지 않는다. 다만 언젠가 뭐든 심각하게 받아들이지 않고 아무렇지 않게 느껴져 대충 살 날이 있을 것을 믿고 견딜 뿐이다. 아직은 그런 때가 아니다. 진식이에게 하찮은 것은 아무것도 없다. 다 무겁고, 다 바로잡아야 하고, 다 깨끗해야 한다. 하지만 누구보다도 시원히 다 날려버리고 싶다. 그런데 그게 잘 안 된다.

갑자기 학교가 답답하다고 느껴졌다. 학교를 벗어나 어디론가 가버리고 싶은 생각이 들었다. 자신의 손 닦는 버릇을 지켜보는 가이사이끼 선생, 아이들과 하나부터 열까지 부딪쳐야 하는데, 반장을 부담임이라며 은근슬쩍 아이들을 통제해주길 바라는 지랄 탄 담임 선생……. 자신이 보호해야 하는 현우나 은빈이가 없다면 진즉에 학교 울타리를 벗어나버렸을지도 모른다.

자신이 생각해보아도 자신은 괴물이었다. 덩치는 크지, 공부도 잘하지, 더구나 남들이 '무술'이라고 느끼는 운동도 잘하지…… 스스로 공부를 잘한다고 평가하는 게 우스운 일이지만, 부정할 수 없는 사실이다. 광남 종고에서 그 정도면 공부를 아주 잘하는 공부 선수인 것이다. 그 덩치에, 그 공부 실력에 남모르는 고민을 가지고 있으니…… 괴물이 따로 없다. 맞다, 괴물이다! 강박증에 걸린 괴물!

게다가 약한 사람은 어떻게 하든지 도와주고 보호해주어야 직성이 풀리는 성질, 이것도 아마 강박이리라. 그렇지 않고선 설명이 되지 않는다. 현우를 챙기는 건 그렇다 치고, 현우가 좋아하는 은빈이도 보호해야 하고, 결석 대장 윤석이도 살펴야 한다. 이러다가 버섯즙 패거리의 살인미수자인 형근이와 깐죽이 준표까지 챙기지 않으면 병이 나서 못 견디게 될 날이 올지도 모른다.

진식이는 가이사이끼 선생으로부터 벗어나기 위해 얼른 교사 화장실을 나왔다. 그러나 교실로 가기도 뭐했다. 자꾸만 답답해지려는 가슴. 오늘은 수업을 빼먹더라도 학교 울타리를 벗어나야 할 성싶었다. 이대로 학교 울타리 안에 억지로 구겨 넣은 채 있다간 아무래도 무슨 일을 저지를 것만 같았다. 오후 수업 시간표를 머릿속에 그려보았다. 전부 전자과 실무 과목이었다. 수업에 들어가나 들어가지 않으나 진도에 크게 차이가 지는 과목은 아니었다. 진식이는 수업을 제치기로 마음먹었다.

아버지가 형근이더러 살인미수자라고 으름장을 놓았지만, 자신 또한 지금 살인미수자인지도 모른다. 뭔가 손에 잡히기만 하면 반 죽여놓고 싶다. 그러나 그러면 안 된다, 안 된다, 안 되지……. 다른 사람만이 아니라 진식이 자신까지도 죽여버리고 싶다. 그러나 그러면 안 된다, 안 된다, 안 되지…….

진식이는 살인미수자가 되지 않기 위해 교정을 걸어 나왔다. 바다든 초원이든 어딘가 드넓은 곳으로 가지 않고선 지금 무슨 일을 벌일 것만 같았기 때문이다. 좁은 교실의 좁은 책걸상에 갇혀 있어서도 안 될 것 같았다. 그러다간 자꾸만 난폭해지고, 자신이 난폭해지면 그 누구도 가라앉혀주지 못한다.

동물원 코끼리도 너른 초원에서 지낼 땐 다시없이 순한 동물이란다. 그런데 좁은 우리에 가둬두면 답답해서 신경이 날카롭게 되어 걸핏하면 난동을 부린단다. 심하면 자신을 돌보아주는 사육사를 밟아죽이기도 한다지 않은가. 자신이 마치 너른 초원에서 잡혀 와 동물원 우리에 갇힌 코끼리 같았다. 동물원 코끼리와 다른 점이 있다면, 자신은 앞뒤 따져볼 지능이 코끼리보다는 좀 더 있어 참고 또 참는다는 점일 것이다. 그러나 모를 일이다. 참는 것도 한계가 있을 것이다. 코끼리라고 참지 않았겠는가. 코끼리도 자기 수준에선 참고 또 참았을 것이다. 그러다 더 참을 수 없으면 발광이 날 것이다. 진식이도 자신이 발광하면 누구를 밟아 죽일지도 모른다는 게 겁이 났다. 그러나 그러면 안 된다. 그러기 전에 알아차려야 한다……. 지금이 바로 그런 상태를 알아차려야 하는 시점이다.

진식이는 현우에게 문자를 보냈다.

'우리를 좀 벗어나야 살겠다. 내 가방 주유소에 좀 갖다 두렴.'

현우가 이 문자를 볼 때는 아마도 수업 시간이 다 끝날 때일 것이다. 그 전에 자신이 교실에 들어오지 않으면 의아해하기는 할 테지만 현우는 호들갑을 떨지 않을 것이다. 현우에게 진식이 자신은 모든 걸 오류 없이 다 정확히 해내는 사람이다. 절대로 불량학생이 아니다. 그러니 수업에 안 들어와도 다 그러려니 하며, 무슨 사정이 있겠지 할 것이다.

진식이는 학교를 벗어나 무작정 버스를 탔다. 뼛속까지 미국을 좋아해서 영어를 좋아하다 못해 숭상하는 분이 서울 시장 자리를 꿰차고 있을 때, 서울도 아닌 경기도 버스에까지 옆구리에 'G' 자를 새겨 박게 해서 뜻을 이룬 일명 '쥐 버스'였다. 지 버스든 쥐 버스든 그런 건 지금 중요하지 않다. 다만 바다가 있는 곳으로 가는가 아닌가만 문제였다. 바다로 직접 가지 않으면 버스를 타고 가다가 어디쯤에서 갈아탈 생각이다. 바닷가로 가는 버스를 만나면 말이다.

광남 읍에서 바다는 차를 타고 두어 시간 넘게 가야 있다. 그래도 바다로 가야 한다. 자신은 코끼리다. 초원이 있으면 좋겠지만 이 좁은 한반도에 어차피 초원은 없다. 그러면 바다로 가야 한다.

코끼리가 아니어도 괜찮다. 바다에는 고래가 있지 않은가. 진식이
는 마침내 고래처럼 숨쉬러 바다로 갔다.

버스를 갈아타고, 졸다가 창유리에 머리를 한 번 박았다. 엊저
녁에 경찰관 노릇하느라 집에서 잠을 못 자고 밖에 있어서 그랬다.

제법 짭조름한 내음이 코에 들어왔다. 버스가 바다 가까이 종점
에 이른 것이다.

진식이는 버스에서 내려 포구 쪽으로 걸어갔다. 아버지가 좋아
하는 어떤 아저씨 가수의 노래 〈낭만에 대하여〉에 나오는 '연락선
선창가'는 아니어서 사람을 태우고 섬을 오가는 배는 없었지만 고
기잡이배는 제법 많이 정박해 있었다. 물 위에서 흔들흔들하면서
도 배는 포구에 붙들려 있었다. 넓은 바다에선 맘껏 물 위를 휘젓
고 다녔을 배였다. 그런데 지금은 그다지 굵지 않은 밧줄 한 가닥
에 붙들려 매여 있는 것이다.

자신도 그러하지 않은가. 덩치는 코끼리나 고래 같지만, 보이지
않는 줄에 붙들려 학교로 집으로 왔다 갔다 한다. 멀리 벗어나고
싶지만 보이지 않는 밧줄이 목덜미에 걸려 있다. 기껏해야 밧줄의
길이만큼만 멀어질 수 있다. 그러나 밧줄이 감길 때면 다시 딸려
들어와야 한다.

너무 많이 살아버린 것일까? 이런저런 생각이 꼬리에 꼬리를
물고 일어났다. 밧줄에 매여 있는 줄도 모르는 강아지 정도의 지
능만 있었으면 좋으련만.

진식이가 바다에 가 있는 동안에도 광남 종고 전자과는 아무 일 없이 돌아갔다. 다만 현우만 애가 달았을 뿐이다. 진식이 문자를 확인하고 바로 문자를 보냈지만 진식이한테선 답이 없었다. 현우는 몇 번이나 휴대전화기를 확인했다. 나중에는 진동 모드로 해놓은 전화기가 떠는 것 같은 착각에 빠져 몇 번이나 뚜껑을 열어보았다. 진식이 문자를 기다렸지만 진식이는 끝내 답을 보내오지 않았다.

'진식이는 어디로 간 거야? 우리를 벗어나고 싶다고 한 건 잠깐 학교를 떠나겠다는 뜻이겠지. 그래도 가방을 주유소에 갖다 두라고 한 것 보니 저녁때는 돌아올 모양이야. 학교 끝나기나 기다려야지 별수 없네……'

현우는 애가 달았지만, 지랄탄 담임도 가이사이끼 선생도 별다른 말 없이 지나갔다. 버섯즙 패거리들도 조용했다. 현우는 수업이 어서 끝나기만을 기다렸다. 혹시라도 그새 진식이가 주유소에 가 있을지도 모를 일이었다. 하지만 곧 고개를 저었다. 학교가 언제 끝나는지는 진식이도 아는데 자신도 없는 주유소에 혼자 미리 가 있겠는가. 현우는 다시 고개를 저었다. 진식이가 갈 데가 없어 미리 가 있을지도 모르겠다는 생각이 들었다. 하여튼 수업이 끝나 주유소에 가봐야 알 일이었다.

어찌저찌 수업이 끝났다. 현우는 제정신이 아니었다. 종례를 어찌 마쳤는지, 청소를 어찌 했는지 모른다. 그냥 허둥지둥 맘만 바빴다. 자신도 언짢을 때 가방 들고 학교에서 나간다고 해보기도 하고 실제로 나가보기도 했다. 해봐서 아는데, 그럴 때는 누군가가 말리면 그냥 주저앉거나, 나가더라도 쪽팔리지 않는 마음으로 나갈 수 있다. 자신이 수업 받지 않고 학교를 나간다고 하면 진식이가 말려주었다. 말리는데도 더 투정을 부리듯 가방을 들고 나가곤 했지만……. 그런데 진식이는 말릴 새도 없이 학교를 나가버렸다. 절대로 그럴 리가 없는 아이였다. 누가 봐도 학교 중독증에 걸린 것처럼 보이는 아이였다. 공부 잘하지, 운동 잘하지, 선생님들도 눈치를 볼 정도로 반듯하지, 아이들 누구도 건들지 못하지……. 다른 불량학생들과는 애초에 비교를 할 수 없는 아이였다. 그럼에도 진식이는 수업 시간이 한참 남아 있는데도 학교를 나갔다. 그것도 제 발로!

현우는 주유소가 가까워질수록 진식이가 주유소에 먼저 가 있기를 바라는 마음이 더 일었다. 제발, 제발, 제발……. 그러나 현우의 바람과는 달리 진식이는 주유소에 와 있지 않았다. 은빈이도 아직 오지 않았다.

현우는 평소에 하던 대로 주유소 로고가 찍힌 주유소 제복으로 갈아입고 주유원 대기실로 갔다. 차 몇 대가 들어오고 나가고, 그때마다 기름 총을 들고 기름 종류를 외치며 주유를 하고, 주유를 마치면 결제를 하고, 차가 주유소를 빠져나가면 차 꽁무니에 대고 90도로 허리를 꺾는 배꼽 인사를 하고……. 몇 차례 같은 일을 반복해도 진식이는 오지 않았다.

그사이 은빈이가 왔다. 엊저녁에 둘만의 비밀스런 의식을 치러서 그런지 은빈이는 현우를 보자 쑥스러운 표정을 지으며 편의점으로 들어갔다. 현우 자신도 좀 쑥스러웠다. 그러나 한편으론 마음이 포근하고 넉넉해지기도 했다. 그냥 포근하고 넉넉해졌다……. 조바심을 낼 일이 없어진 것이다.

진식이는 바다를 하염없이 바라보았다. 출렁이면서도 굳이 출렁인다고 말하지 않는 바다. 파도를 만들면서도, 그 파도 때문에 어지러울 만한데도, 어지럽다 하지 않고 스스로 만든 파도조차도 껴안는 바다. 그래서 늘 출렁이면서도 언제나 변함없는 바다…….

바닷물은 짜서 상하지 않는다고 하지만 바닷물이 전부 소금으로 이루어진 건 아니란다. 바닷물을 짜게 하는 소금기는 바닷물 전체의 4%도 채 되지 않는단다. 그런데도 바닷물은 썩지 않고, 땅 위의 모든 것을 묻힌 채 강물을 타고 내달려온 온갖 것들을 썩지 않게 씻어주고 품어준다.

진식이는 자신 안에 얼마만큼의 소금기가 있는지를 가늠해보았다. 늘 출렁이는 파도 따라 같이 흔들리면서도 끝끝내 제 본질을 잊지 않는 바다가 아니라, 자신은 그냥 바람 부는 대로 까불거리는 파도 같았다. 덩치가 크다고, 공부 좀 한다고, 혹시나 자만하지 않았는지……. 누구를 보호하고 살피고자 하는 마음도 자만에서 나온 건 아닌 건지……. 나아가 자꾸만 손을 닦는 버릇도 혼자 옳고 깨끗한 척하는 마음에서 나온 건 아닌 건지……. 걸핏하면 새벽 운동장에서 하염없이 뛰며 자신을 괴롭히는 것도 어쩌면 자신을 내리누르려는 우월한 마음에서 나온 건 아닌 건지……. 바다 같아야 하는데……. 바닷물이 상하지 않을 수 있는 건 소금기 밴 짠물이어서 그런 것 아닌가. 그런데 바닷물이 짜기 위해 소금기가 많이 필요한 것도 아니지 않은가. 그에 비하면 자신은 너무 많은 걸 가졌다. 조금만 가지고도 살아갈 수 있을 텐데…….

진식이는 바닷가를 이리저리 왔다 갔다 하며 여러 생각을 했다. 고래라고 해서 저 너른 바다를 다 차지한 것도 아니고, 새우라고 해서 바다 없이 살 수 있는 것도 아니다. 크든 작든 자신의 크기만큼의 바다가 필요할 것이다. 아이들도 마찬가지이다. 다 자기 크기만큼의 영역이 필요하다. 그래서 늘 영역 다툼을 하며 크고 작은 사건을 만들어내는 것이리라. 어찌 보면 다 우스운 짓이다. 그러나 그 우스운 짓에 다들 목숨을 건 것처럼 군다.

진식이는 다시 손을 닦고 싶었다. 바닷물에 손을 담글 수 있는 데로 내려갔다. 가까이 가서 보니 보기보다 바닷물은 탁했다. 바닷물이 탁해진 건 자신에게 들어오는 거면 뭐든 다 받아들여 제 안에서 썩지 않게 해주느라 그럴 것이다. 남을 맑게 해주다 보니 자신은 탁해지지 않을 수 없을 것이다. 그러면서도 바닷물은 소금이 있어 썩지 않는다. 그러나 그 소금이 많이 필요한 건 아니란다.

바다는 가장 낮은 데에 있는 물이다. 그러기에 지상의 모든 물을 다 받아줄 수 있다. 그래서 바다라는 말도 '받아'주는 데서 생겼다고 여기는 사람들도 있다. 다 받아주기에 탁하다. 그럼에도 소금기가 있어 썩지 않는다. 바다는 그런 물이다.

내 자신은 지금 누구든 충분히 받아주는가? 그러면서도 썩지 않고 다들 품을 만큼 소금기가 있는가? 그렇지 않은 것 같다. 소금기로 자신을 지키며 남을 품어 맑게 하기보다는 바로 응징하는 데 바쁘지 않은가? 자신이 늘 오염되어 있다고 느끼는 것, 그게 바로 반증 아닌가? 오염물을 품는 바다가 그 오염물에 오염되었다고 느끼는가? 바다는 오염을 두려워하지 않는다. 뭐든 자기 안에 들어온 건 스스로 정화시킬 자신이 있어 그런 것 같다. 그런데 자신은 아니다. 오염물을 끔찍이 싫어해 자칫 자신까지도 오염될까 봐 벌벌 하지 않는가? 그래서 틈만 나면 손을 닦고 있지 않은가?

진식이는 바닷물에 손을 담가보았다. 민물과는 달리 끈적함이 어딘가에 묻어나는 것 같았다. 같은 물인데도 이렇게 달랐다. 하지만 그 끈적함은 바로 소금기일 것이다. 썩지 않으려면 끈적함도 필요하다. 그간 너무 고고하여 결벽성이 도드라진 건 아니었는지 모른다. 그래서 자신의 기준과 다른 짓을 하는 아이들을 보면 못 참았는지 모른다. 그러면서도 가슴 한켠에선 불편했는지도 모른다. 그래서 또 손을 닦고…….

석양이 바닷속 집으로 들어가느라 바다를 핏물로 적시고 있었다. 그때에야 비로소 진식이는 시간을 느끼게 되었다. 그러자 뒤늦게 현우에게 보낸 문자가 떠올랐다. 현우는 자신이 부탁한 대로 주유소에 가방을 가져다 두었을 것이다. 지금쯤이면 현우는 주유소에서 한창 바쁜 시간을 보낼 테지. 주유소에 도착할 무렵이면, 좀 한가해지겠지. 진식은 나름대로 이리저리 시간표를 머릿속에 그려보았다. 그런 뒤 다시 '쥐 버스'에 올랐다. 버스가 광남 읍에 이를 때쯤이면 현우가 저녁 먹을 시간이 될 것이다.

"진식아!"

진식이가 주유소에 모습을 드러내자, 현우가 이제 막 새로 들어온 차에 주유를 하려고 기름 총을 손에 든 채 반가움에 소리를 질렀다.

"별일 없지?"

"주유소야 무슨 별일이 있겠냐만, 너는 별일 있었지?"

"나중에 이야기하자."

현우가 주유를 마치고 차를 떠나보낸 뒤 다시 진식이에게 물었다.

"어디 다녀왔어?"

진식이가 태연히 대답했다.

"도 좀 닦고 왔어."

"그럼 산에 다녀온 거야?"

"도를 산에서만 닦냐?"

"절은 산에 있잖아."

"바다에도 있더라."

"바다?"

"응."

"바다에 무슨 절이 있어?"

"도를 닦는데 절이 필요한 건 아니잖아."

"알았어. 아무튼 이리 왔으니까 됐어. 니 가방 가져다 놨어."

진식이가 고개를 끄덕였다. 말을 해놓고 보니 그럴싸했다. 도를 산에 있는 절에서만 닦을 필요가 있겠는가. 바다의 품엔 산속의 절보다 더 너른 법당이 들어 있는데!

바다가 그리우면 고기 잡는 법도
스스로 터득한다

현우는 진식이가 아무 일 없이 무사히 돌아온 것만으로도 좋았다. 도를 닦으러 바다로 갔든 산으로 갔든 그런 건 자신이 알 바가 아니었다. 진식이는 현우로선 알 수 없는 깊이를 가진 애였다. 그러니 그 속을 다 들여다볼 수는 없다.

현우는 그저 진식이가 오늘을 넘기지 않고 돌아온 게 좋을 뿐이었다. 매사에 자신감이 넘치고 재주 많은 진식이도 요즘 이런저런 일에 정신없이 휘둘리다 보니 어지간히 마음이 좋지 않았나 보다. 광남 종고 최고의 모범생이 오죽하면 수업 시간 빼먹고 쏘다니다 왔겠는가. 현우는 어쨌든 자신이 있는 곳으로 진식이가 와준 게 고마웠다. 물론 주유소에 가방 갖다 두라는 문자를 남겨서 주유소로 올 줄은 알았지만, 막상 진식이를 보니 훨씬 더 기뻤다. 아니, 고마웠다.

진식이는 자신을 몇 시간 만에 보는 것만으로도 마냥 좋아하는 현우가 고마웠다. 학교를 벗어날 땐 학교가 갑갑한 우리처럼 느껴져 잠시라도 그 우리를 벗어나야 살 것 같았는데, 그 우리 안에 현우가 같이 있다 생각하니 아주 외롭지는 않은 것 같은 느낌이 들었다. 진식이는 자신이 짐작했던 것 이상으로 반갑게 맞아주는 현우를 대하자 뒤숭숭했던 마음이 잠시나마 많이 가라앉는 것 같았다.

지나간 일들이 영화 장면처럼 획획 지나갔다. 현우가 일하는 주유소에 기름 강도가 들고, 학교 교실에 컴퓨터 도둑이 들고, 귀가하던 은빈이가 납치되는 일이 일어났다. 그냥 모른 체해도 누가 뭐라 하지 않았을 것이다. 그러나 자신의 육감과 추리의 레이더망에 범인이 단박에 잡혔다. 게다가 현우가 엮여 있고, 자신하고도 관련이 있는 일이었다. 그러니 진식이로선 가만있을 수가 없었다. 어쩌면 몸이 본능적으로, 저절로 나섰는지도 모른다. 자신의 의지하곤 상관없이 이런저런 일에 자꾸만 끌려들어가는 것만 같았다. 물론 굳이 뒤로 숨고 싶지도 않다.

어쩌면 자신이 아이들과 같은 급우가 아니었다면, 급우더라도 자신의 존재감이 별것 아니었다면, 버섯즙 패거리들이 굳이 학교 컴퓨터를 도둑질하지 않았을 것이다. 게다가 현우랑 친하지 않았다면 현우가 일하는 주유소에서 기름 강도질을 하지 않았을 것이고, 은빈이도 납치하지 않았을 것이다. 그러니 어찌 보면 모든 게 진식이 자신 때문에 일어난 일이기도 했다. 하지만 진식이로선 억울한 대목이기도 했다. 조용히 살려 하는데도 곁에서 가만두지 않아 이런저런 일에 모두 관련되기 때문이었다. 그러고 보면 아버지는 참 대단했다. 아버지는 남들이 불곰이라 부르며 광남 읍 주먹계의 전설로 여기지만, 명성과 달리 자식의 일 아니면 어디에도 함부로 휘둘리지 않고 쉽게 끌려들어가는 법이 없다…….

현우한테서 가방을 건네받은 진식이는 바로 돌아섰다.

"고맙다, 현우야. 집에 갈게."

현우가 아쉬워했다.

"그냥 가려구? 편의점에 가서 뭐라도 먹고 가지 그러냐?"

"집에 가서 먹지 뭐……."

현우는 진식이를 더 붙들지 않았다. 지금까지 겪은 바로 볼 때, 진식이는 누가 붙든다고 붙들리고 말린다고 말려지는 애가 아니었다. 진식이가 하는 대로 가만히 지켜보는 게 가장 나은 방법이었다.

진식이는 현우의 배웅을 받으며 주유소를 나왔다. 현우가 좋아해서 늘 틀어대는 〈백만 송이 장미〉 노래가 주유소 스피커에서 울려 퍼졌다.

사랑밖에 사랑밖에 사랑밖에 모르는

바보 같은 남자가 영혼을 바치네

바보 같은 남자……. 자신이 똑 그 짝인 것 같았다. 그냥 바보 같았다. 어디엔가 영혼을 바치고 싶어 안달이 난…….

진식이는 자신의 외모든 재주든 모든 것이 그냥 평범했으면 좋겠다는 생각을 했다. 덩치도 이렇게 크지 않고 남의 눈에 띄지 않을 정도였으면 좋겠고, 공부도 적당히 했으면 좋겠다. 그러나 그런 건 애초에 자신의 뜻이나 바람대로 되지 않는 것들이었다. 태어나기를 크게 타고났으니 덩치는 어쩔 수 없다. 그러면 공부라도 적당히 했으면 좋으련만 아는 걸 일부러 모르는 체하는 것도 쉽지 않다. 그냥 생긴 대로 주어진 대로 하고 살 수밖에……. 자신에겐 그냥 아무것도 아닌 것도 다른 애들은 이해를 못하며 낑낑댄다. 그러니 남모르게 더 노력하는 것도 아닌데 성적이 늘 앞자리에 있을 수밖에 없다. 결코 잘난 척이 아니다. 자타가 모두 인정하는 사실이 그런 것이다.

진식이는 현우가 부러웠다. 현우는 성격이 모난 데가 없다. 공부도 뛰어나지 않다. 그런데도 자신의 생활을 즐기며 산다. 남의 눈에 띌 만큼 덩치가 크지도 않고, 그렇다고 존재감이 없을 만큼 왜소하지도 않다. 평범한 듯하지만 꽤나 귀여운 외모에다 성격도 좋다. 무엇보다도 자신처럼 스스로를 괴롭히는 결벽증도 없다. 아마 은빈이도 현우의 그런 모습이 편안하게 여겨져 좋아하는지 모르겠다.

현우가 아버지 친구 아들이기는 하지만, 그런 관계를 떠나서도 현우는 어쩐지 진식이 자신이 열과 성을 다해, 아니 몸이라도 바쳐 지켜주어야 할 것만 같았다. 사실, 현우가 곁에 있으면 별말을 하지 않아도 마음이 편해진다. 그냥 바라보는 것만으로도 휴식이 되는 친구, 그래서 자신도 모르게 불끈 힘이 솟는 친구……. 자신은 남들 보기에 부러워할 만한 요소를 다 갖추었는지 모른다. 하지만 진식이 자신은 그렇게 느끼지 않았다. 남한테 말 못할 약점을 잔뜩 지닌 사람이 자신이다. 불량품인데 포장이 잘된 것만 같았다. 그러든 어떻든 그런 것 모두 현우를 위해 쓰여진다는 게 다행이라면 다행일 뿐이었다.

은빈이가 현우를 좋아해서, 아니 좋아해주어서, 진식이로선 그것도 다행이다. 은빈이가 자신을 좋아했다면 문제가 상당히 복잡해졌을 것이다. 그런데 진식이 자신은 은빈이보다는 현우가 더 좋다. 그래서 은빈이에게 현우를 완전히 빼앗기고 싶지는 않다. 그렇지만 현우가 은빈이를 좋아하니까, 은빈이도 지켜주어야 한다.

초등학교 때부터 자신을 좋아하는 여자애들이 적지 않았지만, 진식이 자신은 어쩐 일인지 여자애들한텐 관심이 가지 않았다. 고등학생이 되자 광남 읍 여고생들은 더 열광했지만 그 여자애들에게도 전혀 눈길이 가지 않았다. 자신은 왠지 여자애들보다는 남자애들이 훨씬 더 편안했다. 그러던 차에 현우가 자신의 울타리 안에 들어왔다. 딱이었다. 자신이 생각하는 남자애의 모습 그 대로였다.

아버지의 당부가 아니더라도 현우를 지켜주고 싶었다. 자신의 덩치와 공부 실력, 학교에서의 위치, 이런 것들 모두 현우를 위해서 갖추어진 것만 같았다. 그래서 진식이는 현우는 물론 현우가 좋아하는 것이면 무엇이든 다 지켜주고 싶었다. 은빈이도 현우를 위해서 지켜주어야 했다. 현우가 은빈이를 얼마나 좋아하는가……. 자신에게는 은빈이가 그저 여러 여자아이들 가운데 하나이지만 현우에겐 그렇지 않은 것 같았다. 현우를 지키는 일이면 다 자신이 나서야 했다. 그러는 가운데 어처구니없는 일들이 같이 생기기도 했지만 그런 건 아무것도 아니었다. 현우가 자신 곁에 있을 수만 있다면 어떤 궂은일이라도 마다하지 않고 할 수 있다. 다행인 것은, 현우가 은빈이 말고, 특히 다른 남자애들하곤 별로 친하지 않다는 것이었다. 현우가 남자애들하고 친하게 지냈다면 어땠을까? 그래도 현우를 좋아했을까? 다행히 현우는 남자애들한텐 별 관심이 없고 오로지 은빈이한테만 관심이 가 있는 것 같았다. 그것도 진식이로선 얼마나 다행인지 모른다.

진식이가 주유소를 나가자마자 주유하려는 차들이 주유소로 미끄러지듯 들어갔다. 현우가 재빨리 손짓으로 차를 주유기 앞으로 유도하였다. 이어 기름 총을 빼들고 차에 다가갔다. 모든 게 끊어짐 없이 부드럽고 매끈했다. 진식이는 발걸음을 멈춘 채 현우의 동작을 한참 바라본 뒤 다시 발걸음을 떼기 시작했다.

집에 들어가니 아버지는 역시 아직 돌아오지 않고 있었다. 아버지는 자정이 거의 다 되어야 귀가한다. 하루 이틀도 아니고 오래전부터 익숙해진 일이다. 그런데도 집안이 썰렁하게 느껴졌다. 이런 때 어머니가 맞아주는 기분은 어떤 걸까? 하지만 그건 자신으로선 꿈도 못 꿀 일이다. 어머니는 이제 기억에 없다. 진식이가 중학교 들어갈 무렵 해서 이미 세상을 떠나갔기에…….

아버지가 하는 구두 수선이나 구두 닦는 일 같은 건 퇴근 시간이 딱 정해진 게 아니다. 더구나 군청 앞 버스 정류장이라 밤늦게까지 사람들이 오갔다. 사람들은 버스를 기다리다 문득 구두 가게가 눈에 띄면 구두 수선을 하곤 하는 것이었다. 그러니 아버지도 그런 손님을 놓치지 않기 위해 밤늦게까지 '거미줄을 쳐놓고 먹이가 걸리기를 기다리는 거미의 심정'으로 구두 가게 문을 닫지 않고 기다린다. 퇴근 시간도 정할 수 없는 구두 가게 일보다는 출퇴근 시간이 일정한 전자센터의 기사는 얼마나 멋진가!

진식이는 일단 화장실로 가 손부터 닦았다. 두툼한 손등을 내려다보니 꼭 자라 등을 보는 것만 같았다. 자신이 보기에도 손이 컸다. 아버지 손만큼이나 이제 크다. 아버지는 그 큰 손으로 어떻게 남의 작은 구두를 깁고 닦는지 모르겠다. 자신도 이 큰 손으로 전자 제품의 작은 부속들을 어떻게 만질지 모른다. 그러기 위해선 열심히 닦아야 한다……. 픽 웃음이 나왔다. 굳이 손을 열심히 닦지 않아도 그런 부속품을 만지는 데 지장이 없을 것이다. 오히려 그런 것 만지다 보면 손이 더러워진다. 아버지 손도 언제나 구두약에 흙에, 지저분하다. 그렇다고 아버지가 틈만 나면 손을 닦지는 않는다. 그런데 자신은 왜 자꾸만 닦고 싶은지 모르겠다.

진식이는 손바닥이 시뻘게질 때까지 비누칠을 하며 손을 닦았다. 이렇게 손을 닦기 시작한 때가 언제부터인가? 생각해보아도 가물가물했다. 아버지 때문에 손을 닦는 버릇이 생긴 것도 같지만 꼭 그런 것만도 아닌 듯하기도 했다. 아버지처럼 살지 않으려고 아버지 손을 닮은, 솥뚜껑 같은 손을 닦기 시작했다고 스스로 늘 최면을 걸었다. 하지만 그건 겉으로 드러내는 핑계에 불과한지도 몰랐다. 그보다는 더 오래전 일, 초등학교 때 일이 떠올랐다. 어쩌면 손 닦는 버릇은 그 일 때문에 생겨난 것인지도 몰랐다.

초등학교 4학년 때, 별명이 족제비였던 남자 담임 선생님은 걸핏하면 남자애들 사타구니 속으로 나무껍질 같은 손을 집어넣어 고추를 만져댔다. 족제비 담임은 그 짓을 내놓고 해서 남자아이들 대부분이 한두 번씩은 고추를 공격당했다. 부모가 학교에 잘 안 찾아오는 아이들은 더 괴롭힘을 당했다. 언제 다가왔는지 살금살금 다가와서 등 뒤에서 껴안고 우악스러운 손으로 고추를 잡아당기며 괴롭히곤 했다. 싫었지만 아직 싫다는 말을 하기에도 너무 어린 초등학교 4학년이었다. 아이들 모두 같은 기분이었을 것이다. 진식이는 다른 아이들보다 몸집이 더 커 다른 아이들보다 더 자주 족제비 담임의 공격 대상이 되곤 했다.

다른 아이들은 어땠는지 모르지만 진식이는 그때부터 손을 함부로 놀리면 안 되고 청결히 해야 하는 것으로 생각한 것 같다. 차츰 자신의 손이 더 커질수록 진식이는 족제비 담임의 손을 떠올리며 더욱 조심하려고 애썼다. 아마 그게 아버지 손과 연결되면서 자연스레 손 닦는 버릇으로 이어진 것 같기도 하다.

선배들도 그 담임을 족제비로 불렀단다. 진식이는 족제비를 본 적이 없다. 물론 선배들도 족제비를 직접 보지는 못했을 것이다. 그러나 책 속에서 족제비는 언제나 엉큼하고 잔인한 모습으로 나온다. 특히 옛 이야기에 나오는 족제비를 보라! 병아리를 채 갈 때 살금살금 몰래 다가와 움켜쥐고 달아나는 족제비를 보라! 4학년 때 담임이 딱 그 짝이었다.

진식이가 손 닦는 버릇이 심한 건 현우도 모른다. 가이사이끼 국어 선생만 안다. 가이사이끼 선생도 처음엔 손 닦는 진식이를 걱정하며 염려해주었지만 나중엔 비아냥댔다. 흉기 닦는 거냐면서…… 물론 진식이가 아이들을 단 한 주먹에 제압해버린다는 소문을 들어서일 것이다. 손이 흉기는 흉기다. 아이들은 이 손에 맞기라도 할까 봐 지레 겁을 낸다. 진식이의 손은 진식이 자신의 의식을 끊임없이 괴롭힌다. 그런 차원에서 보면, 이 손은 남에게나 자신에게나 조심스럽고 두렵기 짝이 없는 흉기이다. 흉기를 몸에 지니고 있는 이는 누구든 불량하다. 오토바이 체인을 몰래 숨겨

흉기로 사용하려 했던 형근이만 불량한 게 아니다. 자신은 따로 흉기를 몸에 숨길 필요도 없다. 신체 일부가 바로 흉기로도 쓰이니…….

버섯즙 패거리들의 패악질을 충분히 알고 있는 선생님이나 학생들은 버섯즙 패거리들을 싫어하고 거리를 두면서도, 막상 진식이가 그들을 옴짝달싹하지 못하게 만들면 되레 진식이를 경계했다. 진식이가 강자여서 그럴 것이다. 진식이는 기가 막혔다. 그런 것에서까지 강자 약자 따지는 게 옳은 일인지 모르겠다.

손 닦기를 마치고 화장실을 나와 방으로 들어간 진식이는 책상 위에 손을 놓고 바라보았다. 이 손, 이 손으로 무엇을 해야 할지……. 공부를 할 것인지, 전자 부품을 만질 것인지, 주먹계를 주름잡을 것인지……. 그 순간 다시 손을 닦고 싶은 욕구가 일었다. 남들과 있거나 밖에서 다른 일을 하고 있을 땐 그런 욕구가 때마다 일지 않아 모르고 지나기도 한다. 그러나 틈만 나면 손을 닦고 싶은 욕구가 인다. 왜 그런지 모른다. 절대로, 예전엔 그러지 않았다. 미치겠다. 진식이는 손 닦고 싶은 욕구를 의식하며 애써 눌렀다. 그러자 얼굴이 화끈거리며 땀이 묻어났다. 진식이는 결국 다시 화장실로 갔다.

흔히 고기를 주기보다는 고기 잡는 법을 가르쳐주어야 한다고 한다. 그러나 아버지는 자신에게 넉넉한 살림을 안겨주기는커녕 공부하는 법조차 가르쳐준 적이 없다. 그렇다고 싸움질하는 법을 일러준 적도 없다. 그러나 아버지는 고기들이 노는 바다는 그리워하게 해주었다. 아버지의 일 처리 능력, 아버지의 큰 체구에서 뿜어 나오는 사자 같은 위엄. 그러한 것 모두 아버지가 가지고 있는 아버지만의 분위기일 것이다. 그런데 아버지는 그 분위기만으로 아버지 너머의 어떤 것을 그리워하게 한다. 아버지는 바다를 그리워하게 한 것이다. 바다가 그리우면 고기 잡는 법은 스스로 알게 되는 것. 진식이가 딱 그 짝이었다. 좋은 의미이든 나쁜 의미이든 아버지는 아버지 이상을 그리게 했다. 그러다 보니 아버지의 해결 능력까지 저절로 터득하게 되었다. 굳이 아버지가 이래라저래라 가르쳐준 적이 없다. 아버지를 뛰어넘으려 하고, 아니 아버지 세계 너머를 그리워하다 보니 모든 걸 저절로 알게 된 것이다.

현우는 정신없이 몇 대의 차에 주유를 마치고 나서 진식이가 건너간 길을 한참 동안 바라보았다. 진식이가 남기고 간 뒷모습이 아련했다. 겉으로 보기엔 조금도 움츠러들지 않고 언제나 씩씩하기만 할 것 같은 진식이었다.

요 며칠 동안 위태위태했다. 여러 가지 일이 한꺼번에 마구 일어났다. 일부러 자신이 끼어들지 않은 일인데도, 일마다 자신도 모르게 발이 딸려 들어가 걸쳐져 있었다. 원래 세상일이 그런 것인가? 그러나 진식이가 있어 웬만한 일은 다 해결되었다. 둘도 없는 은인이었다. 물론 은인은 진식이만이 아니었다. 진식이 아버지도 현우 가족에겐 둘도 없는 은인이었다. 진식이 아버지가 아니었다면 현우 가족은 지금도 위태롭게 살고 있었을 것이다. 진식이 아버지가 물에 빠져 있을 때 나타나 건져주었다. 그것만으로도 모자라 진식이까지 자신을 위해 애를 써주었다. 고맙고 고마운 일이었다.

광남 읍으로 이사 오지 않았다면 은빈이도 만나지 못했을 것이다. 어쩌면 은빈이를 만나게 해주려고 모든 게 미리 촘촘히 짜여졌는지도 모른다. 아버지가 진식이 아버지랑 군대 동기가 된 것도, 아버지 일이 엎어진 것도 다 은빈이를 만나게 해주기 위해 신이 미리 마련해둔 계획이었는지도 모른다.

이 세상에서 좋아하는 사람을 둘만 꼽으라면 은빈이와 진식이다. 은빈이는 애정 관계이고 진식이는 우정 관계이다. 애정과 우정의 가운데에 자신이 있다. 히히! 현우는 이런 생각을 하는 자신이 좀 머쓱하게 여겨졌다. 그럼에도 지금 상태가 싫지 않았다.

사공이 바람의 방향은 바꿀 수 없지만 돛의 방향은 조정할 수 있다

준표는 형근이가 아직도 물정 모르고 까부는 게 한심하고 가소로웠다.

"형근이 니가 아직도 뭘 몰라서 그러는데……."

준표 말이 채 끝나기도 전에 병실로 들어선 경찰관 둘이 형근이와 준표를 훑어보며 사납게 물었다.

"니 놈들 둘이야?"

준표가 놀라 되물었다.

"예? 뭐가요?"

"폭력 조직 만들어서 이번 사건 일으킨 것 말이야……."

"나는 그냥……."

준표가 꽁무니를 뺐으나 경찰관은 들은 척도 하지 않았다.

"하여튼 좀 가자!"

경찰관은 형근이와 준표에게 경찰서로 갈 것을 요구했다.

"우리가 무엇 때문에 거길 가는데요?"

형근이가 기어들어가는 목소리를 냈다.

"하, 이놈이 아직도 뭘 모르는 소리 하고 자빠졌는 거야? 시치미 떼는 거야? 가보면 알아. 조사하면 다 나오니까!"

경찰관 하나가 수첩을 펼치더니 단호하게 말했다.

"니들은 단순 폭력배가 아니라 학교 폭력 단속 기간에 범죄를 저지른 살인미수자들이다. 잔말 말고 경찰서 가서 조사받아!"

경찰관이 재수 없게 '살인미수'를 들먹였다. 형근이는 자신의 행위를 두고 다들 '살인미수'라고 을러대는 게 몹시 못마땅했다. 결단코, 죽일 생각이 있어서 그런 것이 아니다. 그런데도 남들은 죽이려다 실패한 걸로 몰아붙였다.

형근이와 준표는 경찰관 앞에 서서 병원 복도를 걸어나갔다. 미처 형근이 병실에 들러 살림살이를 챙길 여유도 없었다. 형근이가 병실 쪽을 쳐다보며 미적대자 경찰관이 윽박질렀다.

"그깟 병실 살림이 뭐 중요해? 그냥 가! 수갑 안 채우고 끌고 가는 것만도 다행인 줄 알아. 학생이라고 많이 봐주는 줄 알아."

둘은 병원 마당에 대기하고 있는 '형사기동대' 승합차에 올라탔다. 차 안에서 형근이와 준표는 뻣뻣한 눈초리로 서로를 바라보았다. 경찰관들은 두 아이의 신경전을 굳이 알은체하지 않았다.

경찰서에 도착하자 형근이 아버지와 지랄탄 담임이 와 있었다. 형근이 아버지는 형근이를 보자마자 소리를 질러댔다.

"이 자식이 하라는 공부는 안 하고 이게 뭐야?"

지랄탄 담임이 혀를 끌끌 찼다.

"공부요? 애가 공부하고 무슨 인연이 있다고 그런 말씀을 하십니까? 그나저나 내 이럴 줄 알았다……. 공부하고 인연은 없어도 사고는 안 쳐야지!"

지랄탄 담임은 아마 속으로 '지랄'을 되풀이하고 있을 것이었다.

준표가 지랄탄 담임에게 볼멘소리를 했다.

"나는 형근이 만나 선생님 말을 전해주기만 했는데 왜 이리 끌려왔죠? 선생님이 함정 파놓은 것 아녜요?"

준표 말에 지랄탄 담임이 움찔하며 대답했다.

"지랄 같은 소리 마!"

경찰관이 면박을 주었다.

"너도 공범이야!"

지랄탄 담임의 표정이 우그러졌다.

"얘는……."

경찰관이 지랄탄 담임의 말을 잘랐다.

"얘도 조사하면 다 나옵니다!"

형근이와 준표는 형사 앞 책상으로 끌려가 앉았다. 조서에 그간 둘이 저지른 일들이 상세하게 적혀 있었다. 형사는 조사를 더 할 것처럼 말했지만, 보니 이미 조사를 다 마친 상태였다. 학교에서 아이들을 괴롭힌 일부터 해서 병원에서 싸운 거며, 학교 컴퓨터를 훔친 절도 사건이며, 주유소 기름 습격 사건이며, 노래방 일까지 다 적혀 있었다. 형근이는 속으로 놀라지 않을 수 없었다. 누군가가 따라다니며 일일이 적은 것만 같았다. 학교에서 아이들 괴롭힌 건 다 소문이 나서 그렇다지만 그 뒷일까지 경찰이 어떻게 알아냈을까…….

"니들이 한 짓 이미 다 파악하고 있으니까, 거짓말하지 말고 순순히 불어! 잔머리 굴리며 피곤하게 하지 마라. 알았냐?"

형사는 이미 모든 걸 다 알고 있다는 투였다.

형근이가 옆자리 준표를 돌아보았다. 준표가 고개를 저었다. 자기가 털어놓은 게 아니라는 뜻이었다.

형근이와 준표는 이미 자신들이 한 일이 다 적힌 조서에 지장을 찍지 않을 수 없었다. 말 그대로 형사들은 '지난여름에 한 일'을 다 알고 있었다.

형사들은 지랄탄 담임에게도 조서를 내밀며 서명을 하라고 했다.

지랄탄 담임이 조서를 건네받아 읽기 시작했다. 자기 수준으로 보아도 문장이 엉망이었다. 몇 자 쓰고 쉼표를 찍고 또 몇 자 쓰고 쉼표를 찍어서 문장이 언제 끝나는지도 알 수 없게 해놓았다. 그러다 보니 주부 술부가 무엇인지도 잘 알 수 없었다. 그런데도 형사들은 용케도 사건 파악을 하고 이 조서가 그대로 검찰까지 간다고 했다. 국어 선생이 아닌 지랄탄 담임이 봐도 내용이 뒤죽박죽이었다. 그런데도 형사들은 문장 곳곳에 박힌 명사와 사람 이름만 보고도 무슨 사건인지 바로 알아보는 모양이었다.

지랄탄 담임은 자신이 준표를 형근이한테 보낸 일이 마치 형근이 일에 준표까지 얽어매기 위해 그런 것처럼 되어 있는 걸 보자기가 막혀 조서를 더 읽을 수가 없었다. 형사들이 교사의 심리 파악까지 하는 모양이었다. 지랄탄 담임이 조서를 읽다 말고 첨삭 지도를 하듯 몇 군데를 고쳐 적었다.

형사가 고개를 저으며 손사래를 쳤다.

"어? 조서는 한번 쓰면 고치는 게 아닙니다."

"이거 너무 맘대로 적어놓아서……. 소설을 너무 써놓았어요……."

지랄탄 담임이 자신의 뜻을 굽히지 않았다.

"학교 선생님이라 꼼꼼하시긴 합니다만……."

형사는 하는 수 없이 수정을 한 자리마다 수정인을 박은 뒤 다시 조서를 내밀었다. 그때에야 지랄탄 담임이 서명을 했다.

"내가 니들 때문에 별짓을 다한다! 에잇, 지랄!"

지랄탄 담임은 아주 못마땅한 표정을 지었다. 형근이와 준표는 애써 지랄탄 담임의 얼굴을 외면했다.

조서 작성이 다 끝나자 젊은 의경 둘이 형사실로 들어와 둘을 끌고 대기실로 갔다. 대기실에 가자 오토바이족들이 앉아서 저마다 휴대전화기를 들여다보고 있다 엉덩이를 들며 알은체를 했다. 형근이는 오토바이족을 보니 이제야 앞뒤 졸가리가 확연히 잡혔다.

"씨부렬! 이것들이 다 불었구만!"

형근이는 오토바이족들에게 인사 대신 욕을 내뱉었다. 준표가 병원에 찾아와 오토바이족들이 이번 사건의 배후자로 자신을 지목했다고 말할 때에도 그다지 심각성이 느껴지지는 않았다.

조금 있자 형근이 아버지와 지랄탄 담임이 대기실로 왔다. 아이들은 모두 굳은 얼굴로 두 사람을 쳐다봤다.

형근이 아버지가 입을 열었다.

"선생님이 좀 힘을 쓰셨어야지, 그냥 서명을 해버리면 어떡합니까?"

"내가 무슨 힘을 어떻게 써요? 조서에 적힌 게 꾸며낸 일만도 아닌데……."

"아는 경찰들 얘기론 초범에다 학생이니까 구속까지는 안 시킬 수 있다는데……."

"구속이 되든 안 되든 죄질이 아주 무겁게 나와 있어서 나로서도 어찌 해볼 도리가……."

"그래도 앞날이 창창한 애들인데, 학교 차원에서도 좀 구명 운동을 벌여주셔야지……. 선생이 학생한테 맞춰야지 학생이 선생한테 맞출 수는 없지 않겠소?"

"아버님이야 그렇게 말씀하시겠지만, 누가 나서서 얘들을 살리자고 하겠소? 다 앓던 이 빠진 기분일 텐데!"

"그래도……."

형근이 아버지는 평소 태도완 달리 절박한 자세로 지랄탄 담임에게 매달렸다. 그러나 지랄탄 담임의 태도는 냉랭했다.

"얘들이 어지간히 지랄같이 굴었어야지요."

"아무리 지랄같이 굴었어도 선생님 제자인데 어떻게 살려주셔야죠."

"나도 얘들만 생각하면 골치가 지근거립니다. 지랄!"

"그래도 제자들인데 어떻게 그런 말씀을?"

형근이 아버지는 숫제 협박조로 지랄탄 담임을 압박했다. 하지만 지랄탄 담임도 물러서지 않고 대거리했다.

"제자는 무슨……. 그놈들이 불량배지 학생인 줄 아세요?"

"불량배든 학생이든 얘들이 감옥 가면 학교도 좋겠습니까? 그리고 막말로 학교 선생님들이 지도를 잘못해서 애들이 삐뚤어진 것 아닙니까? 그러니 학교도 책임이 아주 없는 건 아니지요. 발뺌하실 생각 말고 아이들을 살릴 생각부터 하셔야지……."

형근이 아버지가 자꾸 올러댔다. 지랄탄 담임이 몹시 불쾌한 표정을 지으면서도 못 이기는 척 패를 하나 꺼냈다.

"이런 일은 내가 해결할 수 있는 게 아니고……."

형근이 아버지가 얼른 되물었다.

"누구죠? 학생주임?"

지랄탄 담임이 고개를 저었다. 형근이 아버지는 조바심이 났다.

"학생주임도 아니면, 교장?"

지랄탄 담임이 또 고개를 저었다.

"그럼 누구요? 내가 가서 절이라도 해서 모시고 오겠소."

형근이 아버지가 절박하게 얘기했다.

그때에야 지랄탄 담임도 못 이기는 척 사람을 댔다.

"우리 반 반장 아버지요."

형근이 아버지가 입을 열었다.

"반장 아버지라면, 불곰 말이오?"

"그렇소."

형근이 아버지 표정이 일그러졌다. 그러나 이내 표정을 바로잡고 말했다.

"그럴지 모르지요. 그 양반이라면 이번 일을 해결해줄 만한 힘이 있을지도 모르지요. 기왕 이렇게 된 것, 선생님이 다리를 놔주시오. 초면은 아니지만, 에이 참, 좋은 일로 만나는 것도 아니고……."

지랄탄 담임의 연락을 받은 진식이 아버지는 망설였다. 지금 광남 경찰서의 청소년 선도위원이라는 직책을 맡고 있기는 하다. 비록 이름뿐인 감투를 쓰고 있기는 하지만 그쪽으로 손이 아주 안 닿는 건 아니다. 하지만 버섯즙 패거리들의 소행은 범죄 구성 요건을 충분히 갖추고 있어 되돌리기 어려워 보였다. 그 녀석들이 그간 한 짓을 생각하면 되레 한 대씩 쥐어박아주고 싶기도 했다. 그러나 지랄탄 담임이 아주 간절히 부탁하는 데다, 형근이 아버지도 매달렸다. 자식을 둔 아버지 입장에서 나서지 않을 수 없었다.

"내가 시방 무슨 힘이 있소? 그러나 힘닿는 데까지 애는 써봅시다. 사공이 바람의 방향이야 어찌 바꿀 수 있겠소? 그래도 돛의 방향은 조정할 수 있을 테니, 돛의 방향이라도 바꿔봅시다."

진식이 아버지는 구두 가게 문을 닫아걸고 바로 경찰서로 갔다. 경찰서는 구두 가게에서 그리 멀지 않은 곳에 있다. 형근이 아버지는 진식이 아버지가 경찰서 마당에 나타나자 마치 구세주라도 나타난 듯이 뛰쳐나가 공손히 맞았다.

"아이구, 바쁘실 텐데 이렇게 와주셔서 고맙습니다."

예전에 현우 일로 큰소리 꽝꽝 치던 모습은 어디에서도 찾아볼 수 없었다. 그때도 바로 꼬리를 내렸지만…….

묘하게 얽혀들었다. 형근이는 진식이를 못 잡아먹어 별짓을 다 했는데, 형근이 아버지는 진식이 아버지한테 자식의 앞날을 부탁해야 하는 입장이 된 것이다. 진식이 아버지는 작업복 차림인데도 당당했다. 이래서 부모의 위세는 자식의 꼴과 비례한다는 말도 생겼는지 모른다.

지랄탄 담임은 진식이 아버지를 보자 두 손을 비벼댔다.

"진식이가 반장이라 도움을 많이 받는데, 이런 일로 아버님 도움까지 또 받아야 되니 그저 죄송할 뿐입니다."

진식이 아버지는 그런 말에 일일이 대꾸를 달지 않고 바로 대기실로 가서 형근이와 준표를 만났다.

"니들, 자주 본다. 근데 왜 여기 있어?"

형근이와 준표는 진식이 아버지가 부드럽게 한마디 물었는데도 주눅이 들어 대꾸를 할 수가 없었다.

"그렇게도 콩밥이 먹고 싶었던 거야? 엉!"

형근이와 준표뿐만 아니라 대기실에 있던 오토바이족들도 고개를 못 쳐들었다. 오토바이족들은 노래방에서 이미 진식이 아버지한테 한 번 당한 일이 있건만 그 일은 아무도 기억하지 못했다.

"이놈들, 부모 속 좀 어지간히 썩혀라! 니 놈들 같은 자식만 있으면 부모가 어디 살아갈 수 있겠냐?"

형근이 아버지가 고개를 끄덕였다.

진식이 아버지가 형사실로 들어갔다. 형근이 아버지는 초조한 마음을 달래기 위해 밖으로 나가 담배를 꺼내 물었다. 지랄탄 담임이 따라 나가 손을 내밀었다. 형근이 아버지가 말없이 담배 한 개비를 건네주었다.

한참 지나서야 형사와 함께 진식이 아버지가 대기실로 들어왔다. 형근이 아버지와 지랄탄 담임이 진식이 아버지한테 초조한 눈빛을 보냈다. 아이들은 전부 다 휴대전화에 코를 박고 딴전을 부리고 있었다. 그런 아이들을 보고 진식이 아버지가 호통을 쳤다.

"이놈들! 뭐 하고 있어? 전화기 안에 니들 할애비라도 들어가 있냐? 진짜 콩밥 먹어야 정신 차리겠구만!"

아이들은 그제야 전화기에서 눈을 떼고 진식이 아버지를 쳐다보았다. 형사가 조서를 들고 설명을 했다.

"니들이 한 짓은 딱 구속감이다. 그런데 초범인 데다 우리 광남 경찰서 청소년 선도위원까지 오셔서 선처를 호소하기에 불구속으로 재판받게 해준다. 그러나 재판을 성실하게 받지 않으면 바로 구속될 수 있으니까 앞으로 착실하게 생활하면서 재판도 성실히 받도록! 너희들은 앞으로 선도위원의 선도를 잘 받아 이런 불미스런 일로 두 번 다시 경찰서에 오는 일이 없도록 해야 한다."

아이들은 별로 느낌이 없는지 별다른 내색을 하지 않았다. 그러나 형근이 아버지는 가슴을 쓸어내렸다.

형사가 형근이 아버지에게 일장 연설을 했다. 아이 단속을 잘 하라는 내용이었다. 형근이 아버지는 가슴에 불이 났지만 "예, 예" 하며 듣고 있을 수밖에 없었다. 형사는 이어 지랄탄 담임에게 당부 말씀을 했다.

"아이들이 다시 경찰서로 오는 일 없도록 학교에서 선도를 잘 해주시기 바랍니다. 그러잖아도 경찰은 너무 바쁩니다. 학교 폭력 일은 학교에서 해결되도록 부탁합니다."

"요즘 학교도 얼마나 정신이 없는데……. 선생들이 이런 지랄 같은 불량배들까지 돌볼 틈이 있나요……."

지랄탄 담임이 대기실 바닥에 찍 소리가 나게 침을 내갈겼다.

귀인을 만나다

은빈이는 현우와 입맞춤을 한 뒤로도 아무런 일 없다는 듯이 주유소 편의점 아르바이트 일을 했다. 사실 아무 일이 없기도 했다. 입 맞춘 일이 천지개벽도 아닐진대 무슨 일이 일어나기야 하겠는가. 학교에서고 주유소에서고 주변의 누구도 두 사람의 관계에 대해 이러쿵저러쿵하지 않았다. 입술에 무슨 표시가 나는 것도 아닌데 남이 알 턱이 없고, 스스로 둘만의 일을 떠벌리지 않는 한 누가 알겠는가마는…….

버섯즙 패거리와 오토바이족들의 패악질이 끝난 뒤엔 주유소에 위협이 되는 일도 일어나지 않았다.

진식이를 만나고 현우를 만난 일 모두가 예삿일 같지 않았다. 이런 걸 일컬어 운명이라 하는 건지……. 다른 여자애들이 진식이에게 열광하는 이유와 같이 은빈이가 보기에도 진식이는 남자답게 생겼다. 진식이가 현우보다는 여러 모로 더 완벽해 보이는 것이다. 그런데도 은빈이는 현우에게 마음이 더 쏠린다. 자신도 짐작하지 못한 일이었다. 아마도 현우의 가냘픈 몸매가 은빈이 자신 속 어딘가에 숨어 있는 모성을 자극해서 그런지도 모른다.

진식이는 현우를 알기 훨씬 전부터 알았다. 그렇지만 은빈이는 진식이에겐 별다른 관심이 가지 않았다. 어려서 태권도 도장에 다닐 때 엉겹결에 입을 맞추긴 했지만 그때는 그야말로 장난 수준이었다. 우습게도 어떤 때는 진식이가 현우를 빼앗아갈까 봐 그게 걱정된다. 물론 현우는 진식이가 있어 여러 가지 면에서 치이지 않고 살 수 있는 것도 사실이다. 그렇지만 진식이에게 현우를 빼앗기고 싶지는 않다.

오리 식당이 뒤집어져 아버지 퇴직금이 날아가긴 했지만 점차 집안도 그럭저럭 돌아가게 되었다. 예전처럼 넉넉한 살림을 살진 못하지만 그래도 이만하면 만족스러웠다. 집안이 어려워지지 않았다면 자신도 어쩌면 더 철딱서니 없이, 아무런 개념 없이 살았을지도 모른다. 집안이 어려워지면서 자신도 모르게 부쩍 자란 느낌이 들었다. 진학에서든 진로에서든, 아니 무엇보다도 청춘사업에서!

은빈이는 이제 변하지 않을 목표를 정했다. 일반대학 대신 기능대학이라는 데로 진학하여 전자 기사 자격증을 딴 뒤 전자 제품을 척척 고치는 일을 하고 싶어진 것이다. 그래서 허파에 바람 든 아이들처럼 들뜨지 않고 차분히 생활을 할 수 있었다. 기능대학은 전국의 여러 곳에 있는 데다 아이들 누구도 눈독을 들이지 않는 2년제 전문대 과정이라 입학이 그리 어려운 일도 아니다. 고등학교만 착실히 다니고 나면 그냥 들어갈 수 있다. 은빈이는 기능대학이 마치 자신을 위해서 존재하는 것처럼 여겨졌다.

현우는 오래 전부터 기능대학을 생각하고 있었다. 광남 종고의 전자과를 다니고 있지만 기능대학에선 자동차과를 다닐 생각이다. 고등학교에 진학할 땐 휴대전화 기술자가 되고 싶어 전자과를 택했다. 그러나 전자과에서 정보 기기니, 전자 측정이니, 전자회로니 하는 것들을 공부하다 보니 욕심이 생겼다. 어느 기계든 전자장치가 안 들어가는 게 없었다. 특히 자동차는 이제 전자장치 없이는 만들 수가 없다. 그러니 어쩌면 전자와 자동차가 찰떡궁합인지도 몰랐다. 더구나 은빈이가 전자를 공부하고 싶어 하니 더더욱 금상첨화로 꿈만 같은 일이 아닐 수 없다.

현우는 은빈이와 나중에 기능대학을 같이 다닐 걸 생각하면 생각만으로도 힘이 절로 났다. 주유소 일이 힘들고, 주유소에서 숙식을 해결하며 학교 다니는 일이 벅차지만, 꿈이 있어 무거운 현실도 무겁지 않게 느껴졌다. 고마운 일이었다. 자신이 이만큼 꿈을 키우며 살 수 있는 게 어쩌면 다 진식이 덕인지도 몰랐다. 진식이가 진실로 고맙다. 공부도 잘하고 인물도 훤한 진식이가 뭐가 부족해서 자신 같은 애를 지켜주겠는가. 아버지 대부터 이어진 우정이 고맙기만 했다. 행운이 있다면 이런 게 행운일 것이다.

"현우야, 주유소 일 힘들면 그만두고 학교만 다니도록 해라."

주말에 집에 들를 때마다 아버지가 걱정스레 하는 말이다.

"아녜요. 이젠 일이 몸에 붙어서 힘든 줄 몰라요."

"남들은 학교 다니는 것만도 힘들다고 난린데, 너는……."

어머니는 현우가 빨랫감을 내놓을 때마다 안쓰러워 끝내 눈물을 떨어뜨리지만, 현우는 정말로 힘든 줄을 몰랐다.

"그런 걱정 마세요. 제가 고등학교 마치고 대학까지 마친 뒤 기술자 되면 진짜로 효도할게요!"

"지금도 효도를 너무 하고 있어 걱정이다……. 요즘 세상에 현우 너 같은 자식이 어디 있다냐."

아버지와 어머니는 현우가 대견스럽기도 하고 짠하기도 했다.

"부모 잘못 만나서……."

아버지는 끝내 부모 잘못 만나서 현우가 고생하는 거라며 자책을 했다.

"그런 말씀 마세요. 이만하면 부모 잘 만난 거예요! 우리 아버지 어머니 같은 사람이 세상에 어디 있어요!"

"그렇게 말해주니 고맙긴 하다만……."

현우는 정말 부모를 잘 만났다는 생각이 들었다. 이런 집안 환경이 아니었으면 어떻게 진식이를 만나고 은빈이를 만났겠는가.

이대로 쭉, 그냥 다른 일 없이 지나갔으면 하는 바람이었다. 주유소에서 아르바이트 하고, 고등학교 졸업하고, 기능대학에 진학하고, 진식이와 계속 좋은 친구가 되고, 은빈이하고도 앞날을 같이 설계하고…….

버섯즙 패거리들은 학교와 경찰의 감시의 눈을 피할 수 없게 되었다. 비록 초범이고 학생이라는 신분을 감안하여 구속되지 않고 기소유예 처분을 받아 훈방 조처되었지만, 조직은 그것만으로도 타격이었다. 어쩌면 조직이라고 할 것도 없었다. 그러나 학교 폭력 어쩌구저쩌구하며 실체보다 조직의 규모가 훨씬 커져버렸다. 무엇보다도 오토바이족을 시켜 야간에 학교 컴퓨터 도둑을 시키고 주유소 기름을 강탈하고 은빈이까지 납치하게 한 일은 자칫 특수 강도질이 될 뻔한 사안이었다. 같은 강도질 폭력이라도 해가 진 야간에 하면 죄가 더 가중되어 죄명 앞에 '특수' 자가 붙는다고 했다.

특수 자가 붙는 죄명을 달았음에도 진식이 아버지가 책임지고 선도하기로 하고, 학교에서도 선처를 바라는 진정서를 내고, 피해자인 현우와 은빈이도 처벌을 바라지 않는다고 합의해주어 좋게 마무리되었다.

"에이, 씨부럴. 내가 이제 구두 수선 일까지 해야 하네!"

진식이 아버지 밑에서 봉사 일을 하게 된 형근이가 투덜댔다. 형근이는 병원으로 다시 돌아갔다가 퇴원 조치한 뒤 통원 치료를 했다. 병원 다니는 일이 끝나자마자 바로 진식이 아버지한테 선도를 받게 된 형근이는 죽을 맛이었다. 1주일에 한 번씩 학교 끝나면 바로 진식이 아버지 구두 가게로 가서 구두 통을 받아 메고 읍 변두리에 있는 어린이 보육 시설로 가서 신발 고치는 일을 해야 한다. 물론 진식이 아버지가 같이 가는 터라 꾀를 부릴 수도 없고 성질을 부릴 수도 없다. 아이들 신발과 직원들 신발 떨어진 곳에 접착제를 발라 때우기도 하고 못질을 해서 밑창을 바로잡기도 했다.

이런 형근이를 보고 진식이 아버지는 진짜로 기특해서 그런지 칭찬하는 소리까지 여러 차례 했다.

"형근이 너 이 녀석, 이제 보니까 구두 수선하는 게 체질이구나. 구두 가게 물려받아도 잘하겠다. 아주 타고났어! 왜 자꾸 만나게 되는가 궁금했는데, 내 기술 전수받고 싶어 그랬구나!"

진식이 아버지가 짐짓 너스레를 떨었지만, 그때마다 형근이는 마뜩치 않아 입을 쭉 내밀었다.

"요새 아이들치고 이런 일을 좋아할 사람이 누가 있어요?"

"나는 좋아서 하고?"

"아저씨는 직업이잖아요."

"그럼 너도 직업 삼아 해봐. 착하게 살려면 누구나 직업이 있어야 해. 직업은 남이 안 하는 걸 해야 진짜 자기 직업이 되는 거야. 주먹 쓰는 일은 직업이 아니야! 그 길로 나가면 잘해야 살인미수, 아니, 살인자 된다!"

형근이는 진식이 아버지가 자신의 지난 일을 떠올리게 하는 '착하게 살려면'이랄지 '살인미수나 살인자'라는 말이 이제는 목엣가시처럼 걸리지는 않았다. 그런 말보다는 자신의 주먹이 보잘것없이만 느껴지는 게 더 불만이었다.

　"주먹이나 제대로 써보기나 해봤나요. 주먹도 진식이 것 정도는 돼야 써보든 말든 할 텐데⋯⋯."

　형근이가 진식이 아버지 눈치를 보며 진식이 주먹을 들먹였다.

　"진식이 주먹이 그렇게 쎄냐?"

　진식이 아버지가 시침을 뚝 떼고 물었다.

　"쎈지 어쩐지는 제대로 맞아보지 않아 모르지만, 보기만 해도 소름이 끼쳐요!"

　"소름이 끼친다고?"

　"예."

　진식이 아버지가 껄껄 웃으며 자신의 주먹을 형근이 코앞에 내밀었다.

　"이건?"

　"으악! 그 아들에 그 아버지예요!"

　"그래, 이런 주먹을 사람 패는 데 쓰면 흉기가 되는 거지. 얼마나 좋으냐? 이런 좋은 데에 쓰니까!"

　형근이는 더 할 말이 없었다. 자신의 주먹은 진식이 부자의 것하곤 비교도 되지 않는다. 그래도 한때는 주먹으로 먹고 살고 싶었다. 그런데 이제 그 꿈은 접어야 할지 모른다. 강적을 만나도 너무나 센 강적을 만났다. 진식이 아버지 말마따나 '살인미수자, 아니 살인자'가 되지 않으려면 '착하게' 사는 수밖에.

준표는 다른 버섯즙 패거리들과 함께 '광남 종고 선행 봉사단'이라는 어깨띠를 가슴에 비스듬히 매고서 1주일에 한 번 양로원에 가서 청소를 하는 봉사를 해야 했다.

"집에서도 안 하는 청소를 여기선 화장실까지 해야 하다니, 지랄이야!"

아이들은 어느새 지랄탄 담임의 말투를 흉내 내고 있었다. 아닌 게 아니라 '지랄' 같은 일이었다. 제 방 청소도 잘 안 하는 아이들이 어쩌다 양로원 청소 일을 하게 되었는지……. 지랄 소리가 나올 만했다.

"나는 이게 더 쪽팔려!"

버섯즙 패거리 가운데 한 아이가 가슴을 가로지르고 있는 '광남 종고 선행 봉사단' 띠를 벗으며 고개를 저었다.

준표가 입을 삐쭉 내밀며 비아냥거렸다.

"그게 뭐가 어때서? 선행 봉사해라, 선행 봉사! 봉사 점수 팍팍 따야 소년원 안 가지! 형근이 자식 때문에 이게 뭐야? 착하게 산다는 각서에 이름 박아 넣더니 우리까지 선행 봉사하게 만들어!"

아이들은 다 형근이를 원망하며 '지랄지랄'해댔다. 그러나 이미 엎질러진 물이었다. 다시 쓸어 담을 수 없다. 그냥 시간이 흘러가기를 바랄 뿐이었다.

"거꾸로 매달려 있어도 법무부 시계는 돈다! 이제 몇 번 남았냐?"

아이들은 벌써부터 봉사 횟수를 따지며 남은 일정을 헤아려보았다.

그새 병원에 있던 윤석이도 퇴원을 했다. 출석 일수가 아슬아슬했지만 그럭저럭 2학년은 마칠 수 있을 것 같았다. 어쩌면 지랄탄 담임이 나름대로 머리를 굴린 덕분인지도 모른다. 형근이나 준표랑 한 교실에서 보내야 한다는 게 좀 압박으로 작용했지만 그들도 예전처럼 거칠게 굴지 못했다. 게다가 전자과의 보안관, 아니 람보인 진식이가 딱 버티고 있어 아무도 설치지 못했다. 게다가 버섯즙 패거리들은 한 번만 더 패악질을 떨었다간 진짜로 소년원에 갈지도 몰랐다. 그들도 소년원은 가고 싶지 않은 모양이었다. 그래서 예전처럼 천방지축으로 굴지 않았다. 그들은 입버릇처럼 '거꾸로 매달려 있어도 법무부 시계는 돈다'를 되뇌었다. 어지간히도 소년원이 가기는 싫은 모양이었다. 하긴 누가 소년원 같은 데를 가고 싶겠는가. 그냥 객기에 들떠 설치다 실수를 하면 그런 데로 끌려들어가는 것이지.

현우는 열심히 기름 총을 쏜 뒤 약간 짬이 나자 주유 손님들이 버리라고 건네준 차 안의 신문지를 손에 들고 펼쳤다. 쓰레기통에 넣으려다 신문 지면에서 오늘의 운세가 눈에 띄어 무심코 들여다본 것이다.

'귀인을 만나다.'

자신의 띠를 찾아 나이 옆을 보는 순간 눈에 탁 들어온 구절이다.

'그래 귀인을 만났지…… 진식이, 은빈이…….'

은빈이가 몹시 보고팠다. 편의점 쪽을 바라보았다. 그러나 은빈이는 아직 학교에서 오지 않았다. 때를 맞춘 듯 천장 스피커에서 〈백만 송이 장미〉가 울려 퍼졌다. 이 노래를 처음 들은 날 얼마나 가슴이 뛰었던가.

그녀의 창문 밖에서 새벽부터 기다린다네

그의 남은 모든 인생을 백만 송이 장미와 바꾼 채

세상은 그의 사랑을 모두 다 비웃었지만

그녀의 미소를 보며 온 세상을 모두 다 얻었네

백만 송이 백만 송이 백만 송이 장미를

그대에게 그대에게 그대에게 드리리

그녀의 창문 밖은 아니지만, 비록 주유소 마당이지만 학교 끝나고 내내 은빈이를 기다린다. 어쩌면 백만 송이 장미보다 더한 것과 바꾼 것인지도 모른다. 아무도 둘의 사랑을 비웃지도 않았지만, 은빈이의 미소를 보면 어떤 비웃음도 다 씻어버릴 수 있을 것 같았다. 은빈이에게 자신의 미래를 다 주고 싶다. 그깟 장미 백만 송이가 대수냐!

백만 송이 장미 노래가 잦아지자 현우는 진식이를 떠올렸다. 진식이는 무엇이든 잘했지만 다른 무엇보다도 일단 공부를 잘한다. 자신은 그다지 공부를 한다는 수준이 아니어서 애초에 기술을 배우려 했지만 진식이는 공부 쪽으로 나가야 할 것 같았다. 서울 아이들은 공부를 억지로 해서 성적을 어느 정도 내지만 진식이는 힘안 들이고도 좋은 성적을 낸다. 그렇다고 진식이가 과외를 하거나학원을 다니는 것도 아니다. 어찌 보면 진식이야말로 진정한 공부선수인지도 모른다.

고등학교 졸업생 대부분이 대학을 가는 현실이라 특별한 재주가 있다면 대학을 굳이 안 가는 게 차라리 그럴싸해 보이기도 할것이다. 그러나 자신은 특별한 재주가 없다. 무엇이든 남다르게하는 게 아무것도 없다. 그렇다고 공부에 매달리는 성질도 아니다. 그래서 기능대학에 가서 자동차 정비 같은 것을 배우고 싶었다. 주유소 일을 하며 보니 뜻밖에도 자신이 자동차의 종류 같은걸 쉽게 알아본다는 걸 알게 된 것이다. 현우는 기능대학에 은빈이랑 같이 다닐 것을 생각하니 기운이 쑥쑥 솟았다.

그러나 진식이는 좋은 재주를 묵히기 아깝다. 어떡하든 일반대학의 경찰학과나 경찰대학에 가야 한다. 진식이 본인은 전자 제품같은 걸 수리하는 기사가 되어 회사에 다니면 그만이라지만, 현우가 보기에 진식이는 경찰관이 되면 좋을 것 같았다. 진식이는 남

다른 공부 재주를 지녔다. 남보다 큰 덩치도 지녔다. 아, 그리고 무엇보다도 정의감을 지니고 있다! 그런 진식이에게 어울리는 직업은 경찰관이다. 진식이는 경찰관이 되면 좋은 경찰관이 될 것이다. 머리로나 육감으로나 정의감으로나! 모르긴 몰라도 진식이 같은 애가 경찰관이 되면 대한민국의 경찰 수준이 한결 높아질 것이다. 유행하는 말로 경찰의 수준이 '업그레이드'될 것이다. 생각만으로도 신나는 일이었다.

현우는 자신이 진식이의 진로까지 생각을 하는 게 우스웠다. 언제나 진식이가 형 같고 자신은 동생 같았다. 그런데 진식이도 모르는 일을 지금 자신이 생각하고 있는 것이다. 자신이 지금 진식이에게도 '귀인'이 되고 싶어 그런지도 모른다. 물론 은빈이에게도 '귀인'이 될 것이다. 그러기 위해선 무엇보다도 스스로 '귀인'이 되어야 하리라!

해설

『불량청춘 목록』
그 겉과 속

박경장 (문학평론가)

1. 불량청춘을 생산한 불량사회

　박상륭의『불량청춘 목록』을 읽고 자연스럽게 지난 4월 말 출간
된『불량사회와 그 적들』이라는 책이 떠올랐다. 한눈에 봐도 칼 포
퍼의『열린 사회와 그 적들』에서 패러디 형식으로 책 제목을 따 왔
다는 것을 알 수 있는 책이다. 이 책은 2010년 7월부터 2011년 3
월까지 인터넷 언론 〈프레시안〉을 통해 기획되고 진행되었던 인
터뷰와 좌담들을 모아 편집한 것이다. 이 책에서 자신들을 '불량
사회의 적들'이라고 명명한 열세 명의 인터뷰어가 각자의 관심 분
야에서 본 현재 우리 사회의 '불량 목록'과 그에 대한 대안을 제시
하고 있다. 이 책의 역자는 서문에서 우리 사회 불량 목록에서 공
통점을 찾아내 현재 한국 사회를 '불신(不信), 불안(不安), 불통
(不通)'이라는 삼불(三不) 사회로 요약해놓고 있다. 박상륭의 소

설과 『불량사회와 그 적들』 사이에 어떤 연관성이 떠오른 이유는 무엇보다 두 책 제목 머리에 똑같이 붙은 '불량'이라는 단어 때문이었을 것이다. 하지만 두 책 사이의 연관성에 대해 보다 더 숙고한 뒤에 나는 각기 불량 뒤에 붙은 '청춘과 사회' 사이의 어떤 내밀한 인과관계를 추론할 수 있었다. 그리고 '불량청춘' 목록에서 '불량사회'의 적들을 발견할 수 있었다.

흔히들 십대 청춘을 '보호와 자립' 사이에 어중간하게 걸쳐 있는 '경계인'이라 한다. 부모의 전적인 보호 아래 있는 아이도 아니고 완전히 자립한 사회인도 아닌 경계인. 어느 한쪽에도 확실히 속해 있지 못해 자연히 심리적으로 불안을 느낄 수밖에 없는 청춘. 그래서 동서고금을 막론하고 모든 청춘들은 심리적 불안이라는 '청춘 병'을 앓아왔다. 흔히 '성장통'이라는 것도 바로 이런 청춘 병을 앓는 데 따른 아픔을 말한다. 하지만 부모의 보호 경계를 벗어나 사회인으로 자립하는 '나'로 성장하기 위해 잠시 앓아야 하는 성장통은 이를테면 일종의 '백신'일 수 있다. 같은 것으로 같은 것을 치료한다는 '동종 요법' 치료 원리를 적용해 만든 예방 백신 말이다. 그러니까 성장통은 청춘 병보다 훨씬 독한 '성인 병'을 극복할 면역 항체를 만들기 위해 미리 약하게 앓는 백신이라 할 수 있다는 말이다.

하지만 불량사회에서 청춘이 맞아야 할 성장통 백신의 원료는 당연히 불량사회의 '성인 병원균'이 되는 셈이다. 여기서 굳이 성인 병이라고 한 이유는 편의상 청춘 병에 대한 비유적 상대 개념으로 붙인 것일 뿐 특정한 신체 질병을 의미하는 건 아니다. 다만 성인이라는 신분 변화에 따른 책임감으로 인해 겪게 되는 심리적 불안감 같은 것을 의미하려고 쓴 것이다. 이 심리적 불안감이라는 '병'은 청춘이든 성인이든 인생의 각 단계에서 겪는 보편적 질병이며 동시에 어떤 특정한 시대와 공간에서 특수하게 나타나는 '사회 질병'이기도 하다. '불량'이 수식하는 '청춘과 사회' 사이에서 내밀한 인과관계를 추론해낸 것은 바로 이 사회 질병이라는 연결고리 때문이다. 다시 말해 '불량사회'에서는 '불량청춘'을 생산할 수밖에 없고 '불량청춘 목록'은 '불량사회 목록'일 수밖에 없다는 사회질병학적 인과관계 말이다. 그러니 불량사회 시민으로 살아남기 위해 청춘이 성장통으로 미리 맞아야 할 백신도 소량의 '불량사회 성인 병원균'일 수밖에 없다.

『불량사회와 그 적들』에서 도정일은 한국 사회가 네 가지 질병 바이러스에 감염돼 있다고 진단하고 있다. 그 네 가지 바이러스란 약자 도태, 승자 독식의 '밀림주의 바이러스, 시장만능주의 바이러스, 쾌락지상주의 바이러스, 착각 바이러스'이다. 그는 이 네 가지 바이러스가 '사유의 정지' 상태를 유발해 이십대를 비롯한 한국 사회의 구성원 전체를 '좀비'로 만들고 있다고 했다. 이어서 김두식은 좀비를 만드는 우리 불량사회 시스템 중 가장 대표적인 게 바로 '교육 시스템'이라고 지적한다. 우리 교육의 현장을 돌아보면 이 불량사회의 두 적이 한 말은 조금도 틀린 말이 아니다. 우리 대학은 이미 취업 준비를 위한 직업훈련소로, 그리고 중·고등학교는 대학 입시를 위한 대형 학원으로 전락한 지 오래다. 어쩌면 불량사회에서는 당연한 결과일 것이다. 제도로서 학교는 각 시대 사회가 요구하는 시민을 양성하는 공공 교육기관이기 때문이다. 승자독식의 무한 경쟁 불량사회에서 살아남으려면 중·고등학교 때부터 좋은 대학에 가려고 기를 써서 반에서 일이등은 해야 하고, 대학에 들어가서는 전공에 상관없이 4년 동안 취업에 유리한 갖가지 스펙을 쌓아야 한다. 그래도 청년 실업을 면하기 쉽지 않은 게 현재 우리 불량사회이다. 학생뿐만이 아니다. 이미 대학도 갖가지 서열이 매겨져 승자 독식의 시장만능주의 바이러스에 감염된 지 오래다. 학교는 모름지기 진리 탐구와 학문 연구의 전당이라는 상아탑 정신을 외치다간 학교 또한 언제 '학교 시장'에서 도태될지 모른다. 그러니 불량사회에 적응할 수 있는 인재를 양성하는 학교 또한 불량학교가 될 수밖에 없고, 그 안에서 성장하는 청춘은 불량청춘일 수밖에 없다. 그러니 불량학교에서 불량청춘의 영혼과 정신에 주입하는 성장통 백신은 다름 아닌 '사회 질병 바이러스'일 수밖에 없다는 것이다. 이것이 내가 두 책에서 찾아낸 불량사회와 불량청춘 사이의 '사회질병학적 인과관계'이다.

2. 불량사회 바이러스에 감염된 불량청춘

『불량청춘 목록』의 플롯은 크게 두 갈래 갈등으로 짜여 있다. 하나는 진식과 형근을 비롯한 버섯즙 패거리 사이에서 일어나는 외부 갈등이고, 다른 하나는 진식이 혼자 겪는 내부 갈등이다. 이 두 갈래 갈등은 이야기의 '겉과 속'처럼 서로 역동적으로 얽혀져 흘러간다. 이야기의 겉은 외부 갈등으로 빚어지는 사건들로 속도감 있게 흘러가고, 이야기의 속은 외부 갈등으로 빚어진 사건의 배후를 성찰하는 심리 묘사로 가라앉는다. 이야기가 겉과 속으로 흘렀다가 멈추고, 드러내다 감추는 것처럼, 이 소설의 불량청춘 목록에도 불량의 겉과 속이 있다. 드러나는 '겉불량'과 감춰진 '속불량' 사이의 갈등 목록이야말로 이 소설의 참 '플롯 목록'이다.

이 소설에서 겉으로 드러나는 불량청춘 목록은 형근과 그가 조직한 버섯즙 패거리들이 벌이는 불량 목록이다. 형근은 자신의 인생 목표를 '돈 아니면 주먹'으로 일찌감치 정해놓은 버섯즙 패거리의 '짱'이다. 실업계 학교를 다니지만 어차피 공부하고는 멀어 전자기사 따는 것은 글렀으니 졸업장이나 따면 다행이고, 집에서도 불량학생으로 내놓은 자식이라며 형근은 자기 스스로를 불량청춘으로 간주한다. 그러니 성인이 되어 먹고 살기 위해 그가 할 수 있는 방법은 자신의 타고난 몸에 의존하는 것, 즉 '주먹'밖에 없다고 생각한다. 그 준비 과정으로 학교 안에선 버섯즙 패거리를 만들고, 학교 밖에선 오토바이족들과 교류를 가지며 조무래기들의 짱 노릇을 하려는 것이다. 한마디로 형근은 '돈과 권력을 위한, 돈과 권력에 의한, 돈과 권력의 사회'라는 우리 불량사회의 밀림 시장만능주의 바이러스에 감염된 대표적인 불량청춘이다. 실업 학교임에도 불구하고 대학 진학반 위주로 운영되고 전공 이외에 기본적인 인성 교육이나 개성을 살리는 다양한 인문교육은 애초 부터 실종된 학교, 사랑의 매는 오간 데 없고 학생을 범죄자로 단정하는, 참스승이 사라진 교실, 자식을 이용해 돈이나 뜯어내려고 하는 아버지. 형근은 사제와 부자 간의 불신과 불통 그리고 살아갈 앞날에 대한 불안으로 특징지어지는 삼불 불량사회 어느 곳에서나 필연적으로 등장할 수밖에 없는 우리 사회의 불량청춘인 것이다.

학교가 각자의 개성과 소질을 인정하고, 그들이 그것을 발휘하며 자신의 존재감을 확인하고 건강하게 성장할 수 있도록 하는 청춘의 장으로서의 제 역할을 하지 못할 때, 교실 안에 갇힌 청춘은 자신의 존재감을 찾으려고 발버둥치기 마련이다. 그중 가장 원초적인 방법이 바로 '튀는 것'이다. 그것은 성적 서열이라는 경쟁 규칙에서 승리해 튀는 것이 아니다. 그런 방식으로 자신의 존재감을 확인할 수 있는 청춘은 어차피 극소수일 뿐이다. 적어도 우리 학교 교실에서는 나머지 대대수의 청춘이 자신의 존재감을 발견하기란 힘들다. 그래서 그냥 조용히 좀비처럼 순응하고 기죽은 청춘을 보낸다. 그러나 그 대대수 중에도 좀비처럼 순응하기를 거부하는 소수의 청춘이 있게 마련이다. 그들이 자신의 존재감을 확인하기 위해 선택한 방식이 바로 튀는 것이다. 그것도 아주 묘한 쪽으로 불량하게. 이것이 형근과 버섯즙 패거리들이 자신의 존재감을 드러내고 확인하는 방식이다. 그리고 반장인 진식과 부딪치는 지점이고 갈등이다. 이 갈등의 연속이 사건으로 이어지고 『불량청춘 목록』 이야기의 '겉'을 이룬다.

3. 『불량청춘 목록』의 겉과 속

형근이 튀는 방식으로 선택한 것은 '주먹'이다. 그 주먹에 의지해 형근은 묘한 쪽으로 불량하게 튀어온 버섯즙 패거리들의 짱이 된다. 미리부터 새끼 어깨가 되어 새끼 주먹계부터 평정해야 나중에 광남 읍에서 한 주름 잡고 살 수 있다는 것이 형근이 세운 불량 사회에서의 생존 전략이다. 그런데 번번이 진식 때문에 형근이 세운 전략은 어긋나고 만다. 진식은 반장일 뿐만 아니라 형근의 주먹으로도 도무지 어찌해볼 수 없는 주먹 중의 주먹이기 때문이다. 새끼든 어른이든 주먹 세계에서 2인자의 자리는 없다. 그야말로 승자 독식의 밀림 사회 법칙이 엄격하게 적용되는 대표적인 불량세계인 것이다. 그래서 형근은 그의 조무래기들을 동원해 죽기

살기로 진식의 주먹에 도전한다. 그것도 아주 치사하고 불량한 방법으로. 이런 치사한 방법으로 일관하는 형근의 주먹 도전사와 진식의 주먹 응징사가 이 소설의 이야기 뼈대를 이루는 불량청춘의 '겉목록'이다.

그렇다면 불량청춘의 '속목록'은 무엇일까? 그건 형근의 도전에 대한 진식의 주먹 응징사 뒤에 감춰진 '속불량청춘 목록'이다. 이 목록은 이미 진식이 자신의 몸속에까지 퍼졌다고 생각하는 불량 바이러스에 대한 성찰과 극복 의지 목록이다. 겉으로만 보면 진식은 담임선생으로부터 "잘 둔 반장 하나 열 담임 안 부럽다"는 칭찬을 한 몸에 받는 잘나가는 모범청춘이다. 공부 잘하지, 더구나 남들이 무술이라고 하는 운동도 잘하지, 그야말로 '짱 중의 짱'이다. 하지만 그건 진식의 겉모습일 뿐이다. 진식은 속으로는 자신을 '괴물'이라고 생각한다. "뭔가 손에 잡히기만 하면 반 죽여놓고 싶고" 심지어 "자신까지도 죽여버리고 싶다"는 덩치 큰 '강박증에 걸린 괴물'. 그에게 대충이란 없다. "다 무겁고, 다 바로잡아야 하고, 다 깨끗해야 한다. 하지만 누구보다도 시원히 다 날려버리고 싶"어 한다. 그런데 그게 잘 안 돼 편집증에 걸린 사람처럼 진식은 끊임없이 손을 씻고 또 씻는다. 자신의 불량기가 "손안에 들어 있는 것 같다"고 생각하기 때문이다. 불량청춘들의 불량기 가득한 손을 가만두고 볼 수 없는 진식의 손은, 주먹 쥐면 솥뚜껑 같은, 그야말로 흉기나 다름없는 손이다. 그 흉기를 제어하지 못하면 그 또한 형근과 버섯즙 패거리와 다를 바 없는 살인미수자다. 이런 겉으로 드러나지 않는 진식의 불량기에 대한 갈등과 성찰이 이 소설의 속불량 목록이다. 이 속 목록이 없었다면 이 소설은 진식의 화려한 무용담만 남아 영화 〈말죽거리 잔혹사〉의 아류나 청춘 무협지가 돼버렸을지도 모를 것이다.

흉기 같은 주먹을 갖고 있는 게 불만인 진식과 그런 흉기 같은 주먹을 갖는 게 소원인 형근. 튀어야 살 수 있다는 형근과 튀지 않으려 발버둥치는 진식. 겉으로 드러난 불량과 속으로 감추어진 불량기. 이렇게 불량의 겉과 속, 양 극단에서 청춘 병을 앓고 있는 형근과 진식은 모두 우리 불량사회가 만들어놓은 '짱' 숭배 문화의 희생양들이다. '몸짱', '얼굴짱'으로 대표되는 수많은 짱들은 승자독식 밀림주의가 시장 만능 소비주의와 결탁해 만든 불량사회의 '헛' 이미지들이다. 이 허깨비 '짱' 이미지를 거의 종교적 열망으로 숭배하고 상품화된 이미지를 소비하는 불량사회 소비 대중은 도정일의 말에 따르면 사유가 정지된 '순응 좀비'다. 자신이 좀비인 줄도 모르고 살아가는, 착각 바이러스에 감염된 불량시민인 것이다. 그래서 자신에게 들씌워진 '짱'이라는 껍데기를 벗어버리려는 진식의 노력은 불량사회의 좀비가 되지 않으려는 처절한 몸부림인 것이다. 튀어야 살 수 있는 불량사회에서 그냥 함께 있으면 편안해지는 평범한 사람이 되려는 진식은 불량사회의 가치관으로 보면 불량한, 아주 불량한 '불량사회의 적'이다.

4. 불량사회의 적들

이 소설을 약한 사람이 어려움에 처할 때마다 람보나 스파이더맨 같은 영웅들이 짠 하고 나타나 해결해주는 청춘 액션 스토리쯤으로 보면 안 된다. 진식의 활약상에서 짱 대리 만족 카타르시스를 느끼는 것으로 이 소설 읽기를 그친다면 독자 자신도 불량사회 바이러스에 감염된 것은 아닌지, 밀림 시장만능주의가 조장한 껍데기뿐인 짱 이미지를 넋 놓고 숭배하는 좀비가 된 건 아닌지 의심해봐야 한다. 진식의 진짜 싸움은 씻어도 씻어도 다시 들러붙는 은폐된 속불량과의 싸움이다. 그 싸움에서 람보처럼 저 혼자 모든 불의를 바로잡아야 한다는, 그것도 주먹으로 날려버려야 한다는 불량사회 '짱 멘탈리티' 바이러스와의 투쟁을 읽어내야 한다. 튀어야 산다는 억지 거짓 개성을 조장하는 불량 소비 사회와의 싸움으로 그 의미를 확장해 읽어낼 수 있어야 한다. 그래야 불량사회와 벌이는 진짜 싸움은 주먹이 아니라 반성과 성찰로 하는 것이라는 이 소설의 메시지를 읽어낼 수 있다. 그리고 진식이 제 속의 불량기를 더 이상 견딜 수 없어 학교를 나와 무작정 떠난 바다에서 맞닥뜨리게 된 불량한 자신과 한판 붙는 싸움이 진짜 싸움이며 이 소설의 클라이맥스란 것도 발견할 수 있다. 제 속으로 깊이 파고 들어가 '시적 사유'로 벌이는 싸움이란 것도.

　진식이 바다를 보며 자신과 벌이는 싸움은 마치 그리스 신화의 프로테우스(Proteus)와 벌이는 싸움을 연상케 한다. 프로테우스는 변신의 천재로 예언의 능력을 지닌 바다의 신이다. 자신의 미래를 알고 싶은 사람은 누구든지 자유자재로 변하는 프로테우스와의 싸움에서 이겨 그를 묶고 실체를 드러내야만 그로부터 예언을 들을 수 있다. 진식이 벌이는 싸움도 바다의 실체를 파악하는 것이고, 그것과의 대비를 통해 자신의 참모습을 발견하는 것이다. 하지만 몸으로 싸우는 것이 아니라 사유로 싸우는 투쟁이다. 프로테우스처럼 변화무쌍한 바다의 실체를 잡기 위해 진식이 사용하는 사유의 무기는 은유와 상징으로 무장한 시어(詩語)다. 이 시어로 그는 바다를 붙잡는다. "늘 출렁이면서도 언제나 변함없는 바다", "모든 것을 썩지 않게 씻어주고 품어주는 바다", "고래든 새우든 다 제 크기만큼의 필요한 영역을 제공하는 바다", "더러운 것을 다 받아 맑게 하고 자신은 탁해지면서도 약간의 소금기만으로도 썩지 않는 바다", "온갖 오염물을 받으면서도 제 몸이 오염될 것을 두려워하지 않는 바다".(185~187쪽)

　이렇게 포착한 바다의 모습과 자신을 대비시킴으로써 진식은 자신의 참모습을 발견한다. "작은 바람에도 출렁이고, 자신의 영역을 차지하기 위해 목숨 걸고, 남을 품기보다는 응징하기 바쁘고, 오염될까봐 벌벌 떨고, 혼자만 고고하고 결벽을 떠는" 자신의 모습을 바다를 통해 발견하게 되는 것이다. 이런 자신에 대한 진식의 발견은 주먹을 쓰지 않고 분위기만으로 남을 제압하는 아버지의 방식을 이해하는 것으로 이어진다. '광남 읍 불곰'으로 주먹계의 전설로 이름난 아버지이지만 명성과 달리 그는 어디에도 함부로 휘둘리지 않고 쉽게 끌려들어가지도 않는다. 더욱이 진식과는 달리 절대로 주먹을 써서 어떤 일을 처리하는 법이 없다. 그렇다고 진식에게 공부나 싸움에 대해 방법을 일러주거나 삶에 대한 어떤 충고를 한 적도 없다. 다만 자신의 삶과 분위기로 자신을 넘어선 어떤 세계를 그리워하게 한다. 진식은 이런 아버지의 방식을 "바다를 그리워하게 하는 방식"이라는 시적 비유로 이해한다. 아버지를 닮지 않기 위해 자신은 아버지로부터 물려받은 그 괴물 같은 큰 손을 씻어댔지만, 아버지는 그 큰 손으로 밤낮없이 구두를 닦으며 아들에게 '아버지 너머'를 그리워하게 했다는 것이다. 아버지 너머 바다를 그리워하게 함으로써 '고기 잡는 법을 스스로 알게' 했다는 걸 진식은 깨닫게 된 것이다. 이것이 해신(海神) 프로테우스와의 싸움에서 승리해 진식이 깨달은 '자아'이며 동시에 발견한 '타자'의 모습이다.

제 속에 들러붙은 불량기, 짱 멘탈리티를 털어내고 진식은 그의 절친인 현우처럼 모난 곳 없이 평범한 사람이 되고 싶어 한다. 이는 수많은 짱을 조장해내고 상품으로 팔아야 하는 밀림 시장만능주의 불량사회에서 보면 불량해도 한참 불량한 발상이다. 그런 발상을 하는 청춘은 불량사회 성공의 지름길을 버리고 제 스스로 실패의 무덤을 파는 불량청춘일 것이다. 하지만 행복은 서열과 경쟁으로 남을 밟고 올라서는 것이 아니라 내 존재와 삶의 가치를 너와 나누는 데에 있다고 믿는 불량청춘이야말로 불신, 불통, 불안으로 꽉 막힌 불량사회를 열린 사회로 바꿔가는 '불량사회의 적들'이다. 문학이 서 있어야 할 자리는 바로 이 불량사회 적들의 전위(前衛)다. 이 전위대 목록이 늘어나면 늘어날수록 불량사회에 들러붙은 '불량'이 그만큼 빠르게 떨어져나갈 것이다. 그 전위대 목록에 박상률의 『불량청춘 목록』이 있다.

■ **작가의 말**

   여기 불량한 청춘들의 목록을 제시한다. 물론 이들이 불량한 청춘을 대표하는 건 아니다. 청춘은 불량도 참으로 다양하게 내보이기 때문이다.

   청춘은 불안하다. 현재 자신이 발 딛고 있는 바닥도 아슬아슬하지만 무엇보다도 아직 살아보지 못한 날이 두렵기 때문이다. 불안은 불온으로 이어진다. 청춘의 불안은 특히 불온하다. 그들의 꿈은 물론 상상력도 불온하다. 청춘의 불온은 늘 불량한 외피를 쓰고 드러난다.

   불량한 청춘들을 보고 어른들은 눈살을 찌푸린다. 하지만 불온한 꿈과 상상력에 휩싸여 불량한 시절을 보내지 않고 어른이 된 이 누구 있으랴. 불량한 청춘을 보고 눈살을 찌푸리는 어른은 그들에게서 어쩌면 자신의 옛날 모습을 그대로 보기 때문인지도 모른다. 자신이 겪어봐서 너무나 잘 아는 것이리라.

요즘 늘 회자되는 말 가운데 '외로우니까 사람'이고 '아프니까 청춘'이란 말이 있다. 그런 말 속에 들어 있는 외로움과 아픔이 오롯이 청춘들만의 몫은 아니다. 어쩌면 '불량하니까 사람'이고, 나아가 '불량하니까 더욱 청춘인 사람'인 것이리라.

불량한 청춘들은 한사코 자신들을 불량하게 여기지 않는다. 다만, 그들이 꾸는 꿈이나 그들이 가꾸는 상상력이 불온할 뿐이다. 그것도 기성세대인 어른의 눈으로 보면 그런 것이지 정작 당사자들은 자신들의 꿈이나 상상력을 전혀 불온하게 여기지 않는다. 그렇기에 그들의 꿈과 상상력은 때로 어이없어 보이기도 하고 도를 넘는 것 같기도 하다. 그러나 그렇다고 해서 그들이 사람이 아니고, 더구나 청춘이 아닌 것이 아니다.

모범생으로 여겨지는 청춘들조차 안을 자세히 들여다보면 그들도 언제든 불량해질 수 있다. 그들 역시 나름대로 상처를 안고 있기 때문이다. 다만 자기가 지금껏 보여준 모범생이라는 역할의 연기에 충실하다 보니 새삼 궤도 이탈을 하기가 저어된다. 하지만 역설적이게도 그래서 더욱 불안하다. 그들도 내심으론, 맘껏 자신의 불안하고 불온한 내면을 드러내며 불량하게 살아버리는 청춘들이 부러운지 모른다.

여기 불량청춘(불량해 보이는)과 모범청춘(모범적으로 보이는)이 모두 나온다. 그들을 그렇게 나눌 수 있는 기준이 있다면 그들 이야기를 받아 적은 나로서도 번거롭지 않아 좋았을 것이다. 그러나 그들은 '행동하는 대로 생각하느냐, 생각하는 대로 행동하느냐'의 차이만 있을 뿐이지 다른 기준을 못 찾고 말았다. 불량청춘이든 모범청춘이든 기성세대인 어른들의 삶의 방식을 그대로 따라 하는 게 작가인 나로선 몹시 못마땅했다. 하긴 그것마저 청춘들의 특권인 것을!

2011년 가을과 겨울 사이

無山書齋에서 박상률

페어링 | 조규미 장편소설

따돌림을 당하는 수민에게 찾아온 버려진 이어폰. 고장난 줄 알았던 이어폰에서는 수민이 힘들 때마다 위로를 건네주는 목소리가 들려온다. 이어폰 속 목소리로 외로움을 극복해 나가던 수민에게 성적 조작이라는 커다란 사건이 찾아온다.

종말주의자 고희망 | 김지숙 장편소설

오 년 전, 살던 집 근처에서 동생이 사고를 당한 이후 갑작스레 찾아온 불편한 침묵을 견디기 위해 희망은 종말주의자가 되기로 한다. 희망의 소설 속에서 종말하는 사람이 많아질수록, 희망의 삶에 대한 의지는 더욱 커져 간다.

★ 학교도서관저널 추천도서

은명 소녀 분투기 | 신현수 장편소설

실제 일제 강점기의 동맹 휴학을 모티브로 한 소설. 경성의 명문 학교에 다니는 혜인, 애리, 금선은 학교에 부임한 일본인 선생들의 만행과 시대의 압박에 대항하여 동맹 휴학을 하기로 결심한다.

★ 학교도서관저널 추천도서

이번 생은 해피 어게인 | 이은용 외 지음

내 마음대로 인생을 다시 살 수 있다면 행복할까? 다섯 명의 작가가 무한한 상상력으로 반복되는 인생을 사는 십 대들을 그려내는 단편 앤솔러지.

★ 학교도서관저널 추천도서

춘란의 계절 | 김선희 장편소설

폭력과 외로움에 익숙해질 무렵 춘란에게 찾아온 태승과 신비는 시린 겨울 같던 춘란의 삶에 봄을 되찾아 줄 수 있을까? 사랑과 사람에게 상처받은 춘란은 다시 사랑할 수 있을까?

★ 문학나눔 선정도서

흉가탐험대 | 박현숙 장편소설

겨울방학 캠프에 참가한 뒤 각자의 비밀을 간직하게 된 네 친구 이야기. 친구의 죽음에 얽힌 흉가를 탐험하면서 그 속에 감춰진 비밀과 진실을 찾는 이야기

★ 학교도서관저널 추천도서

마이너스 스쿨 | 이진 외 지음

십 대를 위협하는 학교폭력을 주제로 다섯 편의 짧은 이야기를 모은 소설집. 방향 없는 폭력 앞에 무방비하게 놓인 십 대의 학교폭력의 내밀한 모습을 들여다본다.

★ 학교도서관저널 추천도서

조선 요괴 추적기 | 신설 장편소설

신통한 법사를 꿈꾸는 막동이와 은둔 고수를 자청하는 구랍 법사. 정체불명 존재를 쫓는 그들의 기묘한 모험담.

★ 학교도서관저널 추천도서

나의 수호신 크리커 | 이송현 장편소설

엄마를 떠나보낸 후 자신의 본모습을 잃은 한조. 어느 날 그의 눈앞에 수호신 '크리커'가 나타난다.

★ 서울문화재단 지원도서

디어 시스터 | 김혜정 장편소설

그 여름, 우린 가장 멀리 떨어져 있었지만 가장 가까이 있었다. 전쟁 같은 자매의 아슬아슬 성장기.

★ 학교도서관저널 추천도서
★ 세종도서 교양부문 선정

두메별, 꽃과 별의 이름을 가진 아이 | 범유진 장편소설

여자라서 받는 억압, 백정이라서 당하는 차별. 이 모든 것을 벗어던지기 위한 한 소녀의 용감한 모험이 시작된다.

★ 한국문화예술위원회 문학나눔 선정도서
★ 행복한아침독서 추천도서

숏컷 | 박하령 소설집

『나의 스파링 파트너』에 이은 박하령 작가의 두 번째 소설집. 다양한 상황에 놓인 십대의 분투기가 그려진다.

★ 학교도서관저널 추천도서
★ 한국문화예술위원회 문학나눔 선정도서

러닝 하이 | 탁경은 장편소설

가족 속에서 자신의 위치를 고민하는 하빈과 민희. 두 소녀가 달리기와 연대를 통해 '나'를 찾아간다.

★ 학교도서관저널 추천도서

괜찮아 아무 일도 일어나지 않아 | 세라 해거홀트 장편소설

어느 날 아빠가 여자가 되고 싶다고 고백한다면? 중학생 이지에게 농담 같은 이야기가 시작된다.

★ 영국도서관협회 카네기상 후보작

소리를 삼킨 소년 | 부연정 장편소설

한밤 공원에서 일어난 뜻밖의 사건, 그가 남긴 냄새의 정체를 밝혀라! 감정을 느끼는 데 어려움을 겪는 소년 태의. 어느 날 우연히 살인사건을 목격하는데 이를 스스로 해결하고자 전에 하지 않았던 행동을 하기 시작한다.

★ 한국문화예술위원회 문학나눔 선정도서
★ 제10회 자음과모음 청소년문학상 수상작

마구 눌러 새로고침 | 이선주 외 지음

현실에서 가상까지 십대의 일상이 깃든 공간을 살펴보며 그곳에 담긴 고민과 비밀을 이야기하는 단편집.

보통의 노을 | 이희영 장편소설

주인공 노을뿐만 아니라 성하와 동우까지 세상이 정한 '보통'과 '평균'이 과연 합당한 것인지, 우리가 그것에 맞추어 살아야 하는지 끝없이 되묻는 이야기.

★ 일본·대만 해외판권 수출

조선가인살롱 | 신현수 장편소설

어느 날 갑자기 조선시대로 타임슬립한 21세기 소녀 체리. 현재로 되돌아오기 위해 필요한 미션을 수행하며 자존감과 정체성을 찾아 간다.

★ 청소년출판협의회 추천도서

© 박상률, 2011

초판 1쇄 발행 2012년 1월 5일
초판 6쇄 발행 2022년 12월 1일

지은이 | 박상률
펴낸이 | 정은영

펴낸곳 | (주)자음과모음
출판등록 | 2001년 11월 28일 제2001-000259호
주   소 | 10881 경기도 파주시 회동길 325-20
전   화 | 편집부 (02)324-2347, 경영지원부 (02)325-6047
팩   스 | 편집부 (02)324-2348, 경영지원부 (02)2648-1311
이메일 | jamoteen@jamobook.com
블로그 | blog.naver.com/jamogenius

ISBN 978-89-544-2707-4 (43810)